大方
sight

荒原狼
带你踏上追求自我的智慧之旅
[德] 赫尔曼·黑塞 著
李双志 译
HHesse
中信出版集团｜北京

本书译自德国 Suhrkamp 出版社 1969 年版 *Der Steppenwolf*

因为我和你一样。因为我正好和你一样孤独，对生活、人还有我自己也和你一样没法喜爱起来，没法认真对待。
总有一些这样的人对生活有着最高的要求，不能轻易放过自己的愚蠢和粗陋。

理想是为了达到而存在的吗？我们人类，我们活着是为了消除死吗？
不，我们活着，就是为了惧怕它，然后又爱它。

已成往昔的，便无可遗憾了。可遗憾的是此时，是今日，是所有不曾数过的时日，
我失去了它们，我只是熬过了它们，它们既没予我馈赠，也不曾震撼过我。

“人大多不愿入水，
在他们学会游泳之前。”
他们当然不愿意游泳！
他们是为土地而生，不是为水而生的。
他们当然不愿意思考，他们是为生活而造的，不是为了思考！

市民把自我看得至高无上。他没有醉心于神，却收获了良心安宁；没有热望，却得了满足；没有自由，却得了安适；没有致死的炽烈，却得了一种宜人的温度。

若缺少对自己的爱，博爱也无法实现。对自我的憎恨正是如此，
它最终会如极度的自私一般，造就同样令人悚然的孤立与绝望。

追权的人毁于权，逐钱的人毁于钱，卑下的人毁于卑，
求乐的人毁于乐，而荒原狼则因其自立而遭厄。

认真出自对时间的高估。我也曾经高估了时间的价值。

但是在永恒中，你看到了，是没有时间的。

永恒不过是一瞬，不长不短，刚够给欢乐。

目 录

出版者前言

这本书中所含的，是一位男士留给我们的个人笔记，对于他，我们总用他自己多次使用过的一个名号来称呼：“荒原狼。”他的手稿是否需要一篇前言来介绍，这个问题不妨先搁置；就我自己来说，确实有这样一种需要：在荒原狼这数页纸前再添上几页，在上面试着写下我对他的记忆。我对他所知甚少，实际上他的所有过往和身世，我始终不曾得知。然而他的个人品性却留给了我一种强烈而且——无论如何我都得如此说——颇让人心生好感的印象。

荒原狼是一个年近五十的男人，他在若干年前的一天到我姨妈家来询问，想找一间带家具的房间租住。他租下了楼上的阁楼间和旁边的小卧室，几天之后便带了两个行李箱和一个大书箱过来，在我们这儿住了九到十个月。他生活过得悄无声息，也不与人来往。若不是我们卧室彼此相邻，让我们在楼梯上和走廊里偶尔有几次相遇，我们可能根本不会结识对方。因为这个男人实在不好交友结伴，他孤僻离群的程度之高，是我之前在任何人那儿都不曾见识过的。就像他时不时自称的那样，他确实是一头荒原狼，一个陌生、野性，却又羞怯，甚至非常羞怯的生物，来自一个与我的世界迥然不同的世界。不过，他由于自己的秉性和际遇，曾在多深的孤独自处中度日，以及他又是如何有意识地将这孤独自处认作自己的命运，我是从他留下的这些笔记中才了解到的。可是，在这之前，通过几次短暂的相遇和对话，我毕竟已经对他多少有了点认识。此时我觉得，我在读他的笔记时看到的他，基本上符合我在与他的私人交往中看到的那个形象，后者当然要苍白一些，而且更不完整。

凑巧的是，在荒原狼第一次走进我们的住宅，要从我姨妈那里租房住时，我也在场。他是中午到的，当时饭桌上还摆着碟子，我还可以休息半个小时再去办公室。我至今都不曾忘记，在这第一次见面时，他给我留下了多么不寻常、多么矛盾的印象。他穿过玻璃门走了进来，之前在门前拉响了门铃。姨妈在略为昏暗的走道里问他，他想做什么。但是他，这头荒原狼，把自己留着短发、线条直挺的头抬得老高，神经质地用鼻子四处嗅了嗅，既没有先回答问题，也没有自报名字，而是说：“噢，这儿闻起来真好。”他边说边微笑，而我善良的姨妈也微笑了。但是我觉得这样的问候语只可说是古怪，心中便对他有了反感。

“是这样，”他说，“我是为了您要出租的房间来这儿的。”

在我们三人沿着楼梯往阁楼上走的时候，我才有机会仔细打量一下这个男人。他个头并不很高，但是走路的样子和头部的姿势都俨然是高个子的架势。他穿着一件时新而舒适的冬大衣，其余的衣着也都还得体，但并没有细心打理。胡须剃得挺干净，头发非常短，发间这里那里闪出一点灰白。一开始我并不喜欢他走路的样子，显得有点儿费力和犹豫不决，这和他锐利、鲜明的外形以及他说话时的语调与情绪都不相符。后来我才发现并听说他有病在身，走路对他来说要费不少劲。他带着一种当时也让我觉得不舒服的特有微笑，打量着楼梯、墙壁、窗户和楼梯间里高而旧的柜子。这些他似乎都挺喜欢，但同时又觉得有点儿可笑。

总之，这个男人整个儿让人感到，他像是从一个陌生的世界，比如海外的国度，来到我们这儿，觉得这里的一切虽然挺漂亮，但是有点儿奇怪。他有礼貌，甚至可以说挺友好，这没什么好说的。对于这房子，这房间，租房加早饭的价格，还有其他一切条件，他也立刻表示同意，没有提出任何异议。但是这个男人身上总环绕着一种陌生的，在我眼里显得不善或者带有敌意的气息。

他租下了那个阁楼间，也租下了小卧室，打听了暖气、水、食宿服务的情况和住户规定。他一直认真而友好地听着，对于听到的一切都不反对，并且提出可以立刻预交房租。但是他在整个过程中都显得有点儿心不在焉，似乎觉得自己在这番举动里显得滑稽，没有太把它们当回事，仿佛租一个房间，和别人说德语对他来说是少见而新奇的事儿，而他内心里其实挂念着截然不同的事情。这差不多就是我的初次印象了，而这个印象如果不是与许多细节相交汇，被它们修正，它可不会是个好印象。

首先是这个男人的面容，它从一开始就让我觉得舒心，尽管它显示出了那种陌生感，我也还是喜欢它。这是如此一种面容，也许有点另类，而且还显得忧伤，但是清朗，极富睿智，饱经沧桑而脱于凡俗。其次让我更觉心软的，是他的那种礼貌与友好，尽管他似乎是勉力为之，却不带丝毫高傲——正相反，这礼貌与友好之中有种几乎感动人的、类似于恳求的意味，对此我后来才找到解释，而当时这让我立刻又对他有了点儿好感。

对这两个房间的查看和其他商谈还没完，我的午休时间就已经结束了，我必须回店里去。我于是告辞，把他留给了我姨妈。我晚上回来时，她告诉我，那位陌生人已经租好了房间，这两天就会搬过来，他只是请求我们不要去警察局登记他的住处，因为他这样一个病弱的男人没法承受那些手续，没法做到在警察局登记处四处站着等候或其他之类的事儿。我还清楚地记得，这样的请求当时让我顿生疑窦，记得我如何警告姨妈，不要接受这样的条件。在我看来，这个男人对警察的这种畏惧，正和他身上透露出的那种疏异和陌生匹配得完美无缺，想不让人生疑也难。我向姨妈解释，对这样一个完全陌生的人，她无论如何都不可以对这本身已显得非同寻常的过分请求表示赞同，如果听之任之，没准儿会给她造成什么恶果。但实际情况是，姨妈已经答应了那人，满足了他的愿望，她已经完全让那个陌生人给俘虏了，迷惑住了；况且她还从来没有哪一次接收租客时，不曾表现出人道的、友好的、女长辈般的，甚而母亲般的善意，而这善意也曾经被某些租客好好利用过。在最初的几个星期里也依旧如此：我对这位新租客总有些怨言，而每一次我姨妈都满怀温情地为他辩护。

拒绝警察局登记这件事儿已让我心生不快，我还想至少再听听，姨妈对这个陌生人，对他的来历和目的都有什么了解。她对此还真略知一二，虽然他中午在我走之后也没有待多久。他告诉她，他想在我们这座城市逗留几个月，用用图书馆，看看城里的古迹。其实对姨妈来说，他只想租这么短时间的房，并不太合她的意。但是他却显然已赢得了她的心，尽管他初次亮相的样子颇为怪异。简而言之，房间已经租给他了，我的反对来得太迟了。

“他到底为什么要说，这里闻起来挺好？”我问。

对此，我那有时感觉挺灵的姨妈说：“这我很清楚。我们这儿能让人闻到清洁、秩序，闻到友好而正直的生活。而这正是让他欣喜的。他看上去已经不太习惯这些，正缺少这些呢。”

那好，我想，我倒不在意。“但是，”我说，“如果他并不习惯一种有秩序的正直生活，那他怎么做得到呢？如果他自己不干净，还把东西都弄得脏兮兮的，或者每个晚上都喝得醉醺醺地回家，那你又怎么办呢？”

“这我们走着瞧好了。”她边说边笑了。而我也就顺其自然了。

果然，我的担忧是毫无根据的。虽然这位租客过的绝不是一种有秩序的、合理的生活，但是他不曾骚扰也不曾妨害过我们。我们今天都乐于回想起他。但是在内心里，在灵魂中，这个男人还是让我们两个——我和姨妈受到了许多干扰和负累。坦白说，我有很长时间都不能摆脱他的影响。我有时在深夜里会梦见他，感到我其实是因为他，因为有这样一种生物存在这件事儿本身而疑惑不安，尽管他对我来说已变得非常亲切可爱。

两天之后，一个马车夫将这位名叫哈里·哈勒的陌生人的行李运了过来。一个极为悦目的皮箱给我留下不错的印象；一个平整的大行李箱则带着早年漫漫旅途的印记，至少黏在它身上的那些发了黄的商家标签各式各样且都是来自海外的宾馆和运输公司。

然后他自己也出现了。随之也开始了一段我逐步了解这位奇特男人的时光。起初，我没有主动做任何事儿。尽管我从看到哈勒的第一分钟起，就对他产生了兴趣，但是我在最初的几个星期里没有迈出探访他或者与他交谈的第一步。不过，我必须承认，我最开始的时候稍稍观察过他，偶尔也会在他离开的时候走进他的房间，仅仅出于好奇干了一点点暗探的工作。

对荒原狼的外貌，我已经有过一些描述。他从头到脚，而且是从第一眼看上去，都显得是个颇有深意、个性特别、天赋超常的人。他的面容透着聪慧，而他格外温柔、活跃的神情变动则映射出一种有趣的、极为动荡而又异常细腻敏感的内心生活。当别人和他说起话来，他在这不常有的情况下，突破了常规的界限，从那种陌生中走出来，带着私人口吻说出心里话时，像我这样的人立刻就会相形见绌：他比其他人思考得更多，对于涉及精神的话题有着那种近乎冷漠的客观，那种坚实的成熟见地和知识。唯有真正执着于精神追求而毫无野心，绝不期望自己光芒耀眼，不是非要让对方口服心服或总自认为正确无误的人才会有如此的态度与见识。

我所记得的这样一次表述——不过它其实算不上表述，而仅仅是一个眼神中表露出的无声之言——出自他在我们这儿停留的最后一段时日。那时一位著名的历史哲学家兼文化批评家，一位在欧洲负有盛名的男士将在大礼堂里做一次演讲。我成功地说服了本来对此毫无兴趣的荒原狼去听这次演讲。我们一起到了那儿，并排坐在礼堂里。当演讲者登上讲台，开口说话时，他通身透出的那种过分修饰而显得爱慕虚荣的气派，让一些听众感到了失望，他们原以为在他身上能看到某种先知的形象。然后他开始演讲，首先向听众说了几句恭维话，感谢他们这么多人出席。这时荒原狼很快地朝我看了一眼，那眼神透出对这些套话、对演讲者整个人的批判。

哦，那真是一个让人无法忘却的可怕眼神，其意味可以让人写出整整一部书来！这眼神不仅仅批判了那位演讲者，也通过它那尽管柔和却又逼人的讽刺将这位知名人士毁灭殆尽，这还只是其中最微不足道者。那眼神与其说是讽刺的，不如说是悲伤的，甚至是种深不见底、毫无希望的悲伤。一种宁静的，某种程度上理所当然的，某种程度上已经成其习惯与形式的绝望是这眼神中所含之物。它不单以其绝望的神圣照透了虚荣的演讲者，不单嘲讽并贬弃了这一刻的事态，听众的期待和情绪、预告中这演讲名过其实的标题——不，荒原狼的这眼神击穿了我们的整个时代，照透了那所有的碌碌之为，那所有的进取野心，那所有的虚荣作态，那自命不凡、实质浅薄的精神追求所出演的所有肤浅游戏。

啊，可惜这眼神并不驻留于我们的时代、我们的精神层面和我们文化的缺陷与无望，它看得更深、更远。它直达所有人性的心脏，它在仅仅一秒钟之内雄辩地说出了一个思想者，一个或许确有所知者对尊严、对整个人类生活之意义的所有怀疑。这个眼神说的是：“看，我们就是这样的猴子！看，这就是人！”而所有的名望，所有的机智，所有的精神成就，所有朝人性之崇高、伟大和恒久的迈进都崩溃了，俨然成了一场猴戏！

我的这个回忆大大超前了。与我的计划和意愿相悖，它已经基本上说出了哈勒的本质特征，而我原本的意图是，通过叙述我和他逐步结识的过程一点点勾勒出他的形象。

既然我现在已经超前了，那就不必继续追述哈勒谜一般的“陌生”，不必具体讲述我是怎么逐渐感受并认识到这种陌生，这非比寻常的可怕孤独的来由与含意了。这样更好，因为我想尽量不让自己喧宾夺主。我不愿陈述我的告白，也不愿讲离奇故事或者做一番心理分析，而只是想略尽见证人之力，更好地再现这个留下荒原狼手稿的独特男人的形象。

在他推开我姨妈家的玻璃门走进屋子，像鸟儿一样伸出头，称赞屋子里的好气味时，也就是我第一次看到他时，我不知怎么就注意到了这个男人身上有什么奇异之处，而我第一个天真的反应是反感。我感到（我那姨妈虽然和我正相反，没有丝毫知识素养，却也有相当一致的感觉），这个男人患了病，精神或者心理或者性格上的某种病。而我则以健康人的直觉采取了防备。这一防备随着时间的推移被好感所消解，这好感植根于对如此一个常年深受苦痛之人的悲悯同情。这个人的孤独和内心的颓灭我一直看在眼里。在这段时间里，我越来越意识到，这受苦之人的病不是源自他天性中的某个缺陷，正相反，它源自他心中那极为丰富而无法达致和谐的禀赋与力量。我认识到，哈勒是一个善于受苦的天才，按照尼采的某些说法，他在其自身形成了一种天才的、无限的、可怕的受苦才能。同时我也认识到，他的悲观不是以厌世而是以厌己为基础，因为他尽管谈起机构或人毫不留情，贬损至极，却从来不忘提及，他舌箭所向的第一个总是他自己，他第一个憎恨和否定的是他自己……

在这里我要加入一点心理学解释。虽然我对荒原狼的人生所知极少，但是我完全有理由推测，他是由满怀关爱，但为人严厉且非常虔诚的父母和教师培养大的，他们将“破坏意志”作为教育他的基础。这种对个性的摧毁和对意志的破坏在这个学生身上并不成功，他个性过于强和硬，他过于骄傲而独具智性，远非他们所能征服。于是，这种教育未能泯灭他的个性，而只是成功地教会了他憎恨自己。他从此一生都将用尽他幻想的天分，用尽他思想的强力反对他自己，反对这个无辜而高贵的对象。因为他在这一点上，不管怎样，都是彻彻底底的基督徒，彻彻底底的殉道者。他力所能及的每一份尖锐，每一份批判，每一份恶毒，每一份憎恶都首先集中攻向他自己。至于其他人，至于周遭的世界，他始终做着最具英雄气概也最严肃的尝试：去爱他们，恰如其分地对待他们，不伤害他们，因为在他心中，“爱你近旁之人”[1]与他对自己的憎恨植入得同样深。因此，他的整个人生是一个例子，它说明：若缺少对自己的爱，博爱也无法实现；对自我的憎恨正是如此，它最终会如极度的自私一般，造就同样令人悚然的孤立与绝望。

但是现在是时候把我的想法放到一边，讲讲现实经过了。我对哈勒先生的初步了解，部分来自我的暗探行动，部分来自我姨妈的讲述，并集中于他的生活方式。他是一个耽于思想，与书本为伴的人，没有任何实际职业，这很快就能看出来。他总是在床上待很久，常常快到中午时才起床，穿着睡衣从卧室两三步踱进起居室。起居室是间大而怡人的阁楼间，带两扇窗。它在短短几天之内已经变得与之前租客居住时大不一样，有各种东西填入其中，而且与日俱增。墙上挂上了画，钉上了素描图，不时还有从报纸上剪下并频频替换的图片。一片南国风光展示在一组德国某个乡村小镇的照片上，那显然是哈勒的故乡。它们之间是些色彩缤纷，闪着光亮的

1. 这句话在《圣经》中多次出现，如《旧约·利未记》第19章第18节：“要爱人如己。”（译者注，后同）

水彩画。我们后来才得知，那是他自己画的。然后是一位俊俏的年轻女子或者一个小姑娘的照片。有一段时间，墙上挂了一幅暹罗佛像，随后被一幅米开朗基罗《夜》的复制品所取代，而它又被圣雄甘地的画像所替换。

书不仅填满了大书架，也四处摆放在桌子上、漂亮的旧写字台上、长沙发上、椅子上、地板上。到处都是夹有时时更替的纸条儿的书。这些书不断增多，因为他不仅从图书馆扛回来整袋整袋的书，还频频收到邮寄来的一包一包的书。暂住在这间小阁楼的这个男人可能是个大学者。与这个身份相符的还有笼罩在屋内一切之上的香烟云雾，四处散落的烟蒂和烟灰缸。但是大部分书的内容不是各种学识，而是各个时期各个民族的文学作品。有一段时间，在他常常待上一整天的长沙发上放了一套全集，整整六卷厚厚的书，书名是《索菲从梅梅尔[1]到萨克森的旅行》，出自十八世纪末。一套《歌德全集》和一套《让·保尔[2]全集》看上去被用过多次，同样被多次翻阅过的是诺瓦利斯[3]的书，还有莱辛、雅克比[4]和利希滕贝格[5]的作

1. 梅梅尔，东普鲁士地名，现位于立陶宛境内。
2. 让·保尔（1763—1825），德国著名小说家，其小说以诙谐讽刺著称，受到叔本华等哲学家和诗人的推崇。
3. 诺瓦利斯（1772—1801），德国著名浪漫派作家和思想家，其作品和思想影响了很多现代派诗人和作家。
4. 雅克比（1743—1819），德国著名哲学家，批判唯理主义，提倡直觉主义。
5. 利希滕贝格（1742—1799），德国著名数学家、物理学家和作家，擅长写格言警句。

品。几卷陀思妥耶夫斯基的书里塞满了写了字的纸条。

在更大的一张桌子上，在大堆书和文件之间常常立着一束花。还有一个水彩颜料盒在桌上四处随意放着，上面却总是布满灰尘。在颜料盒一旁有烟灰缸，以及——这一样也是自不待言的——装有饮品的各色瓶子。一个用稻草编成套篮的瓶子里大多时候都盛着意大利红酒，那是他在附近一家小店里打来的。有时候也可以看到一瓶勃艮第酒[1]以及马拉加酒[2]。有一个厚瓶子，盛了樱桃烧酒，我看到它在相当短的时间里几乎被喝空，然后消失在了房间的一个角落里。瓶中剩下的那点儿没有再减少，而瓶上已经积满灰尘。

我不想为我干的这些暗探行动做辩护，也愿意公开承认，在最开始的日子里，所有这些迹象都显示出一种虽然不乏精神追求但游手好闲、毫无节制的生活，它们在我心中激起了厌恶与疑虑。我不仅仅是一个守市民规矩、过有规律的生活、习惯于工作和精确安排作息的人，我也推崇禁欲，从不吸烟。哈勒房间里的那些酒瓶比起那一派花花绿绿的混乱景象来，更让我心生不快。

与他的睡眠和工作情况相似，这位陌生人在进餐和饮酒方面也毫无规律，率性而为。有些天他完全闭门不出，除了早上的咖啡之外再没有拿过任何吃的，姨妈偶尔会发现他吃

1. 勃艮第酒，产自法国勃艮第地区的葡萄酒。

2. 马拉加酒，产自西班牙马拉加的葡萄酒。

过之后遗留下的唯一痕迹——一块香蕉皮。但是在其他日子里，他会去餐馆里吃饭，时而进一家高雅的好餐厅，时而进一家郊区的小馆子。他的健康状况看上去并不佳。除了让他上楼梯常常要费不少劲的腿伤，他似乎还受其他顽疾的折磨。他有一次随口提起，他多年来没有真正消化好过，也没有真正睡过一个好觉。我首先把这归咎于他饮酒的习惯。后来，在我偶尔陪他去他常去的一个酒馆时，我目睹了他如何急速而随性地给自己灌酒。但是不管是我还是其他人都没有看到他真正喝醉过。

我永远忘不了我们的第一次私下相遇。我们彼此相识的程度原本不超过一个出租房里两个相邻的房客。有一天傍晚，我从店里回到家，惊讶地看到哈勒先生坐在二楼和三楼之间的那截楼梯上。他坐在最上面一级台阶，侧过身让我过去。我问他是不是身体不适，并且说我愿陪他一起走上去。

哈勒看着我。我发现，我刚把他从某种迷梦状态唤醒过来。他慢慢地微笑了起来，他那帅气又引人哀怜的微笑曾那么多次让我心头沉痛。然后他邀我在他身边坐下。我谢过他，说我不习惯坐在别人房间门口的楼梯上。

“哦，是啊。”他说，脸上微笑更多了几分，“您说得对。但是您再稍等等。我得给您看看，我为什么一定要在这儿坐上一会儿。”

与此同时，他指向了一楼的一个房门口，那是一位寡妇住的房间。在楼梯、窗户和玻璃门之间一小块铺着镶木地板的空地上，靠墙立着一个挺高的桃花心木柜，柜上镶着旧锡皮。柜子前的地板上，有两大盆植物分别放在两个小而矮的花架上，一盆是杜鹃花，一盆是南洋杉。两株植物看上去都挺漂亮，是一直精心护理着的，纤尘不染，无可挑剔。我也早带着惬意注意到了它们。

“您瞧，”哈勒继续说，“门口这一小块放了南洋杉的地方，闻起来是这么奇妙。我路过这儿的时候，常常忍不住要停留一会儿。您姨妈那儿也有宜人的香味，总是井井有条，无比洁净。但是这儿的小杉树地带，它有着这么亮眼的纯净，这么擦洗一新，除尽尘埃，这么清洁，让人不忍触碰，真可以说，它放出了迷人的光彩。我每到这儿都一定要满满吸上一口——您也闻到了吗？这地板蜡油的气味，松节油微微的余香，混合着桃花心木、洗净了的叶片，还有其他一切的清香，合成了一种香气，那是纯净、细心而精确，恪尽职守而持守细节的市民准则的最高体现。我不知道，那屋里住的是谁，但是在这扇玻璃门后一定安居着一个天堂，纯净而充盈着除尽尘埃的市民格调，井然有序而满怀对细小习惯与职责的专注，谨小慎微却让人感动。”

看到我沉默不语，他接着说：“请您不要误会，我并不是在冷嘲热讽！亲爱的先生，我还远不会想要嘲笑这种市民习性和秩序。不错，我自己是生活在另一个世界，不在这样的世界中。也许我在一个有着这样小杉树的公寓间里连一天都住不下去。但是，就算我是一头上了年纪、有点粗鲁的荒原狼，可我也是一个母亲的儿子，而我的母亲也是市民家的妇人，也曾养着花，照看着房间与楼梯、家具与窗帘，尽力让她的住所和她的生活有着最大限度的整洁、纯净和秩序井然。这松节油的味道让我想起了那一切，还有这杉树。于是我就这儿坐坐那儿坐坐，看着这宁静而充满秩序的小花园，心里为这一切还存在而感到高兴。”

他想站起来，但很吃力，因而并没拒绝我在一旁帮他一把。我还是沉默着，但是我已伏倒在这个奇特的男人间或拥有的某种魔力之下，就像我姨妈之前经历过的那样。我们一起沿着楼梯慢慢往上走。到了他的房门口，他钥匙已经拿在了手上，却又专注而格外友好地径直看着我，说：“您是刚从店里下班回来？其实，我对那些工作一点都不了解，我过的是有点儿旁门左道的生活，是处于边缘的生活，您知道的。但是我相信，您对书之类的东西也有兴趣，您姨妈有一次告诉我，您是在人文中学[1]毕业的，曾经是个不错的希腊人。而我今天早上在屋里找到了诺瓦利斯的一句话，我可以给您看

1. 人文中学，在德语区直至二十世纪中期都是中学体制中最高一级的学校，学生毕业之后可直接读综合性大学。在这样的学校中，传统上非常重视古典语言即拉丁语与古希腊语的传授。下一句中荒原狼称对方为希腊人，就是暗指对方具备古典人文素养，犹如希腊人。

看吗？您也会从中得些乐趣的。”

他把我带进了他的房间，里面充斥着强烈的烟草味儿。他从一大堆书中抽出一本来，翻了几页，找了找。

“这一处也挺好，非常好。”他说，“您听听这一句：‘人当为痛苦而骄傲——每一次痛苦都是对我们崇高地位的一次回忆。’真妙！比尼采早了八十年！但这不是我刚才说的那一句——您等等——这儿，我找到了。听：‘人大多不愿入水，在他们学会游泳之前。’这难道不是一句妙语吗？他们当然不愿意游泳！他们是为土地而生，不是为水而生的。他们当然不愿意思考，他们是为生活而造的，不是为了思考！是啊，谁如果思考，谁如果把思考当作第一要务，他固然可以让思考这么继续下去，但是他也就把水错认作了土地，不知何时就会溺水而死。”

他由此吸引住了我，引起了我的兴趣，我在他那儿又待了一小会儿。从那以后，我们在楼梯上或者在街上相遇时交谈几句，就不再是少见的事儿了。可我一开始，就像在说到南洋杉时那样，心中还是多少觉得他在嘲讽我。其实并非如此。他对我，就如同对那棵杉树，怀着极大的尊敬。他是如此清醒地认定，自己必得独处，注定要在水中游泳，此生已无根无着，以至于当他偶尔见识到市民的某项日常之举时，比如说我准点去办公室上班的那种守时，或者一位家仆或电车售票员的客套话，他都可以真真切切、不带丝毫讽刺地为之着迷。

这在我眼里原本显得格外夸张可笑，俨然是一种兼具绅士先生和游手好闲者的心态，是一种玩世不恭的多愁善感。但是随后我看得越来越明白，从那真空之所，从那陌生状态和荒原狼般的生存中往外看的他是真的羡慕和喜爱我们这个狭小的市民世界，把它视为坚实而安定的所在，对他来说遥不可及的世界，无路可带他抵达的家园与安宁。他每次都带着真实的敬畏向我们的守门人，一位正派女士，脱帽问候。每当我姨妈和他偶尔闲聊上几句，或者提醒他注意修补衣物，大衣上有纽扣脱落之类，他总会带着一种怪异的专注和郑重听着，仿佛在以一种说不出的无望的辛苦，透过某个缝隙挤入这个小而安宁的世界，努力在其中寻得归宿，哪怕只有一小时的时间。

在第一次对话中，在谈到那棵杉树时，他就把自己称作荒原狼。这也让我稍觉怪异和不安。这是什么样的称呼啊？然而，我不仅对这个称呼逐渐习以为常，而且在我自言自语时，在我的头脑中，我很快就不再用其他的称谓，而只用荒原狼来指代这个男人。直到今天我都不知道还有什么词更适合这样一个人物。一头迷茫地闯到我们之中，闯入城市，闯入牧群生活的荒原狼——再没有什么图像更能让他形影毕现，现出他那怯然的孤独、他的野性、他的惶恐、他的乡愁和他的漂泊失所了。

有一次，我得到了整晚观察他的机会，那是在一个交响音乐会上。我吃惊地发现他坐得离我不远，但他并没有看到我。最先演奏的是亨德尔[1]，一支高贵优美的曲子，但是荒原狼坐在那儿陷入沉思，音乐和周围环境对他都毫无触动。他坐在那儿，无法融入此间，孤独而陌生，脸上是一种冷漠却又满怀忧虑的神情，目光空空地垂向地面。随后是另一段曲子，弗里德曼·巴赫[2]的一支小交响曲。这时我大为诧异地看到，没过几个节拍，我的这位异乡来客就开始微笑并倾听起来。他身子整个放松了下来，足足有十分钟看上去都幸福地陶醉其中，沉浸于美好的梦幻里。这让我对他的关注超过了音乐。

当这段曲子结束时，他醒了过来，坐直了一些，显出要起身离开的架势，但还是坐着没动，听起了最后一支曲子。这是雷格[3]的变奏曲，是让许多人觉得冗长而不免入睡的一首曲子。荒原狼也是如此，他在曲子开始时还怀着好意，仔细聆听，但不久又弯下身来。他双手插入裤子口袋，重新陷入了沉思，但是这一次不再安详而耽于美梦，而是透着悲哀，最后还有点儿恼怒，他的面容重又变得遥远，脸色黯淡而寂

---

1. 亨德尔（1685—1759），巴洛克时代的德意志作曲家，创作过多部歌剧，被誉为史上最具创造力和影响力的音乐家。
2. 弗里德曼·巴赫（1710—1784），德国著名作曲家，是著名的约翰·塞拜斯蒂安·巴赫（1685—1750）之子。
3. 雷格（1873—1916），德国作曲家，钢琴家。

灭。他看上去病弱苍老，心怀不满。

在音乐会之后，我在街上又看到了他，跟在他身后；他蜷缩在大衣里，郁郁寡欢而满身疲惫地朝我们那个街区迈着步子。但是在一家旧式小饭馆前，他停下了脚步，犹豫地看了看手表，然后走了进去。我听从了心中一时兴起的兴致，也跟着走了进去。在店里，他坐在一张小市民格调的饭桌边，饭店女主人和女服务员都认出他这位熟客，向他打招呼。我向他问好，坐到了他身边。我们在那儿坐了一个小时，我喝下了两杯矿泉水，而他则给自己要了半升红酒，然后又加了四分之一升。我说我去听了音乐会，但是他没有回应。他读出了我瓶上的标签，问我想不想喝点葡萄酒，他请我。当他听说我不喝酒时，他又显出了那副无助的表情，说："是啊，您是对的。我也过过好几年节制的生活，还斋戒了很长时间，但是现在我又回到水瓶座的笼罩中了，这是个黑暗潮湿的星座。"

当我开玩笑式地回应了这个暗示，示意说，偏偏他会相信星相学，这让我觉得非常不可思议。此时，他又换上了那过分礼貌而常常刺伤我的口吻，说："完全正确，可惜，对这门学问我也没法相信。"

我告辞离开了。他直到夜极深时才回，但是脚步却和平常一样。而且他一如既往，没有立刻上床（我作为他的隔壁邻居，对此听得十分清楚），而是在他起居室的灯光下又滞留了大约一小时。

还有另一个夜晚也是我无法忘怀的。那时我独自在家，姨妈出了门。楼房大门的门铃响了起来。我开了门，门外站着一位非常俊美的年轻女士。当她问起哈勒先生时，我认出了她：这正是他房间中照片上的那个人儿。我将他的房门指给她看，然后就退避开了。她在楼上停留了片刻，没多久我就听到他们俩一起走下楼梯，出了门，一路嬉笑着，说着话，兴致勃勃，格外愉快。我很吃惊，这位隐居者居然会有一位情人，一位如此年轻、美貌而高雅的情人。我对他以及他生活的种种揣测突然又在我心中动摇起来。但是短短一个小时之后，他就回到了住所，独自一人，步履沉重而悲伤。他艰难地上了楼梯，然后在他的起居室里轻声地来回走动了好几个小时，真好比一头困在笼中的狼。整整一夜直到清晨，他房间里都亮着灯。

我对于这桩情事一无所知，只想再多写这么两笔：我还见过一次他和那位女士在一起，在城里的一条街上。他们手挽着手走着，他看上去挺幸福。我再次感到奇怪，他那布满忧愁的孤独面容怎么能间或显出如此多的优雅，甚或孩童的天真。我理解了那位女士，也理解了我姨妈对这位男人抱有的怜惜之情。但是就在那一天傍晚时分，他满怀着哀愁与悲苦回到了住所。我在楼门口遇到了他，他在大衣之下裹着意大利酒瓶，像他偶尔做的那样，然后带着它在他楼上的洞穴里坐了半夜。他让我难过，可是他过的是怎样一种无从安慰、堕落迷失而不加抵抗的生活啊!

好了，闲话已说得够多了。无须多絮叨什么，以上足以表明，荒原狼过着一个自杀者的生活。不过，我并不相信，他那时是去自寻短见：某一天，他突然不辞而别，不过是在付清了所有欠款之后，倏然之间离开了我们的城市，消失了踪影。我们再也没有听到他的什么消息，手头还一直留有几封别人寄给他的信。除了他的手稿，他再没留下什么，而这手稿是他在留居这儿的日子里写下的。他还写了几行字，将它托付给我，并解释说，我可以任意处置它。

我无法去验证哈勒手稿中讲述的经历是否属实。我并不怀疑，它很大一部分都是文学虚构，不是那种随意捏造，而是一种尝试，要就着可见事件的外衣表达出体验至深的灵魂历程。在哈勒的这部作品中，那半是幻想出的事件大约发生在他在这里度过的最后一段时光。我并不怀疑，它们是以一段真实的外在经历为基础的。在那些日子里，我们的租客确实从外貌到举止都大为不同，他频频外出，有时也会彻夜不归，他的书搁在一旁未经触碰。在少数几次我遇到他的时候，他看起来出奇地有活力，俨然重获青春，有几次简直心旷神怡。不过紧接其后的是一轮新的沉郁期，他整天卧床不起，无心进食。那个时候他还和他再度现身的情人爆发了一场激烈得超乎寻常，甚至到了野蛮地步的争吵，几乎掀动了整座住宅，为此哈勒第二天白天向我姨妈请求原谅。

不，我坚信，他没有寻死。他还活着。他在某个地方拖着疲惫的双腿，在陌生的住宅楼里上下着楼梯，在某个地方凝视着打磨一新的镶木地板和时时洗净的南洋杉，白天坐在图书馆中，深夜坐在小酒馆里，或者躺在租来的长沙发上，听着窗外熙熙攘攘的人间世事，明白自己与之隔绝，但不会杀死自己，因为残留的一点儿信仰告诉他，他要在心中将这受难、这邪恶的煎熬饱尝至最后，他注定要在这受苦中逶迤赴死。我常常想起他，他并没有让我的生活过得更为轻松，他并没有那样的天分，可以支持和促进我内心的强大与欢乐。哦，正相反！但是我不是他，我不会过他那样的生活，而是过我自己的生活，一种狭小的，带着市民气，但有保障，充满职责的生活。所以我们才安然地怀着友情回想起他，我和我姨妈。她比我知道更多关于他的可说之事，但是它们都被封存在她善良的心中。

关于哈勒的笔记——这些奇异的，部分显得病态，部分美丽而充盈着灵思的幻想，我必须说，如果它们是偶尔落到我手中，我并不知道它们出自何人之手，那我一定会在震怒之下扔开这数页稿纸。但是由于我与哈勒相识，使得我有可能部分地理解它们，甚而赞同它们。我如果将它们单单视作某位个别的、可怜的患有心病者的病态幻想，那么我将有所顾虑，不愿将它们示与旁人。但是我在它们之中看到了更多，看到了一个时代的纪录，因为哈勒的灵魂疾病——这是我今天才明白的——不仅仅是某一个人的怪癖，更是这个时代本身的病症，是哈勒所属的那一代人的神经官能症，它所侵袭的绝不仅仅是那些弱小卑微的个人，更是那些坚强有力、最具精神追求、最具天赋的人。

这些笔记——不论它们引以为据的真实经历是多是少——是一种尝试：不是以回避与美化去克服这莫大的时代疾病，而是将疾病本身作为表达对象，以此超越它。这些文字所昭示的，毫不含混地说，是一条穿越地狱之路，是时而带着忧惧，时而充满勇气，在幽暗的灵魂世界那一片混沌中穿行的旅途。行此路所倚仗的是决心洞穿地狱，直面混沌，将邪恶之苦承受到底的意志。

是哈勒的一番话让我获得了通达以上理解的钥匙。有一次，在我们谈论了中世纪的所谓残忍之后，他对我说："这些残忍实际上算不上残忍。一个中世纪的人会对我们如今生活的整个风格感到厌恶，视其更甚于残忍、恐怖和野蛮！每一个时代、每一种文化、每一套风俗与传统都有它自己的风格，有与它相宜的温柔与严酷，美丽与残忍，会将某种受苦视为理所应当，对某种恶行容忍接受。人类的生活唯有在两个时代、两种文化和宗教彼此交叠之时才会成为真正的苦难，成为地狱。一个古典时代[1]的人若必须生活在中世纪，他将悲惨

1. 古典时代，指古希腊罗马时代，西方文化中被理想化的时代。

地受尽煎熬，窒息而死，正如一个野蛮人在我们的文明当中也必将窒息死去一样。却有如此一些时期，整整一代人陷入了两个时代、两种生活风格之间的夹缝中，丧失了所有的理所当然，所有的道德风俗，所有的保障和无辜。当然并非所有人对此会有同样强烈的感受。天性如尼采者，他注定要在超过一代人之前就承受今天的苦难——他独自一人，不被理解，饱尝过一切今天数千人所承受之苦。”

这些话，我在阅读这些笔记时常常想起。哈勒就属于那种陷入两个时代的夹缝之中，从一切保障与无辜中跌落出来的人。他们的命运即是将人类生活中一切可疑者强化为个人的痛苦和地狱，并一一经受之。

在这之中，依我来看，也许正蕴含着他的笔记之于我们的意义。因此我下定决心将它们传至世人手中。另外，我既不愿为它们辩护，也不愿对它们进行判决，唯愿每位读者以其良知予以裁决！

哈里·哈勒的笔记
仅予以疯人

白日尽逝，一如往常日子那般逝去。我消磨尽了它，温柔地消磨尽了它，用的是我那原始而羞怯的生活艺术。我花了几个小时工作，翻了翻几本旧书。我受了足足两个小时的疼痛，是年长的人有的那种疼痛。我服下了一剂药粉，乐得让那疼痛被哄骗过去。我躺进了一池热水中，吸入了可人的温暖。我收过三次邮件，匆匆看了一遍所有那些可有可无的信件和印刷品。我做了我的呼吸训练，而思维训练，今天因为懒散就放弃了。我散了一小时步，发现天空中呈现出羽状轻云那美妙、轻柔、珍贵的图纹。这确实是非常不错的，和翻阅旧书、躺在温暖的浴池中一样宜人，但是——统而观之——这说不上是让人神怡、光彩四溢、格外盈着幸福与喜乐的一天，而只是我长久以来已经习以为常，觉得再平凡不过的日子中的一个：这是一位有了年纪、心中尚怀不满的先生所过的不温不火的日子，安适得中规中矩，足可忍受，聊以度尽余生。没有特别的痛苦，不带特别的忧虑，并无真正的烦恼，也与绝望无缘。在这样的日子，甚而可以毫不激动、毫无恐惧、客观而平静地思考这样一个问题：是不是已经到时候了，该学学阿达尔伯特·史蒂夫特[1]，在剃须刀下断送性命了。

谁若是品尝过另外的日子——那些遭受痛风之苦，或者被扎根在瞳孔后、魔鬼一般将眼与耳的所有活动都从欢乐变为煎熬的剧烈头痛所折磨的恶劣日子，或者那些灵魂几近消亡的日子，那些内心空虚绝望的糟糕日子，我们身处受了摧毁又被股份公司压榨殆尽的土地上，而人类世界和他们在年度集市[2]那虚幻卑俗的苍白光辉中映出的所谓文化如同一剂催吐药形影不离地纠缠我们，冷笑着迎向我们，在我们那病态的自我中凝聚并发展至无可容忍之极——那些地狱般的日子，谁如果品尝过，他就会对今天这样千篇一律、不温不火的日子格外满意。他会心怀感激地坐在温暖的壁炉旁，心怀感激地读着晨报，确认今天又没有新的战争爆发，没有新的

1. 阿达尔伯特·史蒂夫特（1805—1868），奥地利著名作家与画家，十九世纪最杰出的德语小说家，诗意现实主义代表，因不堪忍受病痛而用剃须刀自尽。
2. 年度集市，德意志境内的小城自中世纪以来就有年度集市的传统，往往有各种杂耍和摊贩云集，喧闹欢腾持续数天，其中展现的大多是粗俗的乡土文化和末流街头艺术。

专制建立，在政界和商界没有过分惊人的肮脏行径被揭发出来；心怀感激地拨动他生了锈的七弦琴，好吟唱出一首有所节制、适度欢快、近乎娱人的感恩赞美诗来。他用这首赞美诗让他那宁静、柔和、被些许溴液[1]所麻痹的心满意足之苟安神灵感到了无聊。在这满意的无聊所蕴成的温热稠密的空气中，在这非常令人感激的无痛状态中，这两者，百无聊赖地点着头的苟安神灵与略微有了白发、吟唱着轻渺赞美诗的苟安之人，如同双生子一样彼此相似。

满意，无痛，还有这足可忍受的谦卑日子，其中既无痛苦也无热望胆敢发出叫嚣，一切都只是低声细语，踮起了脚尖走动——它们都是美好的事儿。只可惜，就我而言，我恰恰没法与这满意相容，没过多久就觉得它恶心可憎到无法忍受。我必须满怀着绝望逃入另一种情绪中去，有可能的话便向着热望的路上去，实在不行也要走到痛苦的道上。当我有那么一刻既无热望也无痛苦，感染了这所谓好日子中温和、平淡的安适之气，在我孩子气的灵魂中，就有如此飘忽的痛楚和悲苦侵扰我，让我将生了锈的感恩之琴砸向昏昏欲睡的满意之神的满意脸面，情愿让一种确如魔鬼般的痛在我内心灼烧，也不愿感受这宜人的室内气温。

我心中此时便燃起了一种狂野的欲望，要寻求强烈的情感，寻求惊天骇人之事；冒出了一股对这淡了音、减了味、

1. 溴液，即溴化钠，在二十世纪初还常被用作镇静剂。

合了规矩、去了毒菌的生活起的怒火；涌出了一阵急遽的渴盼，想把什么东西砸个粉碎，比如一座百货楼、一座大教堂或者我自己，想干些大胆莽撞的蠢事，想扯下两三个受人崇敬的偶像的假发，想送给两三个叛逆的逃学小子他们梦想已久的去汉堡的火车票，想引诱一个小女孩，想扭断若干市民秩序代表的脖子，毁掉他们的脸面。因为这最后一个是我在一切中最深切地憎恨、鄙夷和诅咒的：市民的这种满足、健康、安适，这种精心维护的乐观，这种培育得肥厚丰茂的中庸、规范和平凡。

就是在这样一种情绪中，我面对着突然来袭的夜色结束了这一差强人意的平常日子。我不是以对一个受着些苦痛的男人来说普通而有益的方式结束它的，不是让自己被已经安顿就绪、配着一袋热水做诱饵的床捕获入怀，而是带着对自己那些白日所为的不满和憎恶，郁郁不乐地穿上了鞋，套上了大衣，乘着茫茫幽暗与沉雾，到城中去，到“钢盔”酒馆里去喝饮酒常客们按老习俗所称的那“一小杯葡萄酒”。

于是，我出了我的阁楼，顺着楼梯往下走。这难爬的楼梯属于陌生人，属于极为规矩的三居户出租房，已刷洗过了，干干净净，完完全全透着市民气质，而我就栖居在这房子楼顶的一间斗室。我不知道这是怎么了，我这无家的荒原狼，痛恨小市民世界的独行客，却一再住进不折不扣的市民家中。这是我由来已久的一种情怀，我既不住宫殿，也不落脚在无产者的屋室，总是偏偏栖息在这些极为正经、极为乏味、维护得无可指摘的小市民巢窝，这里有点儿松节油，有点儿肥皂的味道，如果哗啦一下猛地拽开房门，或者穿着脏鞋踩进去，都会感到窒息。我爱这气氛，这无疑源自我的孩提时代。我对像家这等事物的隐秘渴望，让我无可奈何地一次次回到这条愚蠢的老路上。

话说回来，我也乐于有这反差：我的生活，我这孑身独行、无所依恋、倥偬流离、一派浑噩的生活与这市民家居环境之间的反差。我乐得在这楼梯上呼吸安宁、井然、洁净、正直与温顺的气息，它尽管与我对市民的憎恨相悖，却依然有着触动我心之处。我乐得随后跨入我的房间。在这里，之前的一切顿时消失。书堆中间横陈着烟蒂，竖立着酒瓶。所有东西都杂乱无章，没有安置，不受惜护。书、手稿、思想，这里的一切都抹上了、浸透了孤独者的困苦，人之为人的难题、为这丧失了意义的人类生活寻求新的意义之源的渴念。

现在，我走过了那株南洋杉。在这所房子的二楼，楼梯会拐过一家住户门前的一小块空地。这个房间无疑比其他几家还要无可挑剔，更干净，更刷洗一新，因为这一小块空地充溢着一种因超越人力呵护而透出的光彩，它是闪亮的微小庙宇，供奉着秩序。在一方让人不忍心搁下脚去的镶木地板上立着两个小巧的花架，每一个花架上都立着一个大花盆，一个盆中长着一株杜鹃花，另一个盆中是相当壮硕的一株南洋杉，那是完满到了极致的一株健康而茁壮的装饰树，直到最后一个枝丫的最后一片针叶都流溢着最为清洁一新的光彩。有时候，当我知道近旁无人窥见自己时，我将这一处当作庙宇，在南洋杉上方的一级楼梯台阶上坐下，稍作安定，双手合十，虔诚地向下凝望这一象征秩序的小花园，它动人的仪态与孤独的谐趣都莫名地袭入我灵魂中。我推测，在这一块空地后，大约就在南洋杉的神圣荫蔽下，有着一间盛满闪亮的桃心木家具的公寓，有着一种颇为正直与健康的生活，包括每日早起、恪尽职责、适度欢快的家中喜庆、周日的教堂礼拜和每晚早睡。

带着乔装出的欢快兴致，我快步走过小巷中湿漉漉的沥青路。路灯滴着泪，蒙了雾，投下光，穿过凉湿的沉幽，从浸湿的地面吸取慵懒的反光。我那已经淡忘的年少时光重回脑海——我那时多么钟爱这些深秋或冬日里幽暗而阴沉的夜晚，我那时多么贪婪而沉迷地吸取孤独与忧郁的情调，当我半宿半宿地裹着大衣，冒着雨和风，穿行于满怀敌意、树叶凋落的自然。那时我已是孑然一人，可是有着深挚的享受，心中自然生出诗句，那些我之后在自己那间斗室里就着烛光、坐在床沿写下来的诗句！而今，那些已成往事，杯中酒已被饮尽，无法再为我斟上。这让我遗憾吗？这没什么遗憾。已成往昔的，便无可遗憾了。

可遗憾的是此时，是今日，是所有不曾数过的时日，我失去了它们，我只是熬过了它们，它们既没予我馈赠，也不曾震撼过我。可是，要赞美上帝，毕竟还是有例外：偶然间，罕见地，会有不一样的时光给我以震撼，予我以赠礼，撕开了四壁，重新将我这茫然若失的人带回到世界活跃的心脏旁。我怀着哀伤，内心深处却又激动不安，努力回忆着我上一次有这类经历的情形。那是在一次音乐会上。当时演奏的是一种美妙的旧式音乐，在木管乐手演奏的一首钢琴曲的两个节拍之间，通向彼岸世界的门突然向我敞开，我飞越了天庭，看到上帝在行他的功业，我承受了极乐之痛，不再抵抗世间任何事物，不再畏惧世间任何事物，我肯定一切，将我的心交付于一切。这并没有维持多久，也许是一刻钟，但是在那天深夜的梦里，它又重现了。从此以后，在所有这些荒芜的日子里，它时不时地暗中发出光亮来。我偶尔能得到几分钟的时间，将它看个分明，看它如同一线金色的神之印痕贯穿我的生活，几乎总是深深陷入污泥与尘埃中去，然后又在金色光焰中放射更夺目的光，似乎永不会再沉落，可是很快又还是深深坠落了。

有一次是在深夜，我卧床未眠，突然说出几句诗来，那诗句太美、太神奇，以至于我不曾斗胆将它们写下。而次日早晨我再也记不起它们来，但它们却藏匿在我内心，就如同藏于一层古老脆弱的果壳内的沉沉果仁。另一次是在读一位诗人的作品时，在思考笛卡尔或帕斯卡尔的一个思想时。还有一次，它又放出了光芒，让金色印痕一直延伸向天空中，那时我在我的恋人身边。难啊，要在我们所过的这凡世生活当中寻得那神的痕迹，在这如此满足适意、如此市民气、如此缺失灵慧的时代当中，目睹着这样的建筑、这样的商业、这样的政治、这样的人而寻找那神的痕迹！身处如此一个世界，它的目标我无一可以苟同，它的欢乐无一可以引我共鸣，我怎能不成为一头荒原狼，一个粗野的隐士！

我既不能在一家剧院或一家电影院里忍受稍长的时间，也几乎读不下一份报纸，很少能读完一本现代书。我没法理解，人们在塞得满满的火车上、宾馆里，在塞得满满的、放着腻人又逼人的音乐的咖啡馆里，在高雅的豪华都市的酒吧和会演中，在世界博览会上，在彩车队伍里，在为渴求教养者办的讲座里，在阔大的体育场上寻找的是什么样的趣味和欢乐——这些我本也可以获取而其他上千人都在急切又费力地追求的欢乐，我一概不能理解，不能分享。而我在我那少见的欢乐时刻所经历的，我心目中的至乐、体验、迷醉和升华，顶多可以在诗歌作品中为这个世界所见识、寻找和钟爱。在生活中，世人会觉得这是发了疯。确实，如果世界是对的，如果咖啡馆里的音乐，那种大众娱乐，那些来自美国、浅尝些许就心满意足的人是对的，那么就是我错了，那么就是我疯了，那么我就真的是我常常自称的荒原狼，一头误入对它来说陌生而不可理喻的世界的兽，它再也找不到它的家、空气和养料了。

带着这常常萦绕我的思绪，我继续走在湿漉漉的街道上，走进了这座城市最宁静也最古老的一个街区。在小巷的另一边，与我相对望的是矗立在幽暗中的一堵古老的灰色石墙，那是我一直乐于观望的。它总是这么苍老而不问烦忧地立在那儿，立在一座小教堂和一家旧医院之间。它粗糙的墙面是我在白天让目光休憩之所，在内城里很少有这么静好无语的平面了。一般来说，每半个平方米上都有一户商家、一名律师、一位发明家、一个医生、一个理发师或者治鸡眼的大仙朝着别人吆喝自己的名号。

现在，我又看到这堵老墙静静地立在它的安宁中，但是在它身上有了点变化。我看到墙正中有一扇漂亮的小拱门，带着一个尖顶。我感到诧异，因为我真的不记得，这扇小拱门是一直就在这里，还是新冒出来的。它看上去无疑是古旧的，年代格外久远。这关闭了的小门连同它暗色的木门板兴许在数个世纪前就已经是通往某个沉睡中的修道院的入口，今天依然如此，即使那修道院已经不在。很有可能我已看过上百次这道门，只是从来没有在意过。也许它刚刚粉刷过，这才让我注意到了它。

不管怎样，我停住了脚步，专注地朝那边看过去，却没有走过去。两边之间的路是这么湿软，仿佛地面都消失了。我就待在人行道上，仅仅向那边眺望。一切都已深染夜色，我隐约看到，在拱门周围有一圈花环或者什么彩色的编织物。我费劲地想看仔细些，这时才看到拱门上方有一块明亮的牌子，我似乎还看到上面写了些什么。我使劲瞪着眼瞧，最后还是不顾污泥水洼，走到了对面。这时，我看到拱门上方，在石墙古老的灰绿色中有一小块被微光照亮，其上闪动着几个彩色的字母，一下子又消失了，然后又亮了起来，随后又灭了。

我想，现在那些人干脆把这好好儿一面老墙也毁了，做成了一个灯光广告箱！这时候我看出了闪闪烁烁的单词中的几个，它们很难读懂，只能半猜半蒙。那些字母闪现得间歇不等，光线惨淡，熄灭得又太快。那想用这些字母来做生意的男人做事儿不能干，他是一头荒原狼，可怜的家伙。他为什么要让他的字母在这儿，在旧城区最阴暗的小巷里的这堵墙上，在这个时间点，在没有人路过这儿的下雨天亮起来，为什么它们还闪得这么快，这么转瞬即逝，这么反复无常，让人读不懂？但是等等，现在我做得到了，我可以逐个捕捉到许多个单词了，它们连起来就是：

魔法剧院
非所有人可入
——不接待所有人

我试着打开小门，这沉重的古旧把手怎么压都压不动。字母的闪烁结束了，突然之间没有了，哀伤泛起，自知徒劳。我后退了几步，狠狠踩入了污泥里，再没有字母亮起来，灯光熄灭了，我久久地站在污泥中，等了又等，只是枉然。

我放弃了，走回到人行道上，就在此时，几个彩色的灯光字母在有反光的沥青路上跳跃到了我眼前。

我读到：

仅——予——以——疯——人！

我双脚已湿，身上受冻，却还是留在原地等了一会儿。又什么都没有了。正当我站在那儿，想着，这些柔和的彩色字母鬼火一般在湿的墙和黑亮的沥青路上浮现，是多么动人，我以前的一个思想片段突然间又冒了出来：那个倏然发光，但瞬间又会遥不可及、无从寻觅的金色印痕的比喻。

我实在冷了，又往前走起来，那印痕还在脑中盘旋，满心都是通过那道门进入一个只给疯人开的魔法剧院的渴望。我这会儿走到了集市区，这里不缺夜间的消遣场所，走不了几步远就见一个海报挂着，一块小板招揽着：女士乐队——联欢会——电影院——舞会之夜，但是这些都不是给我的，而是给“所有人”的，给那些我四处看到的成群结队穿门而入的正常人的。尽管如此，我的哀伤情绪还是得了一点儿振奋，毕竟从另一个世界传来了一声招呼，触动了我。几个彩色的字母舞动着，在我的灵魂之上闪烁过，拨弄了隐藏起来的和弦，金色印痕的一点点微光又显现出来了。

我找到了那家老爷级的小酒馆。从我第一次在这座城市暂住，也就是从大约二十五年前到现在，酒馆里什么都没有改变，连女店主都是当年那一个。今天的客人中有几位当年就坐在这里，在同一个座位上，对着同一些酒杯。我走进了简朴的酒馆里，这里是避难所。虽然这也只是一个避难所，就像楼梯上南洋杉旁那块地方一样，我在这里找不到家和同伴，只能找到一处宁静的观众席，面向那陌生人上演陌生戏的舞台，但是这块宁静的处所已经有其可贵之处：没有人群，没有吵嚷，没有音乐，只有几个坐在没铺桌布的木桌（没有大理石，没有珐琅镶面，没有绒毛台布，没有黄铜装饰）旁的安静市民，每人面前一杯夜间饮料，一杯价廉物美的葡萄酒。

也许这几位我常见到，因而也算相识的熟客是不折不扣的庸俗小民，在自家庸俗市民的房子里也摆着供奉愚笨的心满意足神像的圣坛。也许他们也是我这样落了单、丢了神的浪荡子，安安静静又心事重重地为破了产的理想买醉的酒客，他们也是荒原狼和可怜的魔鬼。我真不知道实情。他们每一个人都是被一种乡愁、一种失望、一种对替代品的需求牵引到这儿来的。已婚男人在这里寻找他做单身汉时的氛围，老公务员寻找他学生时代的余音。他们所有人都相当沉默，他们所有人都是酒徒，和我一样宁愿坐在半升阿尔萨斯酒前也不愿坐在一个女士乐队前。我在这里抛下了锚，这里还可以待上一个小时，两个小时也行。我刚喝下一口阿尔萨斯酒，就意识到，我今天除了早餐的面包还什么都没吃过。

真奇怪，人都能吞下些什么啊！我读一份报纸读了大约十分钟，让一个毫无责任感的人的精神通过双眼侵入了我内心，他把别人的话放在嘴里大肆咀嚼，掺进自己的唾液，却没有消化就又吐了出来。这是我自取的，足足一个专栏这么长。然后我咽下了一大块牛肝，那是从一个被打死的小牛的肝上切下来的。真奇怪！最好的还是阿尔萨斯酒。我不喜欢味道狂放浓烈的葡萄酒，至少不喜欢常喝，它们挥洒着强刺激，拥有著名的特产风味。我最喜欢的是完全纯净、柔和、恬淡的本地酒，它们没什么特殊的名字，可以喝许多也不醉，而味道就如同乡土大地、天空丛林一般纯良友好。一杯阿尔萨斯酒和一块好面包，这是所有餐饮中最佳者。但我现在已经有了一份牛肝在我肚中，对我这样极少吃肉的人来说是额外的享受，而我面前已放了两个杯子。这也是让人奇怪的，在绿色山谷的某处，健康老实的人儿种植了葡萄，酿出了酒，好让这个世界上远离他们的各个地方，一些失望潦倒的市民和茫然无措的荒原狼可以从他们的杯中稍微吸取一点儿勇气和兴致。

随它去吧，该奇怪就奇怪吧！这样效果挺好，起了作用，兴致也来了。对这报纸文章的词语糨糊，我爆发出一阵迟来的放松的大笑。极为突然地，我又想起了本已淡忘的那支木管钢琴曲的旋律，它如同一个映照四周的小肥皂泡，在我内心中升高，发出光亮，以彩色和小巧映出了整个世界，然后又温柔地消散了。如果这一段来自天国的小旋律偷偷在我的灵魂中扎下了根，某一天会再次在我内心中绽放它鲜艳的花朵，散发一切迷人的色彩，如果这是可能的，那么我在此地还会完全迷失吗？即使我也是一头误入歧途的兽，对自己周遭的世界茫然不解，在我这愚蠢的生活中却还是有意义的。在我内心中有什么在给予回应，接收着来自远而高的世界的呼唤，在我的头脑中堆叠起了成千的图像：

乔托[1]画在帕多瓦的一个小蓝色教堂拱顶上的一群天使，他们身旁走来哈姆雷特和佩戴花环的奥菲利亚[2]，世界上所有哀伤和所有误解的美丽化身。在燃烧的气球中立着造飞船的乔诺索[3]，正吹响号角，阿提拉·施梅尔茨勒[4]手上拎着他的新

1. 乔托（1266—1337），意大利著名画家，文艺复兴的伟大先驱。

2. 哈姆雷特和奥菲利亚，莎士比亚名剧《哈姆雷特》的男女主人公。奥菲利亚因误解哈姆雷特，绝望溺水而亡。

3. 乔诺索，德国小说家让·保尔于1801年出版的短篇小说《飞船制造者乔诺索的航行日记》中的主人公。

4. 阿提拉·施梅尔茨勒，让·保尔于1808年出版的讽刺小说《军队牧师施梅尔茨勒赴菲尔茨之旅》的主人公，一个做过逃兵、虚荣无耻又一心钻营的教士。

帽子，婆罗浮屠[1]的佛像之山伸向空中。虽然这一切美丽的形象也可能鲜活地居于其他上千个心灵中，可还有上万个其他不知名的图像与音响，它们的家园，观看它们之眼，倾听它们之耳仅仅驻居在我的内心里。历尽岁月剥蚀而斑驳陆离，显露灰绿色的医院古墙，上面的裂缝与蚀痕让人遐想出上千壁画——谁给它回应，谁将它纳入自己的灵魂中，谁钟爱它，谁感受到了它款款消退的颜色中的魔力？

僧人们的那些带有微微闪亮的花体首字母的古书，还有那些在两百年前、一百年前由德意志诗人写就却被他自己的族人忘却的书，所有那些磨损坏了、起了霉斑的书卷，以及古代乐人的印刷稿和手稿，那些记载了他们凝固的声音之梦，扎得紧紧的、颜色已泛黄的乐谱——谁倾听他们充满灵慧、戏谑和渴求的声音，谁怀着一颗满载他们的精神与魔力的心穿行在另一个与他们漠然相隔的世界？谁还在思念矗立在可眺望古比奥城的山峰高处的那一棵坚忍的小柏树，在一次山崩中被折弯，被劈开却坚守住了生命，再次长出单薄新枝的小柏树？谁恰如其分地对待二楼那位勤劳的家庭主妇和她无遮掩的南洋杉？谁在深夜品读莱茵河上飘浮过的云雾幻化成的文字？是这头荒原狼。谁在他生活的废墟中寻觅摇曳支离的意义，饱受看似无意义之事的痛苦，过着看似疯癫的日子，

1. 婆罗浮屠，印度尼西亚著名佛塔，世界七大奇观之一。

暗自希望在最后的迷乱中还能领受天启，与神相近？

我捂住女店主想再次给我斟满的酒杯，站起身来。我不再需要酒了。金色印痕已经亮起，让我想起永恒，想起莫扎特，想起群星。我又有一个小时可以呼吸，可以生活，得以存在，不需要承受煎熬，不需要害怕自己，为自己而羞愧了。

当我走到已然沉寂下来的街上时，丝丝细雨被冷风吹得零乱，拍打着街灯，闪出玻璃般的光亮。现在去哪儿？假若我在这一刻持有让我实现愿望的法力，那我就会给自己变出一座漂亮的小厅堂，路易十六风格的，其中有两三位不错的乐手为我演奏两三段亨德尔和莫扎特的曲子。我现在的情绪正适合这个，我会像众神啜饮琼浆一般，啜饮那清凉、高贵的音乐。噢，如果我现在有一位朋友，不论在哪个阁楼里住着，就着一支蜡烛冥思，一把小提琴就搁在身旁，那该多好！那我将就着这夜的寂静，悄悄儿走到他身边，无声无息地顺着曲曲折折的楼梯间登上去，吓他一跳。我们将用闲聊和音乐来欢度这几小时超凡脱俗的深夜时光！我也曾常常品尝这样的幸福，在往昔的岁月中，但是随着时间流逝，这些也远离了我，消散于无形。此处与昔日之间横亘着凋萎的岁月。

我犹犹豫豫地朝回家的路上走，竖起大衣的衣领，用手杖敲打湿淋淋的铺路石。即使这么放慢脚步，我很快又会回到自己的阁楼间里去，我那小小的名义上的家，我不爱它可也离不了它，因为我可以在外走过整整一个冬季雨夜的时代已经一去不返了。现在，凭上帝之名说，我不想让我傍晚时的好情绪受破坏，不论是雨，是痛风，还是南洋杉。如果得不到室内乐队，也找不到有把小提琴的孤独友人，那柔和的旋律还是会在我内心里奏响，我可以伴着合节拍的呼吸轻轻哼唱，给我自己大致演奏出它来。我一边想着，一边继续走。不，没有室内乐，没有那样的朋友也不会怎样。无力地追求温暖以折磨自己，是可笑的。孤独就是无所依赖。我原本就希望如此，长年以来汲汲以求的就是如此。孤独是冷的，噢，确实冷，但它也是静的，静得美妙，大得美妙，如同群星旋转的那个冷寂空间。

从我走过的一个舞厅里，一阵激烈的爵士乐朝我涌来，热而生野，如同生肉冒出的蒸汽。我的脚步停住了片刻。这种音乐，不论我是多么厌恶它，它却总有一种秘密的魅力吸引我。爵士乐是我所反感的，但是它在我眼里胜过今天所有的学院派音乐十倍，它那种欢乐而生野的蛮劲儿也触及了我本能世界的深处，它呼吸着一种天真而耿直的肉欲气息。

我站在那儿，嗅了片刻，品位这血腥而尖锐的音乐，不怀好意却又贪婪地探察那些舞厅里的气氛。这音乐中有一半带着抒情诗的味儿，甜得过分，感觉腻人，滥情的伤感饱满欲滴，另一半则野蛮，任性，有力。但这两半却天真而和平地汇合成了一个整体。这是末世音乐，在末代帝王统治时的罗马必然有过与它相似的音乐。当然，与巴赫、莫扎特等真正的音乐相比，它是一种亵渎——但是这完全是我们的艺术，完全是我们的思想，完全是我们的伪文化，与真正的文化一比就可看出来。而这音乐有其优点：一种高度的坦诚，一种令人喜爱的率真的黑人特质和一种欢快的孩子气的情绪。它含有某些黑人特有的和美国人特有的东西，而对于我们欧洲人来说，美国人在他所有的强处中都透出小男孩才有的清新与天真。欧洲也会变成那样吗？它正朝着那方向走去吗？我们是昔日的欧洲、昔日那真正的音乐、昔日那真正的诗歌的老相识和敬仰者吗？我们只不过是一小群愚笨的、纠结的神经病患者，明天就会被遗忘和嘲笑吗？我们所称的“文化”、精神、灵魂、美与神圣，它们不过是一个幽灵，死去已久，只有我们这几个愚人才会将其当作真实而有生命的吗？也许它们从来就不曾真实过，不曾有过生命？也许我们这群愚人费尽力气来维持的，本来一直就是幻影？

旧城区接纳了我，小教堂灯火尽熄，恍如虚幻，立在一片蒙蒙灰色中。突然我又想起了傍晚时的经历，那谜一般的尖顶拱门，门上方谜一般的招牌，带着嘲讽舞动的发光字母。那些文字是怎么写的来着？“非所有人可入”和“仅予以疯人”。我以查验的目光朝那古墙看过去，暗中希望那魔术会重新开始，那文字会向我这疯人发出邀请，那小门会准我入内。也许在那里有我所渴求的东西，也许在那里会演奏我的音乐？

黑暗的石墙与我悠然相望，它身处重重昏朦中，封闭着，深深沉浸在它的睡梦中。没有哪里有门，没有哪里有尖顶，只有黑暗而宁静的无洞之墙。我微笑着往前走，一边友好地朝那堵墙点点头。“好好睡，墙，我不会唤你醒来。时候已经到了，他们要来拆掉你，或者给你贴上他们那些流露贪欲的公司招牌了，但是你此刻还在那，还是美而安静的，让我心生欢喜。”

从一个黑暗巷口冒出来一个人，一口痰就吐在我跟前，把我吓了一跳。他孤身一人，晚归，步履蹒跚，头上一顶帽子，披着一件蓝色短衣，肩上扛着一根长棍，棍上挂了一张海报，肚皮前的腰带上挂着一个敞开的木匣，就像那些年度集市上的小贩挂着的那样。他困倦地走在我前面，没有回头看我，否则我会和他打个招呼，递给他一根香烟的。在下一盏街灯的光里，我试着读懂他那面四方旗，他挂在长棍上的红色海报，但是它晃来晃去，我什么都看不到。这时我喊了他一声，请他给我看看那海报。他站住了，把他的长棍放平一点儿，这样我就可以读出那些跳动的、摇摆的字母了：

无政府主义的夜间娱乐

魔法剧院！

非所有人可……

“您正是我刚才在找的人，”我高兴地叫道，“您这夜间娱乐是什么？在哪儿？什么时候有？”

他已经往前走了。

“不是给所有人的。”他冷漠地说，声音里满是睡意，一边还在走。他受够了，他要回家。

“停一停。”我边叫，边跟着他走，“您的箱子里放了些什么？我想从您这儿买点东西。”

他没有停住脚步，机械地从他的木箱子里掏出了一本小书，朝我递过来。我迅速接住了它，插进了口袋。当我解开大衣的纽扣，想找钱出来的时候，他往旁边一拐，进了一道门，随手把门从身后关上，消失了。在庭院里响起了他沉重的脚步声，首先是响在石板地面上，然后是木质楼梯上，接下来我就什么都听不到了。我突然之间也变得格外疲倦，感到时间已晚，正是适于回家的时候了。我加快了脚步，没多久就穿过了沉睡的郊区小巷，走到了我那位于城墙之间的地盘，这里有公务员和退了休的小人物住在门前有草坪和常青藤、小而洁净的租住房里。走过常青藤，走过草坪，走过小杉树，我到了房门口，找到了钥匙孔，找到了开灯的按钮，悄悄溜进玻璃门，走过打磨光滑的柜子和盆栽，打开了我的小房间，我这小小的名义上的家。家里有靠背椅和壁炉、墨水瓶和颜料盒、诺瓦利斯和陀思妥耶夫斯基在等我，就如同其他人，正儿八经的人在回家时有母亲或妻子、孩子们、仆人们、狗和猫在等他们那样。

当我脱下湿了的大衣时，那本小书又滑落到我手中。我把它抽了出来，这是一本薄薄的、印在劣质纸张上的年度集市小册子，就像《一月份出生者必读》或者《怎样在八天内年轻二十岁？》之类的书。

但是当我蜷缩进靠背椅里，戴上老花镜时，我带着万分惊奇和豁然明朗的宿命感，在这本年度集市小册子上看到了这个标题：《论荒原狼——仅予以疯人》。

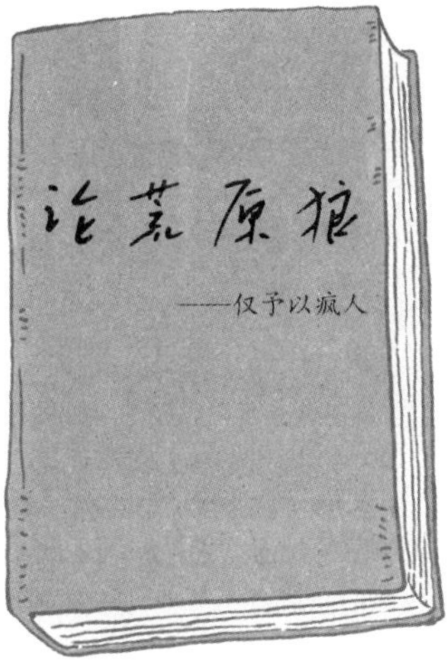

下面就是这本书的内容，我一口气把它读完了，兴奋之情不断高涨：

从前有一个人名叫哈里，又称荒原狼。他两条腿走路，身上穿有衣服，是一个人，但是他其实是一头荒原狼。他学会了有完好理性的人能够学会的许多东西，他是一个相当聪明的人。但是他没有学会的是：对自己和自己的生活感到满意。他做不到这一点。他是一个心怀不满的人。这很可能是由于他在心底时时刻刻都知道（或者自以为知道），他其实根本不是人，而是一头来自荒原的狼。

聪明的人兴许会争论，他真是一头狼吗？他没准儿是在出生之前被施了魔法，从一头狼变成一个人，或者他是作为人出生，但天生拥有一头荒原狼的灵魂，被这灵魂所掌控，又或者相信自己其实是头狼这个信念，仅仅是他自己的一个幻想或者一种病。比如说，有可能这个人在童年时期性子野，管不住，不讲秩序，教养他的人努力要杀死他心中的野兽，却恰恰由此造就了他的幻想和信念：他其实本来就是头野兽，只是外表套了薄薄一层教化和人性的皮。这样的争论可以长久地、兴味盎然地持续下去，甚至让人写出一本本书来。但是这对荒原狼并无用处，因为对他来说，那头狼是用魔法、用拳脚塞入他心中的，还是仅仅是他灵魂的一个幻象，结果都一样。其他人对此会有何想法，甚而他自己对此会有何想法，对他来说都毫无价值，这并不能将狼从他心中驱除。

所以，荒原狼有两副天性，一边是人性，一边属于狼，这是他的命运。也许这命运并没有什么特别和稀罕之处。世人应该已经见过许多内心载满狗或者狐狸、鱼或者蛇的天性的人，他们并没有因此而有特别的困难。在这些人身上，人与狐狸，人与鱼相安无事地共存着，一方不会让另一方难受，甚至一方还会帮助另一方。在有的人那儿，这情形发展到了招人嫉妒的地步，给他带来好运的，更多的是狐狸或者猴子而不是人。这的确是尽人皆知的。但是哈里的情况不一样，在他身上，人和狼没法并行不悖，更没法互帮互助，他们始终处于水火不容的敌对关系，一方的存在仅仅是为了让另一方遭罪。如果在同一血脉中，在同一个灵魂中，有互为死敌的两者存在，这将是一种恶劣的生活。当然，人各有命，无一轻松。

至于我们的荒原狼，他虽然感觉自己时而是狼，时而是人，就如同所有具有混合性质的人那样，但是当他是狼的时候，他内心中的人始终潜伏在一旁，注视他，做评价，下判决——而在他做人的那些时刻，狼也是如此。比如，当哈里作为人产生了一个美好的想法，获得了一种精致、高贵的感受或者实行一个所谓的善举时，他心中的狼就会露齿大笑，以血腥的嘲讽让他看到，在一头荒原之兽、一头狼面前，这整场高贵的表演有多可笑。这头狼心知肚明，什么是让它称心的，那就是在荒原上孤独逡巡，偶尔饮血或追逐一头母狼——而从狼眼来看，人的一举一动都滑稽而尴尬、愚笨又虚荣得可怕。但是当哈里自觉是头狼，做出狼的举止，向别人亮出牙齿，对所有人和他们虚伪堕落的姿态和习俗油然而生仇恨和深重敌意时，那情况也毫无二致。因为这时他心中的人就会潜伏在一旁，观察这头狼，称它为畜生和野兽，捣乱和败坏它从它那简单、健康和狂野的狼本性中获得的所有快乐。

荒原狼就身处如此一种境况中。可以想象，哈里拥有的不会是舒适幸福的生活。可这并不是说，他不幸到了非常特殊的地步（尽管他自己也许是这么觉得的，就像每一个人都会把落到自己头上的苦难看作天下头号灾难那样）。对谁都不该这么说。谁如果心里没有装着一头狼，并不一定就因此而幸福。即使是最不幸的生活也有阳光照耀的时刻，在沙粒与岩石之间也会有小小的幸福之花。在荒原狼这里也是如此。他大多数时候极为不幸，这是无可否认的；他也能让别人不幸，那就是在他爱上了他们，而他们也爱上了他的时候。因为所有对他萌生爱意的人，总是只看到了他的一面。

有些人爱他是个优雅、聪明和独特的人，他们势必在他身上突然发现狼。这时他们就会受到惊吓，感到失望。而这他们避免不了，因为荒原狼和所有生灵一样，想要作为整体得到爱，因此他若格外在乎一些人对他的爱，就不会向他们隐藏、否认那头狼。但是也有恰恰就爱他心中的狼，爱他的自由、狂野、不驯、危险和强悍之处的人，这些人又会分外失望和悲切，当这头狂野而邪恶的狼突然之间显得还是一个人，心中仍怀有对善良和温柔的渴望，也还是听莫扎特、读诗、拥有人性理想时。恰恰是这些人，失望和恼怒之情大多尤其严重。就这样，荒原狼把他自己的双重性和分裂品格也带入了他接触的所有其他人的命运中。

但是谁如果认为他了解荒原狼，能够想象出他凄惨、破碎的生活，那他还是错了，他知道的远不是全部。他不知道（正如无例外则无规则，唯一一个罪人在某种情况下比九十九个正义者更得上帝青眛），在哈里这里也有例外，也有幸福的辰光，他也能偶尔让狼、偶尔让人纯粹而不受打扰地在自身中呼吸，思考，感受。的确，这两者在非常少的时刻，偶尔也会缔结和平，相亲相爱地生活，那不仅仅是一方安睡时另一方醒着，而且两者还加强对方，每一方都让另一方加倍强化。有时候，在这个男人的生活中，就像在世界上所有角落一样，一切惯有的、寻常的、可理喻的和合规矩的举止，其目的看似都仅仅是为了在这里那里能得到短短几秒的喘息，预备着被打破，给反常之事、奇迹和悲悯腾出位置。这些短暂而少见的幸福时刻是否能平衡和弱化荒原狼的糟糕运数，好让幸福与苦难最终达到均衡，或者那少数时刻中短暂却强大的幸福会不会甚而吸走一切苦难，最终获胜，这又是有闲之人尽可随其心意去思量的一个问题。这头狼也常常为之陷入深思，那是在他悠闲而无所事事的时日里。

在这里还有一点要说明。和哈里类型相似的人为数不少，许多艺术家就属于这一类。这些人内心里都有两个灵魂、两种本质。在他们身上，神与魔鬼的特质、母亲与父亲的血脉、取得幸福和遭受苦难的能力也敌对而又纠缠地并存着，交织着，就像哈里身上的狼和人一样。这些人，他们的生活格外不平静，而他们偶尔却在少有的幸福瞬间经历了如此强烈之事、无法言状之美。瞬间幸福的泡沫偶尔会在苦难之海上方喷溅得如此高，如此亮眼，以至这短暂而闪亮的幸福以其四射的光辉也感染和迷住了其他人。如此，苦难之海上珍贵而转瞬即逝的幸福泡沫便成就了所有那些艺术品，它们让一个受苦之人有那么一个小时，能将自己高举到自己的命运之上，以至于他的幸福如一颗恒星闪耀。而对一切见到它的人来说，那仿佛是永恒之物，是自己的幸福之梦。

所有这样的人，不论他们的行为和作品叫什么都好，他们其实根本不拥有生活。这就是说，他们的生活不是既成物，没有形体，他们不是像其他人成为法官、医生、鞋匠或者教师那样成为英雄、艺术家或思想者。一旦无人愿意，在如此一种生活的混乱之上发出光来的那些少见的经历、行动、思想和作品中看到意义，他们的生活就是一种永恒而多难的运动，惊涛滚涌，于不幸和痛苦中碎裂，悚然而无意义。在这样一类人中，产生了如此危险可怕的念头，即也许整个人类生活都只是一个大错误，是源初之母的一次剧烈而失败的小产，是自然的一次狂乱而严重失误的尝试。但是在他们之中也产生了另一个想法，即人也许不仅仅是一个半成的理性动物，也是众神之子，注定不朽。

每一种人都有他们的标志，他们的记号，每一个种类都有他们的美德与恶习，每一个种类都有他们的重罪。荒原狼的标志中有一个是：夜行之人。早晨对他来说是一天中的一个坏时段，让他害怕，从来没给他带来过什么好事儿。他一生中从来没有在哪个早晨真正高兴过，他从来没有在中午之前的时间里干过什么好事儿，有过什么好念头，也没法给自己或他人制造点欢乐。在下午的时光里，他才渐渐变暖，有了生气。而要到傍晚，还要赶在他时运不错的日子，他才会事半功倍，机灵活泼，偶尔还会变得炽烈、欢快。与此相连的还有他对孤独和自立的需求。从来没有一个人对自立的需求像他这么深切，这么热烈。在他的少年时代，当他还受着贫穷，费尽力气挣面包的时候，他宁愿忍饥挨饿、衣衫褴褛，也要换取一点点自立。他从来没有为了钱和舒适的生活出卖自己，也从来没有卖身给女人和权贵，他上百次地抛弃了、拒绝了在全世界眼中都是有利于他、造福于他之物，为的是保持他的自由。对于他来说，最可恨、最残忍的想象莫过于，他必须干一份公职，遵守每日每年的时间表，听从别人而行事。一间办公室、一间事务所、一间公事厅，他忌恨它们如同忌恨死亡。他能在梦里经历的最恐怖的事儿，就是陷身军营而不得出。

他设法挣脱了这所有境地，时常为之付出了挺大的代价。这正是他的强处和美德所在，他在这一点上不屈不挠，毫不动摇，他在这一点上性格坚定而刚正。只是，这美德又与他的苦难和命运紧紧相连。他的境况和所有人遭遇的并无两样：他出于自己本性中最内在的本能，最为顽固地寻觅和追求的，他得到了，但是超出了于人有利的分量。起初那是他的梦和幸福，之后成了他苦涩的命运。追权的人毁于权，逐钱的人毁于钱，卑下的人毁于卑，求乐的人毁于乐，而荒原狼则因其自立而遭厄。

他达到了他的目标，他变得越来越自立，没有人可命令他，他不听从任何人，他自由而孤独地决定自己的所为所不为。因为每一个强人都毫无差池地获得了真正的本能让他寻找之物。但是在这获取的自由当中，哈里突然察觉：他的自由是一个死神，他孑然独立，世界以一种可怕的方式让他一人静处，人们与他再无关系，他自己也与自己再无关系，他渐渐窒息在越来越淡薄的失尽关联而一人孤绝的空气中。因为现在的情形是，孤独和自立不再是他的愿望和目标，而是他的宿命、他的判决。魔咒已经奏效，无法收回。如果他满怀渴望和善意，展开双臂，迎接联结与共处，也无济于事：现在人们都已离他而去，让他孤身一人。而他并不是那么可恨、招人反感，他有非常多的朋友。许多朋友喜爱他。但是他找到的，都只是好感与友谊。他们邀请他，送礼给他，写语气热情的信给他，但是没有人走近他，没有形成联结，没有人愿意并能够分享他的生活。现在围绕他的是孤独的空气，一种静谧的氛围，一种与周围世界的脱离，一种建不起联系的无能；没有任何意志，没有任何渴望能让这种无能缓减稍许。这是他生活的重要标志之一。

另一个重要标志是，他属于自杀人群。在这里必须说明，只将那些真正自寻短见的人称为自杀人群，是错误的。在他们之中甚至有许多人，在某种程度上是出于偶然才成为自杀者的，自杀意向并不一定就是他们的本性。在毫无个性、不带突出特征、与强大命运无缘的人之中，在庸庸大众和乌合盲从之流中，有些人因自杀而丧命，却不会因此而携其所有的标志和特征成为自杀人群类型的一员。而又有一些就其本性而言属于自杀人群的，他们中很多人，也许是大多数人，从来不曾真正对自己下手。“自杀人群”——哈里就是其中一个——并不是非得生活在与死亡的一种紧密关联中。要做到这一点，也不是非成为自杀者不可。但是自杀人群有其特有之处，他们总是，不论对错与否，将他们的自我感受为一种危险的、可疑的、受威胁的天性苗芽。他们时时觉得自己格外不受庇护，危在旦夕，就仿佛他们是立在最细的悬崖顶端，由外而来的轻轻一推，或者由内而生的微微一软，都足以让他们坠入虚空。

这一类人，其命运之线的出众之处正在于，自杀是他们最可能的死亡方式，至少在他们的想象中是如此。这种情绪在他们初入青春时就显露了形迹，也将伴随他们一生之久，它的前提并不是一种特别虚弱的生命力。正相反，在“自杀人群”身上可以发现分外粗粝、贪婪而又果敢的秉性。但正如有稍感微恙便发烧的秉性，我们唤作“自杀人群”的这种时时刻刻都善感、敏感的秉性，稍稍受点震动便会大动自杀的念头。如果我们有如此一门科学，它有勇气和承担责任的力量来研究人而不仅仅是生命现象的运转机制，如果我们有大致这样一门人类学、一门心理学，那上述事实就会尽人皆知了。

我们在这里关于自杀人群所说的，当然都只涉及表面。这是心理学，也就是一小部分生理学。从形而上的角度看，这情形就会有不一样的样貌，会更为清晰。因为在这样的观察角度下，“自杀人群”表现为受个体化的罪责感困扰的人，那是一些不再将完满与充实自己，而是将消解自己、回到母源、回到神、回到万有看作人生目标的灵魂。在有着如此秉性的人之中，很大一部分完全做不到真正去自杀，因为他们深知此举的罪恶。对于我们来说，他们仍然是自杀人群，因为他们不是将生命而是将死亡认作拯救者。他们准备抛下自己，献出自己，熄灭此生，回到源初。

正如所有的力量都可以转为弱点（在某些境况下必然转为弱点），反过来，典型的自杀人群也常常可以从他这表面看起来的弱点获得一种力量、一种支撑。实际上，他们格外频繁地实现这种转变。这其中也包括哈里这头荒原狼。他和他的成千个同类一样，认为通向死亡之路于他而言是随时畅通的，而且不单单从这个观念中造就了富于青春忧郁的幻想游戏，还从这些想法中获得了一种安慰、一种支撑。虽然在他内心中，正如在所有这一类人心中那样，每一点震动、每一份疼痛、每一种恶劣的人生境遇都会唤醒他赴死以求解脱的愿望。但是他逐渐从这倾向中打造出了一种恰恰助益生活的哲学。紧急解救随时可行，这一常有的想法赋予了他力量，成就了他对尝尽痛苦与困厄的好奇之心。如果他的境遇实在不堪，他有时也能带着恶毒的愉悦，某种幸灾乐祸的情绪去感受：“我还真好奇，想看看一个人到底能有多大的承受力！如果已经到达了无可承受的极限，那我就直截了当地拉开那扇门，就此逃脱。”自杀人群中有许多人从这样的想法中获得了超常的力量。

另一方面，自杀人群中所有人也都熟悉与自杀诱惑进行的斗争。他们每一个人在自己灵魂的某一处都有着清楚的认识：自杀虽然是条出路，但也只是多少有点卑劣而非法的紧急出路；说到底，折服并受死于生活本身比死于自己之手要更为高贵，更为美好。这个认识，这种良心的不安，与那些所谓自慰者的良心自责有着一样的起源，它促使大部分“自杀人群”为反抗自杀诱惑展开了持久战。他们像反抗自己恶习的惯偷犯一样与自己抗争。

荒原狼也熟悉这样的抗争，他轮番用过许多武器来进行这场战斗。最终，在大约四十七岁的年纪，他有了一个出色而且不乏幽默的想法，他常常从中获得乐趣。他选定自己的五十岁生日作为允许自己自杀的日子。到了这一天，他这么和自己约定，他可以依照当日的心情，自由决定使用还是放弃这条紧急出路。不论他在此期间经历了什么，他身患疾病、陷入贫穷、蒙受痛苦与艰辛，这一切都是有期限的，这一切至多只会持续这几年、几个月、几天，它们的数量是逐日消减的！确实，他现在承受某些不幸时轻松了许多，要在以前，这些不幸会将他折磨得更重、更久，也许还会震撼他至根基动摇。当他出于某种原因陷入格外恶劣的境地，当他在生活已趋贫瘠、孤落和荒芜之时又添了特别的苦痛或损失，他得以对这苦痛说："等着吧，再过两年，我就会成为你们的主人了！"然后他就沉迷在了如此的想象中：在他五十岁生日之际，贺信与祝福于清晨到达，此时他正握紧自己的剃须刀，告别了所有的苦痛，在身后关上了门。这之后，痛风尽可以侵入骨髓。这之后抑郁的心绪、头痛和胃痛尽可以看看，它们要留在何处。

还剩下一点要解释：荒原狼身上的一个特别现象，也就是他与市民性的独特关系。为此我们将追溯这个现象的基本规则。让我们把他与“市民气”的关系作为结束点吧，这本也是顺理成章的！

荒原狼，若按照他自己的观点，是完全外在于市民世界的，因为他既不认识家庭生活，也不知道何为社交抱负。他觉得自己全然是单独的个体，有时是特立独行者，一个病态的隐居者；有时是超规则者，一个具有天才禀赋、超越于俗常生活的小规范之上的个人。他有意地鄙夷布尔乔亚[1]，为自己不在

1. 布尔乔亚，法语词，一般用以指称有一定资产和特定文化趣味，反对激烈的社会变革而遵守社会既有秩序的社会阶层，与德语中的“市民”有类似之处又不完全一样。

其中而骄傲。然而他在某些方面过的就是彻彻底底的市民生活，他在银行里存钱，支援穷亲戚，穿着上虽然漫不经心，但正儿八经，不惹人注目。他试着和警察、税务官以及类似的权力机关保持良好的和平关系。可是除此之外，还有一种强烈而秘密的渴求始终将他拉至市民的小世界，拉入有着洁净小花园的安宁而正经的家庭住宅，保持光洁的楼梯间和它们整个讲求秩序和正直的谦逊氛围中。他喜欢拥有自己那些小恶习和逾分之举，喜欢感觉自己外在于市民世界，是个异类或天才，然而，不妨这么说，他却从来没有在生活的外省，在无市民同类存在的地界里栖居和生活过。

不论是在暴徒和异类的空气中，还是在罪犯或流放之徒那里，他都无从安身，他总是居住在市民的外省，总是与他们的习惯、他们的规矩和氛围保持着联系，尽管那联系便是对立和颠覆。此外，他是在小市民式的教育下长大的，从那里保留了大量的概念和成规。他理论上对妓女群体没有丝毫反感，但无法从私人关系上认真接纳一个妓女，真正视她为自己的同类。遭受国家和社会蔑视的政治罪犯、革命者或者精神引诱犯，他可以将他们作为兄弟来爱，但对一个小偷、一个入室抢劫者或者一个强奸杀人犯，他却完全不知如何与之相处，只能以一种相当市民气的方式为他们惋惜。

他以这种方式，以他天性和行为中的一半，时刻认可和肯定着他用另一半来抗争和否定的一切。他在一个知书达礼的市民家中长成，受牢固的形式和习俗塑造，他始终以其灵魂中的一部分牵系着这个世界的种种秩序，即使他早已越过市民规范所允许的尺度而成为个体之人，早将自己从市民理想和信仰中解放了出来。

这种"市民气"，是人性中始终存在的一种状态，它无非就是努力达致一种平衡，追求位于人类行为不计其数的极端和对立之间的一个均衡的中点。我们用这些对立中的一个为例，比如圣人和浪子之间的对立，这样我们的比喻立刻就变得易懂了。人有可能完全将自己献给精神之事，投身趋近神性的努力尝试，那正是圣人的理想。反过来，他也有可能完全将自己献给本能生活，顺应他感官的欲求，所有的努力都只为获取片刻的欢愉。一条道通往圣人，精神的殉道者，对神的自我献祭。另一条道通往浪子，本能的殉道者，对荒淫的自我献祭。而市民就试着在这两者之间，以温和的中庸度日。他绝不会放弃自己，献出自己，不论是献给纵欲还是禁欲。他绝不会成为殉道者，不许可毁灭自己——相反，他的理想不是献身，而是保有自我；他的追求既不在成圣，也不是其对立面。绝对性是他无法忍受的。他虽然愿意尊奉神，但是也服从于享乐；虽然遵守道德，但是也在尘世间享有一点儿如意和松弛。

简而言之，他试着安居于两极之间的中点，一个没有暴风骤雨、适度而有益的地带。他也做到了这点，却牺牲了生活强度与情感强度，而那是一种追求绝对和极端的生活才会赋予的。只有以自我为代价才可生活得强烈饱满。市民却把自我（仅仅是个发展不充分的自我）看得至高无上。他就这么放弃了强度，达到了节制和安稳。他没有醉心于神，却收获了良心安宁；没有热望，却得了满足；没有自由，却得了安适；没有致死的炽烈，却得了一种宜人的温度。因此，按照其本质，市民是弱的生命原动力的造物，胆怯，唯恐抛出自我，容易接受掌控。所以他才以多数取代了强权，以法律取代了暴力，以投票决议取代了责任感。

很清楚，这样柔弱而胆怯的生物，虽然他们以庞大的数目生存于世，但他们无法持久。他们凭借自己的特质，在这个世界上能扮演的角色不过就是自由出没的狼之间的羊群。可是我们看到，虽然在天性极为强大者居统治地位的时代，市民立刻就抬不起头来，但是他们从不曾遭灭亡，甚至有时貌似还统治了世界。这怎么可能？不论是他的群体的数目之众，还是他们的道德，或普遍常识，或组织性，都不足以强大到让他们免于灭亡。谁的生命强度如果从一开始就被如此削弱，这个世界上没有任何良药可让他存活。然而市民群体还是活着，势头强劲，兴旺发达。——为什么？

答案就是：因为有荒原狼们。确实，市民群体的生命力绝不是来自他们标准成员的特质，而是来自数量出奇之多的边缘人的特质，而依照市民理想的模糊性和延展性，市民群体可以将这些边缘人收纳进来。在市民群体中始终也生活着大量天性强烈而狂野的人。我们的荒原狼哈里就是一个典型的例子。他个体的发展已经远远超过了市民可及的范围，他熟悉冥思的愉悦一如他熟悉憎恨和自我憎恨的阴暗快乐，他蔑视律法、道德和普遍常识，但他仍然还是市民群体的一个囚徒，无法挣脱市民脾性。所以，在真正具有市民性的正宗人群周边还累积着其他层次的人类，成千上万的生命与才智，虽然其中每一个都从市民群体中脱颖而出，命定要在绝对中过活，但是这每一个边缘人由于幼弱之感仍然附着于市民气质，感染并传播了市民气质对生命强度的弱化。他们以某种方式滞留于市民群体，始终从属于它，受制于它，乐意为它效力。因为在市民群体这儿，可以将伟人们的法则倒过来用：不逆我者，即为顺我者！

如果我们接下来查验荒原狼的灵魂，那么他就将自己展示为一个人，其高度的个体化注定他为非市民——因为所有全力推进的个体化都会转而反对自我，重又倾向于毁灭自我。我们看到，他在自身中既有朝向圣人又有沦为浪子的强烈冲动，但由于某种虚弱或慵懒，他无法一鼓作气迈入自由而狂野的宇宙空间，只能徘徊在市民群体这颗沉重的母星一侧。这是他在世界空间中的位置，他所受的限定。绝大多数知识分子，很大一部分艺术家都属于这一类人。他们之中只有最强者才能穿破这市民地球的大气，抵达太空，其他人全都断了妄想或折中妥协，蔑视市民之众却又隶属其中，为了能苟延生命而最终肯定它，从而强化并美化了它。这不计其数的存在还不足以成为悲剧，但可能造就一种相当可观的霉运和灾星，在其地狱里他们的天分得以蒸腾，酿出果实。那少数挣脱而出的，他们寻得了进入绝对的路，以让人惊叹的方式走向覆灭。他们是悲剧人物，为数并不多。但是其他那些受着拘囿的人，他们的才华往往赢得了市民们的极大尊敬，他们面前敞开了第三个王国，一个虚构但却任其自在把握的世界：幽默。

无可安宁的荒原狼们，这些时刻承受着可怕苦难的生灵，他们缺乏成就悲剧、冲入群星天宇所需的沉重分量，觉得自己受命走向绝对，却又无法在绝对中存活：他们的精神若在受苦中变得坚强而灵活，他们自当获得通往幽默的调和出路。幽默始终是有点儿市民气质的，尽管真正的市民无法理解它。

在幽默的想象领域中，荒原狼所有错杂、多重的理想都得到了实现：在这里不仅仅有可能同时肯定圣人和浪子，让两极朝彼此弯折，还有可能将市民也纳入肯定之列。的确，沉迷神之人极有可能认可罪犯，反之亦然，但是他们双方，还有其他追求绝对之人却不可能也认可这不偏不倚、不温不火的中庸、这市民做派。唯有幽默，原本受召唤成为最伟大者却又受阻而止步者，及几近悲剧、天分极高而蒙受不幸者的这项杰出发明，唯有它（也许这是人类最独特、最天才的成就）能做成不可能之事，用自己的棱镜之光将人类本性中的所有分区延展并融合为一。如此在尘世中生活，仿佛这不是尘世；尊重法律却又超出其上；如此去拥有，“仿佛自己一无所有”；如此去放弃，仿佛这并不是放弃——这是一种崇高的生活智慧提出的要求，广受青睐，常被表述。这些要求都只有幽默有能力实现。

如果不缺少如此才能和热忱的荒原狼，在其地狱闷热的迷乱中尚能畅饮这魔汁，直至它随汗尽散，那么他就得救了。要做到这一点，他还欠缺了不少。但是这可能性、这希望是在的。谁若爱他，谁若心系于他，会希望他得此拯救。虽然如此一来，他将永远滞留在市民气质中，但是他的苦难会易于容忍，并带来成果。他与市民世界及其爱憎的关系就会丧失多情伤感，他与这世界的牵连将不再以他为羞耻而时刻折磨他。

为了达到这境地，或者也许为了到最后还敢跃入太空，如此一头荒原狼必须首先与自己相对而立，必须深深望入自己灵魂中的混沌，彻底意识到自己。届时，他的可疑存在将向他自己袒露，显示出它的不可更改。另外，他将无法一次次从他本能的地狱逃进伤感与哲思的安慰中去，再从这安慰逃入他狼性的盲目迷狂。人和狼都被迫认识对方，不带任何哄骗的情感面具，与对方赤身对视。然后他们或者爆炸，永远分离，以致不再有荒原狼，或者在冉冉升起的幽默之光下缔结理性的婚约。

也许，哈里有一天会被引到后一种可能性前。也许，他有一天学会了认清自己，不论这是因为他手上得了我们这些小镜子中的一面，还是他遇见了那些不朽之人或者在我们的魔法剧院找到了他为解放自己荒弃至极的灵魂所需要的一切。上千种可能性等待着他，他的命运无从抵抗地吸引了它们，所有这些市民群体的边缘人都生活在这些魔幻可能性的气氛中。一种虚无即已足够，灵光会倏然照亮。

这一切都是荒原狼所熟知的，哪怕他从来没有看到过这一部他心灵自传的概要。他预感到了他在世界大厦中的地位，他预感并已熟知那不朽者，他预感又畏惧与自己相遇的可能性。他知道那面镜子的存在，他有如此急切的必要向镜中去看，可他又怀着如此摄魄的恐惧去看镜中。

在我们的研究即将结束之际，还有最后一个杜撰，最后一个基本假象需要破除。所有的“解释”，所有的心理学，所有理解的尝试都要借助工具、理论、神话和谎言。一个正直的作者不应该在论述结束时束手，不去尽可能揭穿这些谎言。如果我说“上”或“下”，这本身就已经是一个需要解释的表述了，因为上和下只存在于思想中，只存在于一种抽象思维中。这个世界自身不认识任何上或下。

这里的情形也是如此，简而言之，“荒原狼”就是一个杜撰。如果哈里觉得自己是一个半狼人，由两个敌对且相反的生灵合并而成，那这仅仅是一个化繁为简的神话。哈里根本不是半狼人。当我们表面上不加疑虑地接受这个由他自己捏造而且相信的谎言，试着将他真的作为双重性格，作为荒原狼来看待和解释时，我们是在利用一个假象，希望由此更容易让人理解。现在我们要试着纠正这个假象了。

将自己一分为二，分作狼与人，本能与精神，哈里试着以此让自己的命运更易于理解，但这是一种极为粗鲁的简化，是对现实施行的一种强暴，以便给这个人在自身中发现的矛盾，被他视为自己众多苦难之源的矛盾提供一种可信但错误的解释。哈里在自身中找到了一个“人”，这是一个由思想、感情、文化、受了规驯和升华的天性执掌的世界；可他在自身中也找到与之相邻的一头“狼”，这则是由本能、野性、残忍、未升华的粗粝天性所主宰的一个阴暗世界。

尽管对自己的本质做了表面来看如此清晰的二等分，分出了彼此敌对的两个界域，可他却越来越多地体验到，狼和人在片刻的时间里，在某个幸福的时刻可以彼此相容。假若哈里想确定，在他生命中的每一刻，在他的每一个举动，在他的每一个感受中哪些部分归人所有，哪些部分归狼所有时，他将立刻陷入窘境，他这整个漂亮的狼理论就会分崩离析。因为没有一个人，即使他是处于原始状态的黑人，即使他是白痴，可以简单到这么省事，可以把他的本质解释为仅仅由两个或三个基本要素组成的总和。而对哈里这样一个格外精细的人，要用一种天真的狼——人二分法来解释，将是一个幼稚到无可救药的尝试。哈里不是由两种本性，而是上百上千种本性组成。他的生活（就如同所有人的生活一样）不单是在两个极端，即在本能和精神、圣人和浪子之间摇摆，而是在上千个，在难以计数的成对极端之间摇摆。

如哈里这般博学而聪颖的人会把自己当作一头“荒原狼”，他相信能将自己生活那丰富而复杂的形态化为如此简陋、如此生野、如此原始的一个公式，对此，我们不应感到吃惊。人无法在过高的尺度上思考。即使是最趋于精神，最具学识之人，他在看世界与自身时也始终是透过极为天真、简化和自欺欺人的公式这副眼镜去看的——看自己最是如此！因为这看起来是所有人与生俱来、其势逼人的一个需求：每个人都把他的自我想象成一个统一体。尽管这样一种妄想受到如此多、如此重的摇撼，它总能愈合如初。

面对凶手的法官，与凶手四目相对，有那么一刻听到凶手在以自己的声音说话，在自己的内心中也找到了凶手的所有心绪、能力和可能性。可他在下一刻重又与自己合一，重又成了法官，迅速退回到他幻想出的自我的壳中，履行他的职责，判处凶手死刑。当那些天赋突出、结构精巧的人类灵魂中涌起了对自己的多重性的朦胧意识，当他们像所有的天才一样，打破了人格统一体的妄想，将自己感受为多部分组成，多个自我集成的综合体时，他们只需说出这一点，大众就会立刻囚禁他们，唤来科学相助，宣称他们精神分裂，以免人们不得不从这些不幸者口中听到真理的呼唤。

既如此，何必在这里泄露真言，何必说出那些若要知晓，每一个思考的人自会知晓，若要表露，又不容于习俗的话？——所以如果有一人已经朝那个方向迈开了步子，将幻想中的自我统一体扩展为二重合体，那么他已经近似一个天才了，不过这当然是一个少见而有趣的例外。实际上，任何一个自我，哪怕是最为天真的自我，都不是一个统一体，而是极度多重的一个世界，是一片小星空，是各类形式、阶段、状态、遗传和可能性混杂的一片混沌。而每一个人却都努力将这片混沌看作一个统一体，都如此说着他的自我，仿佛那是一个单一、形式固定、轮廓清晰的现象：这一个人人（包括最优秀之人）习以为常的假象似乎是一种必要，是生活的一种需求，就如同呼吸和吃饭一样。

这个假象是以一种简单的转移为基础的。每个人作为肉体是统一的，作为灵魂却从来不是。文学作品，即使是那最为精致的作品，从传统上来说，也总是采用看似自称整体，看似统一的人物。对从古至今的文学作品，专业人士们、行家们最推崇戏剧。这样做自有道理，因为戏剧提供了（或本可提供）最大的可能性，将自我表现为复数，但是眼前粗陋的视像让我们以为戏剧中的每一个人都是一个统一体，只因为他们都装在如此一个无疑是独有的、统一的、封闭的躯体里。被天真的美学推崇至高的还有那所谓的性格戏剧，在这剧中，每一个角色都显而易见，轮廓分明地作为统一体出现。

只是遥远地、逐渐地，会有少数人隐约感到，这一切也许是一种廉价的表面美学。如果我们将那古典时代美的概念，我们不曾与生俱有而仅仅耳闻习就的精妙概念用于我们的伟大戏剧家，那我们就犯了一个错。古典时代处处从可见的身体出发，真正地开创了关于人、关于单个人格的虚构。在古印度人的文学中，这样的概念完全无人知晓。印度史诗中的英雄不是单个人格，而是杂糅人格，是一系列化身。在我们的现代世界有如此一些文学作品，在人格和性格游戏的面纱背后，也许连作者也没有完全意识到，力图表达出多重的灵魂。

谁想要认识到这一点，就必须下定决心，不把这样一部作品中的角色看作单一个体，而是一个更高统一体（也不妨看作作家的灵魂）的多个部分，多个侧面，不同方面。谁如果这么来看浮士德，他就可以看到，由浮士德、梅菲斯特、瓦格纳和其他所有角色汇成了一个统一体、一个超越人格。在这样一个更高的统一体，而不是在单个角色那里才暗示出了灵魂的真实本质。当浮士德说出在学校教师中享有盛名，让庸俗市民带着战栗赞叹的名言“有两个灵魂哦，居住在我的心中”时，他忘了梅菲斯特，忘了一大批其他灵魂，而它们也居住在他心中。

我们的荒原狼也相信，他在胸中载有两个灵魂（狼和人），因此才觉得他胸中窄得难受。心胸、肉体也还都是一个，其中居住的灵魂却不是两个或五个，而是不计其数：人是上百层薄皮组成的洋葱，是许多条线织成的布匹。古代亚洲人认识到了这一点，清楚地了解这一点。佛教瑜伽正是为此发明出的一个精确技巧，以揭穿单一人格的妄想。人性的游戏有趣而多样：印度人千百年来费尽力气来揭穿的妄想正是西方花了同样多力气来支持和强化的。

我们如果从这个角度来看荒原狼，就会明白，他为什么如此受他这可笑的二重性折磨。他就和浮士德一样，相信一个胸中装两个灵魂已经太多，必然会撕裂这胸膛。其实正相反，它们数量太少，而哈里在试着以如此一种粗陋的图像来理解自己可怜的灵魂时，他就是在可怕地强暴它。虽然哈里是个有高度教养的人，他的行动方式却近乎一个数数时数不过二的野人。他把自己的一部分称为人，另一部分称为狼。他以为这样就已经了结了，穷尽了自身。在“人”这一部分，他放入了他在自身找到的所有趋于精神，已获升华或文化陶冶之物。在狼那一部分则是所有归于本能，狂野而混乱之物。但是生活中的情形不会如我们的思想这么单纯，如我们可怜的白痴语言这么粗糙。在哈里使用本是黑人惯用的“狼式方法”时，他就对自己行了双重欺骗。我们所担心的是，哈里将他灵魂中早已不属于人的整片区域算作了“人”，又把他天性中早就超越了狼的部分算作了狼。

和所有人一样，哈里大约也自以为知道人是什么，但其实对此一无所知，尽管他在睡梦中和其他难以控制的意识状态下，并没有少感知其中一二。但愿他不要忘了那些感觉，但愿他尽力将它们收归己有！人并不是一个固定的、恒久的构造（这虽然有悖于古典时代哲人们的直觉，却是那个时代的理想），毋宁说，人是一种尝试和过渡，他不过是自然和精神之间那座纤细而危险的桥。最内在的使命推动他往精神，往神那儿去——最内在的渴求却将他拉回到自然，拉回到母源：他的生活便在这两种强力之间摇摆，怀着畏惧，瑟瑟发抖。

人对“人”这个概念所有过的理解，始终只是倏忽即逝的市民性认同。某些最为生野的本能遭到了这种习见的拒绝和唾弃。些许意识、教养和去除兽性是其要求，少许精神不仅仅是允许的，甚而是得到鼓励的。如此习见中的“人”，正如所有市民理想一样，是一种妥协，是一种冷静又天真的狡黠的尝试，既哄住自然这位邪恶的原始之母，也麻痹精神那位烦人的原始之父，以免除两者对自己的激烈要求，在两者之间的温和地带安然度日。所以市民才允许和容忍他称之为“个性”者，但是同时又将个性交付给了“国家”这位莫洛赫神[1]，始终让他们双方互相较劲以求渔翁之利。所以市民今天将某些人作为异教徒杀死，作为罪犯绞死，后天却为其竖起纪念碑。

“人”并不是已经造成之物，而是精神的一种要求，一个既被渴望又被畏惧的遥远的可能性。通向它的路总是只走了一小段，而且是恰恰由那些今天被送上断头台，明天得到纪念碑的罕见的少数人，

1. 莫洛赫神，古代腓尼基人信奉的火神，以残暴著称。

兼受着莫大的痛苦和亢奋所走过的——荒原狼心中对此也有所感知。但是他作为自己的“狼”的反面，称之为“人”的那些，大部分无非就是市民习见中的那种中庸之“人”。通往真正的人，通往不朽者的道路，哈里虽然极可能有所感知，而且时不时在这条路上也犹犹豫豫地走了极小的一段，并为此付出了重重煎熬和孤独痛楚的代价；但是，要肯定并努力实现那最高的要求，即如精神所寻求的，真正成为人，沿着这条通往不朽的唯一一条狭路走下去，这却是他在灵魂深处所畏惧的。

他很可能觉得，这将带他走向更深重的苦痛，走向遭人唾弃，走向最后的放弃，也许还会走向断头台——虽然在这条路的尽头有不朽在召唤，他还是不愿意在这一切煎熬中煎熬，在这一切灭亡中灭亡。尽管对于成为人这个目标，他比那些市民有更多的意识，但他却闭上了双眼，不愿知晓：抱着绝望悬命于自我，抱着绝望又不愿死去，那才是通往永恒之死的最可靠道路，而无畏赴死，去除外壳，将自我永久地交予变换，这才让人走向不朽。

当他膜拜那不朽者中他最钟爱者，比如莫扎特，他归根结底还是以市民的眼光看待他，并倾向于俨然装出中学教师的模样，用莫扎特高超的专业天赋来解释他的完美，而不是将其归诸他义无反顾、甘愿受苦的伟大，他对市民理想的淡漠，对那极度孤独——将围绕这受苦者和正成为人者的一切市民氛围都稀释成冰冷的宇宙以太的孤独，客西马尼花园[1]中的孤独——的承受。

不管怎样，我们的荒原狼至少发现了自己内心中浮士德般的双重性，他发现，他这统一的肉体中并没有栖居着统一的灵魂，他充其量只是在通往那和谐理想的路途中，在漫长的朝圣之旅中。他想要

1. 客西马尼花园，耶路撒冷附近橄榄山脚下的一座花园。《圣经》中记载，耶稣在被钉上十字架的前夜曾与门徒在此园中祷告。《路加福音》中称，耶稣在园中极为忧伤。

么克服身上的狼性，成为整个的人；要么放弃人，至少作为狼来过一种统一的、不分裂的生活。兴许他从来不曾仔细观察过一头真正的狼——他观察过之后也许会看清楚，即使这些兽也没有统一的灵魂。它们美丽、紧凑的躯体形式背后也驻有大量的追求和状态。即使是狼也在自身中带有深渊，即使是狼也在承受苦难。

不，想回到自然的人始终走着一条充满苦难却毫无希望的歧路。哈里绝不会重新变成一整头狼，如果他做到了，他就会看到，狼也不再是什么单纯而初始之物，已经变得极为多重和复杂了。狼也有两个，不止两个灵魂在它的狼胸腔里。谁如果渴望做一头狼，他就会和那唱着“哦，极乐便是，依然留在童年”的人犯同样的健忘症。歌唱极乐童年之歌的男人，令人喜爱，但过于伤感，他也想回到自然，回到无邪，回到初始，却全然忘了，孩童绝不是享有极乐的，他们也会有重重矛盾，他们也会有种种分裂，他们也会有一切苦难。

根本没有归途，不论是回到狼，还是回到童年。在万物之始，不是无邪与单纯。一切已造成之物，即使是表面上最为单纯者，都已经有了罪责，已经分裂为多重，已经被抛入了变迁移易的浊流，再也不能，再也不能逆流而上了。通往无邪，通往未造成者，通往神的路不是让人回归，而是让人前行，不是成为狼或者孩童，而是步步深入地走进罪责，步步深入地走向人的完满。即使是自杀，荒原狼，也不会真正让你受益多少。你已经走在了更长远、更艰辛、更沉重的道路上，去成为人。你必将常常让你的双重性变为多重，让你的复杂变得倍加复杂。你没法让你的世界狭小，让你的灵魂单纯，你必将在你被痛苦扩展的灵魂中纳入越来越多的世界，最终收下整个世界，为的是也许能抵达终点，归于宁静。这条路是释迦牟尼，是每一个伟大的人都走过的，有的心知，有的无意，却都得以完成这雄勇之举。每一次出生都意味着与万有分离，意味着画地自限，脱离神，于重重苦难中成就其新。回到万有，放弃饱受苦难的个人分化，成为神，则意味着：如此拓展他的灵魂，好让它能够重新涵括万有。

这里所说的不是学校、国民经济学、统计学所熟悉的人，不是大街上熙熙攘攘、数以百万计、与海滩上的沙粒、激涛中的碎末毫无差别的人：数目达到几百万，或多或少，这都不是关键，他们只是质料，除此之外一无所是。不，我们在这里说的是高等意义上的人，是成为人的那条漫漫长路的目的地，是帝王般的人，是不朽之人。天才并不像我们常以为的那样稀有，当然也不是文学史或者世界史，甚而报纸上所称的那么多见。荒原狼哈里，我们这样认为，已是天才，足以尝试成为人的雄勇之举，而不是一遭到困苦就哀诉不迭，重提他那荒原狼的愚蠢调子。

有如此可能性的人用荒原狼和“啊，两个灵魂”的话来搪塞自己，这和他们常常怀有对市民性的懦弱眷恋一样，令人惊诧又悲哀。一个有能力领会释迦牟尼的人，一个对人性中的天国和深渊有所感知的人，不该生活在一个由常识、民主和市民教养主宰的世界。他仅仅是因为懦弱而生活在此间，每当他的广度催迫了他，当窄小的市民屋室对他来说变得过于狭窄，他就嫁祸于“狼”，不愿知道：这时的狼是他最好的一部分。他把自身中的一切野性都称为狼，觉得这是邪恶，是危险，是市民的梦魇——但是自诩为艺术家且拥有精微感触的他，却没能看到，在这狼之外，在这狼背后，还有许多其他之物在他内中居住。不是一切咬人的都是狼，还有狐狸、恶龙、虎、猴子和极乐鸟栖居其中。这整个世界，这整个有着妩媚或恐怖、庞大或小巧、强壮或娇柔形态的天堂花园受到了狼之传说的压迫和禁锢，就如同真正的人在内心中受着表象之人，即市民的压迫和禁锢一样。

想象如此一个花园，其中有上百种树、上千种花、上百种果、上百种草。如果这个花园的园艺工不了解任何其他的植物学划分，只分得出“可供食用”和“无用杂草”两类，那么他就对自己花园中十分之九的内容束手无措，他就会拔除最具魔力的花，砍倒最为高贵的树，或者报之以仇恨，斜目相向。荒原狼正是如此对待他灵魂中的上千种花的。没法纳入“人”或“狼”这两栏之一的，他一概看不见。而他都把什么计入了“人”之列哦！所有的怯懦，所有的猴样，所有的愚笨和狭隘，只要不是那么符合狼性，就被他算作了“人”，一如他将所有的强悍和高贵加诸狼性，只因为他还没法成为它们的主宰。

我们与荒原狼作别了。我们让他独自在他的路上走下去。假若他走到了不朽者的所在，假若他抵达了他那条艰辛的路看似要引他抵达的去处，他将如何满怀诧异地回顾这来回不定的摇摆，他走过的路途上这狂乱而犹疑的曲曲折折，他将如何对这头荒原狼报以且鼓舞、且谴责、且相怜、且解嘲的微笑啊！

我读至终了，心中不由想起，几个星期之前，我有一次在深夜写下过一首颇为奇特的诗，它同样以荒原狼为主题。我去我拥塞不堪的书桌上那堆雪一般纸片中找，找着了它，读道：

我荒原狼一步紧一步，
天地间茫茫大雪覆，
从桦树飞起了乌鸦，
可找不着一只兔、一只鹿！
鹿儿让我如此情迷，
只愿得一只足矣！
我将取它以手以齿，
最美之事莫过于此。
这妩媚之物我衷心爱护，
它柔美的腿我下口深咬，
它鲜红的血我痛饮至尽，
随后即可孤零零彻夜长啸。
一只兔也可聊称心意，
夜里也觉它肉温味美——
啊，若这一切已离我而去，
这生命以何来稍添快意？
我尾上毛发已成灰色，

我目力所及也不再明晰，
我的爱妻亡故已有年期。
如今我步步急，梦求鹿群，
步步急，梦想逐兔。
冬夜之风耳际萧萧，
饮雪入喉如火烧，
我可怜的魂灵向魔鬼而去。

于是乎，我手头有了两幅我自己的肖像：一幅是这偶韵诗节[1]组成的自画像，哀伤而胆怯，如我自己这般模样；另一幅则是冷静地、貌似以高度的客观画成的，是一个置身事外者从外部、从高处所看到的，是一个比我自己知道得更多或者其实更少的人所描绘的。这两幅并置起来的画像，我满怀沉郁而迟迟钝钝的诗和出自不知名者之手的聪明研究，它们两者都让我难受。两者都有道理，两者都毫不掩饰地勾画出了我黯淡无光的生存境地，两者都清晰地展示了我这状态中无可忍受和无可持续之处。这头荒原狼必得死去，它必得用自己的手结束它可憎的存在——或者他必得融化于重新自省的死亡火焰中而脱胎换骨，撕下自己的面具，开始新的自我塑造。

1. 偶韵诗节，在德语中两行押一韵的诗节形式，在十五至十七世纪流传甚广。

啊，这一过程于我并不是新的，并非从未见识过，我熟知它，我已经多次体验过它，每次都是在绝望至无以复加的时刻。每逢这重度颠覆的经历，我当时的自我都会被打破成一地碎片；每次都有出自深渊的强力，震撼自我，摧毁自我；每次，我的生命中都有我精心呵护而格外钟爱的一部分不再忠于我，离我而去。

有一次，我丧失了我作为市民的声誉，连同我所有的财产，不得不学会放弃那些在此之前一直向我脱帽致敬的人的尊重。又有一次，我的家庭生活在一夜之间崩溃。我那变得神志不清的妻子把我赶出了家门，逐出了舒适之所，爱与信任突然转变为恨和致死争斗。邻居们在我身后投来怜悯和蔑视的目光。自那时起，我便深陷孤独。又有几年过去了，那是艰难苦涩的几年，我在严酷的孤独和艰辛的自律中建造清心寡欲而偏于精神的新生活和新理想，重抵生命的某种宁静和崇高，投身于抽象的思维训练和严格执行的静悟。这几年后，这一种生活形态又再次破灭，顿然丧失了它高贵伟岸的意义。在疯狂而劳心费力的旅行中，我再次不由自主地穿行于世间，新的受难日渐累积，与之相伴的是新的罪孽。而每次在面具被撕下、理想遭毁弃之时，都已先有悚然的空虚和静寂，致命的困厄、孤独和隔绝，无爱又绝望，空洞又荒芜的地狱降临，而我如今也的确将它们一一经受过了。

在我的人生中，每过一次这样的震荡，最后我都有所收获，这无可否认。我收获过自由、精神、思想的深度；但也领受了孤独，不为人理解的处境和心灰意冷的沉寂。从市民那一边看过来，我这屡屡从一次崩溃走向下一次崩溃的人生是无止境的堕落，是与正常、合规矩、健康之类渐行渐远的歧路。随着这些岁月流逝，我已丢了职业，失了亲人，无家可归，置身于一切社会群体之外，茕茕孑立，没有任何人关爱，遭到许多人疑忌，与公众舆论和道德观始终有着严峻的冲突。哪怕我仍然还在市民的框架中生活，但在这凡俗之世当中，我，携带着我整个的感受和思想，就是一个异类。

宗教、故土、家、国在我眼中都已无价值，与我再无关系。学术、行会和艺术的自命不凡只让我恶心。我的观念、我的品位、我的整个思想曾让我一度作为一名独具才赋而受人青睐的男人光彩熠熠，而如今它们却疏于检点、荒乱不堪、让人生疑。若说我在这所有痛苦变换中获得了看不见、量不出的什么——那么我也为它付出了过于昂贵的代价。我的人生一次次变得更为严酷、艰难、孤独、岌岌可危。确实，我没有理由去期望将这条路继续走下去。它正引我走进愈益稀薄的空气，如同尼采吟秋日之诗[1]中那股轻烟。

是的，我熟知这样的经历、这样的变换，这是命运为

1. 这首诗尼采写于1887年，名为《罹受孤独》，诗中第四节写道："如今你苍白而立/命定迟游于冬季/恰似轻烟一缕/总将寒冷天穹找寻。"

它那招惹烦忧的孩子，它那最让人头疼的孩子所指定的，对此我实在太过了解了。我熟悉它们，就好比野心勃勃却一无所获的猎手熟悉狩猎场那片原野，好比交易所的老赌徒熟悉投机、赢利、险情、震荡、破产的起伏丘陵。我真的还要把这一切从头到尾再经历一遭吗？所有的痛苦，所有迷乱的困境，所有对这自我的低微与不值一文的鉴认，所有对折戟沉沙的莫大恐惧，所有对死亡的畏惧？难道防止这许多苦难的重演，让自己彻底脱离旧尘，不是更聪明也更简单的做法？当然，那样做是更简单、更聪明。不论在《论荒原狼》小册子中就“自杀”所宣称之事是以这种还是另一种方式进行，没有人能阻止我得此快意，借助煤气、剃须刀或者手枪让自己免于重复如此一段历程，它的苦涩痛楚我真的已经尝得够多了，够深了。

不，不论多少魔鬼作祟，世界上也没有什么力量能要求我，再经受一次带着死亡战栗的自省，再经历一次洗心革面，一次新的重塑肉身：它们的目的和终点不是和平与宁静，而只是常新的自我毁灭、常新的自我塑造！即使自杀是愚蠢的、懦弱的、卑下的，即使自杀是无可称道、堪称耻辱的紧急出路——受尽苦难碾磨之后，每一条出路，即使是最为可耻的出路也都让人发自内心地渴望。此间再没有高贵之心与英雄主义的剧场。此间的我面临的是一个简单的选择，在短暂的小痛与匪夷所思地灼烧着的无尽苦难之中选择。在我如此艰难、如此疯狂的人生中，我扮演高贵的堂吉诃德，次数已经够多了。我曾经取荣誉而舍安逸，重英雄气概而轻理智。够了，就此结束吧！

当我最终睡到床上时，清晨已经透过窗玻璃传进了哈欠声。这是一个冬雨绵绵之日特有的如铅般沉闷而可恶的清晨。我上床时，心中还揣着那个决定。但是，格外奇异的是，在入睡前的一刹那，在意识的最后边界上，有那么几秒钟，《论荒原狼》手册中的那几句特别的话在我脑中如闪电般掠过，那是关于“不朽者”的话。而与这闪念相连的是倏然而至的回忆，我有时，而且就在不久之前还曾感觉到，我与不朽者距离如此之近，竟然在旧时音乐的一个节拍中分享到了不朽者那整个清凉、明亮、有坚硬微笑的智慧。这感觉浮现、发光，旋即熄灭。睡眠如山倒，覆压在额上。

近中午时，我醒来了，即刻又感到了心中那份了然。那册小书搁在床头桌上，一旁是我的诗。我的那个决定穿透了我近来生活的纷乱，友好而冷静地看着我，睡过一夜后，它变得浑圆而牢实。没必要着急。我赴死的决定不是片刻之间的情绪，而是一颗成熟而耐久的果实，在悠长岁月中育化、变沉，命运之风将它微微摇摆，下一次撞击必会让它落地。

在我的旅行小药箱里，我藏有一款极好的止痛药，一份极强的鸦片烟。我只在极少数情况下允许自己享用它，然后常常可以坚持好几个月不碰它。只有在肉体上的疼痛折磨我到无可忍受的地步时，我才服用这将人深度麻醉的药。可惜它并不适合用来自杀，我在很多年前已经试过一次。那时我深陷困境，仿佛绝望再一次笼罩住了我，于是就吞下了相当大的分量，是足可以杀死六个人的分量。但是它没能杀死我。我虽然睡了过去，在全无知觉的状态下睡了好几个小时，但是让我深感失望的是，之后我就由于剧烈的胃抽搐而醒了一半，神智一片模糊，却呕出了所有毒药，接着又睡了过去，在第二天中午彻底醒转了来。那是一种可怕的清醒，脑中灼热而空白，几乎失去了所有记忆。除了持续一阵的失眠和恼人的胃疼，这毒药再没有留下其他余效。

所以这方法是用不着去考虑的。但是我让自己的决定有了如此一个形式：一旦我又忍不住想去取那鸦片药时，就该允许自己饮下更大的解救而不是这暂时的解救，那就是死亡，而且是可靠的、百无一失的死亡，用子弹或者剃须刀。这么一想，事儿就清楚了——要等到我五十岁生日的话，这是《论荒原狼》手册上的滑稽方案，我还嫌太久，那还有两年才到。不论是一年后，还是一个月后，还是明天——赴死之门已洞开。

我不能说，这“决定”让我的生活有了大幅改变。它让我对疾苦多了一层淡漠，在服用鸦片与酒上多了一层洒脱，对可忍耐的界限所在多了一层好奇，仅此而已。那个夜晚的其他经历留下了更多的影响。《论荒原狼》的小册子我后来又通读了几次，有时倾心细读，满怀感激，仿佛我结识了一个看不见的魔术师在为我的命运指点迷津；有时又对这册子的冷静报以嘲讽和鄙夷，在我看来它似乎完全未能理解我人生中特有的情境与冲突。其中写荒原狼和自杀人群的话，也许是格外好，格外机智的，适用于一个群体、一个类型，是充满灵慧的抽象思考；可是，我个人，只属于我的灵魂，只属于我的独一无二的个人命运，在我看来，是无法用这么粗糙的一张网可以捕获的。

比其他一切经历都更缠绕我脑际的，却是教堂旧墙上出现的那一幻觉或者那一显灵之象。那舞动的灯光字符满含预兆的深意，它契合着小册子中的暗示。我从中感到了许多允诺，那些来自陌生世界的声音强烈刺激了我的好奇心，我常常接连几个小时陷入对其的冥思。此时，那排字形成的警告朝我发出越来越清晰的声音："不接待所有人！""仅予以疯人！"既然那声音入了我的耳，那世界引起我共鸣，那我一定就是疯人，已远离"所有人"了。我的上帝，我不是早就与所有人的生活、普通人的所思所行离得足够远了吗？我不是早就决然离群，发了疯吗？可是我在内心最深处还是明明白白地听懂了那呼唤：它唤我成为疯人，抛弃理性、顾忌、市民习性，纵身投入灵魂和幻想那潮流奔涌、无规无矩的世界。

有一天，当我在街头巷尾和各处广场再次遍寻带海报旗杆的男人而不遇，沿着暗含不可见小门的古墙摸索而过之后，我在市郊的马汀区遇到了一列送葬队伍。在我注视跟在棺车后踱步前行的那些哀悼者的面容之际，我想到：在这城里，在这世间，还有谁的死于我而言会是一桩损失？会对我的死有所触动的人又何处可寻？虽然我有个情人艾丽克，但我们长久以来都处于极为松懈的联系中，极少见面，并不争吵。现在我甚至都不知道她的安居之所。她偶尔会到我这儿来，或者我出门去找她，因为我们俩都是孤独而难相处的人，在灵魂和灵魂疾病方面彼此多少有点相似。尽管如此，我们之间还是保留着一种联系。但是当她听到我的死讯，说不定会舒口气，觉得如释重负呢？我不知道会如何，也完全不知道我自己的感觉有多可靠。要能知晓这一类事儿，就得生活得平常而合常理。

就在这当儿，我已随着自己的情绪加入了送葬队伍，跟着哀悼人群朝墓地缓缓走去，那是一家现代水泥墓地，带火葬场，设施齐备。但我们的死者没有被焚烧，他的棺材在一个简易的地穴前卸了下来。我注视着牧师和其他如食尸鹰隼的人，即殡仪馆的工作人员的行为举止。他们尽力让自己的行为显出格外的隆重和哀伤，结果他们由于这纯粹的表演、狼狈和矫饰，不得不过分努力，反而变得滑稽可笑。我注视着他们身上统一的黑色职业装如何翻动止息，他们如何使出浑身解数，迫使哀悼人群进入情绪，跪拜在死亡的威严前。这努力是白费了，没有人哭泣，死者似乎对所有人来说都无关紧要。也没有人在劝说之下融入虔诚气氛。当牧师一次次把人群称呼为“亲爱的基督教友们”时，所有这些沉默不语的商人和面包房师傅及其妻子都带着痉挛般的肃穆，例行公事地脸朝下，目光低垂，难堪而造作，除了尽早结束这难受的活动之外再没有其他热切的愿望。

现在，这活动结束了，基督教友之中站在最前端的两位和演讲者握了手，在下一个花圃石栏外侧揩掉了鞋上沾带的埋葬他们死者的黏土，脸上的面容旋即回归了平日常人的状态。其中一张脸让我突然觉得相识——我觉得，他就是那个时候扛着海报、塞给我小册子的那个男人。

在我自认为认出他的那一刻，他转过身来，弯腰摆弄他的黑色裤子，费劲地把它高高卷到鞋子上方，然后敏捷地往前走去，手臂下夹着一把雨伞。我跟在他身后，赶上了他，朝他点点头，但是他似乎没有认出我来。

“今天没有夜间娱乐了吗？”我一边问，一边试着朝他眨眨眼，就像分享秘密的人彼此间常做的那样。但是我常用这样脸部动作的时代，离现在太过久远，而我当前的生活方式已经让我快忘了如何说话了。我自己都感到，我只是做了一个愚蠢的怪脸。

“夜间娱乐？”男人嘟囔道，不解地看着我的脸，“您去黑鹰酒吧好了，伙计，如果您想找乐子的话。”

我确实没法再肯定他就是原来那人了。我失望地继续往前走，不知道要走到哪儿去，对我来说，这世间不存在目标，不存在追求，不存在义务。这生活的滋味是难忍的苦涩。我感觉到那滋长良久的恶心感如何达到了顶峰，生活如何将我扫地出门，弃之如敝屣。我满怀愤懑地穿行于灰色的城市，一切在我闻起来都有着湿泥和葬礼的味道。不，在我的墓前不要有任何一个那样的嗜尸鹰隼站立，穿着他的长袍，念着他煽情的基督教友的长文！啊，不论我的目光向何处去，我的思想向何处去，无一处有欢乐在等我，无一处有对我的召唤，无一处让我感到向往，一切都散发着腐朽的陈旧，腐朽的随意苟安的臭味。一切都旧了，枯了，灰暗了，疲软了，耗尽了。亲爱的上帝，这怎么可能？我怎么可能沦落到此地步，我这昔日意气昂扬的青年、诗人、缪斯之友、世界漫游客、热情似火的理想主义者？这些都是怎么缓慢而悄无声息地降临到了我头上，这麻木无力，这对自我和一切的憎恨，这一切情感的阻滞，这深重而恶意的怨愤，这虚空心灵和绝望情绪的肮脏地狱？

当我走过图书馆时，我遇到了一位年轻的教授，我早年曾在不同地方和他有过一些交谈。我上一次在这座城市逗留时——那是好几年前——我甚至多次在他家中拜访过他，和他聊过东方神话学，一个让我当时花了不少心思的领域。这位学者朝我走来，姿态僵硬，略有近视，直到我快要与他擦肩而过时才认出我来。他极为亲切地上前来招呼我，我在这悲切的状态下，对此只表现出了半心半意的感激。他颇为高兴，人也活泛起来，和我说起了我们往日交谈的种种细节，向我保证说，他从我这里受益匪浅而心存感激，时常挂念我，自那以后他极少能与同事有那么激发灵感而收获颇丰的争论了。他问，我是何时到了城中（我撒谎说是几天前刚到），我为何不曾拜访他。我看着这老实人博学而善良的脸，觉得这情景其实是可笑的，但我还是像一条饥肠辘辘的狗那样享用着这一小片温暖、一小口友爱、一丁点认可。

受了感动的荒原狼哈里露齿窃笑，他干涸的喉管里汇集起了唾液，柔情让他违背自己的意志俯下了腰身。是的，我赶忙编出谎话来，说我只是暂时停留在此地，为了研究之故，而且身体也有不适，不然我肯定早去拜访他了。当他旋即诚心邀请我今晚去他家，我便也感激地答应了，请他代为问候他的妻子。与此同时，我的双颊在这么急切的谈话和微笑中疼了起来，它们并不习惯如此用力。

当我，哈里·哈勒在这街边站着，遭到意外相逢和好言恭维，表现出礼貌与热情，对着这位友好男人双眼近视而良善的脸微笑，另外那个哈里则站立一旁，也在露齿窃笑，一边窃笑一边想，我是多么独特、颠三倒四而虚情假意的一个兄弟，我在两分钟前还怒火朝天地冲着这整个该死的世界亮出牙齿，现在却被这第一声呼唤，一个值得尊敬的毕德曼[1]市民的第一声无所妨害的问候感动了，过分急切地发出诺诺之声和阿门之声，在享受着这一点儿善意、敬意和友好的当儿像头小猪在泥地里打起滚，撒起欢来。

就这样，两个哈里，对彼此全无好感的双方都站在了那位老实的教授面前，互相嘲讽，互相观察，都朝对方吐出唾沫，如往常有此遭遇时一样，它们又给我自己提出了这个问题：现在这番模样是全人类的愚蠢和缺陷，是普遍的人性缺失，还是说，这伤感的个人主义，这毫无个性的妥协，这感情上的拖泥带水和双重身份仅仅是个人的，是荒原狼特产。如果这卑琐和丑陋出自普遍人性，那么我就可以带着新增的分量，将我对世界的鄙夷砸过去。如果这卑琐和丑陋不过是我个人的缺陷，那么这也让我有了由头，让自我鄙夷登峰造极。

这两个哈里之间的争吵差点让我忘了那位教授。我突然又觉得他是个烦扰，急着想摆脱他。我久久地望着他的背影，看他如何在树叶落尽的林荫道上远去，那步子是一个理想主义者、一个有所信仰的人特有的，满心好意却稍显滑稽。我内心里交战正酣：在我机械地把僵硬的手指弯曲又伸直，与暗中发作的痛风对抗时，我不得不承认，我刚刚自落圈套，

1. 毕德曼，源自用以描述小市民市侩气的比德迈耶，后者本是同名小说中的主人公。比德迈耶后用以指称1815—1848年间欧洲专制王权复辟时期安分守己、自娱自乐的小市民文化，包括家居风格。

答应了七点半去进晚餐的邀请，也连带把显示礼貌、唠叨学术、观赏他人家庭幸福的责任拴到了脖子上。我恼火地回到了家，将白兰地与水掺在一起，就着它喝下了我的痛风药片，躺倒在长沙发上，试着读几页书。我刚设法读进了一点儿《索菲从梅梅尔到萨克森的旅行》，出自十八世纪的一本颇能怡情的消遣书，突然那邀请又闪入脑中，以及我还没有剃须，我还得穿衣。上帝知道，我为什么要让自己受这个罪！好了，哈里，起身，收起你的书，给自己涂上肥皂水，狠命刮刮下巴，穿上外套，在人类那儿得点乐子！

在涂肥皂水时，我想起了墓地里那肮脏的黏土坑，今天那个不相识的人被放进去的黏土坑。我想起了百无聊赖的基督教友那些拧着的脸，我甚至都没法嘲笑他们。在我看来，在那肮脏的黏土坑旁，伴着牧师愚蠢而尴尬的悼词，伴着哀悼人群愚蠢而尴尬的表情，伴着所有铁质或大理石制的十字架与墓碑那不予宽慰的景象，伴着所有铁丝和玻璃的假花，走到尽头的不仅仅是不相识者的生命。也不仅仅是我明天或者后天将在那里了结此生，归于黄土，就着哀悼队伍的难堪与造作埋入污泥。不，如此终结的是一切，我们的所有追求、我们的整个文化、我们的整个信仰、我们种种已成病态的人生快意与尘世追欢也即将葬入其中。

一块墓地就是我们的文化世界：在此处，耶稣和苏格拉底，莫扎特和海顿，但丁和歌德都不过是滋生着铁锈的墓碑上几乎让人视而不见的名字，被难堪而造作的哀悼队伍围绕着。对于这些人，要他们还相信这座他们曾视为神圣的墓碑，是太勉为其难了。哪怕仅就这走向衰亡的世界说出一句真诚、严肃的话以示哀悼与绝望，在他们也太过勉强。他们可做的也只剩下了带着冷笑、尴尬地围绕在一块墓地旁。

我心中愤愤，不由刮伤了下巴上那块老地方，用盐水捂了一阵伤口。但我还是得再次换上刚刚戴过的新领带，却全然不知，我为什么要做这一切，因为我没有丝毫兴趣去赴这个邀请。但是内心某一处的哈里又开始闹腾，称这教授是一个给人好感的家伙，而他也渴求着一点儿人的气味，扯扯闲话，凑个热闹。他还提醒我教授有个漂亮夫人，而且在友好的主人家中度过一个夜晚这个想法，基本上是相当振奋人心的。他促使我在下巴上贴上了一块英式膏药，促使我穿好衣裤并系上一条像样儿的领带，轻柔地打消了我随自己心愿留在家中的打算。

同时我又想，我现在这般穿戴好，出门拜访那位教授，或多或少地与他交换虚伪的客套，其实心中却毫不乐意，这正和大多数人一样，他们日复一日、时时刻刻强迫自己如此举止，如此生活，而心中却毫不乐意。他们做客他家，与人闲聊，坐在官府或办公室熬度时日，都是被迫的、机械的、不情不愿的。这一切全可让机器来做，或丢弃不做，也无甚差别。正是如此运转不息的机制阻止了他们，也阻止了我对自己的生活予以批判，辨识和感受这生活的愚蠢和浅薄，它带有丑恶冷笑的可疑之处，它让人绝望的悲哀和荒凉。

哦，这些人哪，他们这么生活，将他们的小把戏演下去，认同它们的重要，而不像我这离经叛道的人抵抗这套沉抑的机制，在绝望中瞪视虚空，他们是做对了，做得格外正确。如果我在这几页文字中偶尔对这些人予以了鄙夷甚而嘲讽，但愿无人会因此认为，我在责怪他们，我在控诉他们，我想要其他人为我个人的苦难负责！但是我如今已走出这么远，走到了生活的边缘，即将落入无底的黑暗深渊，我这样的人如果要试着自欺欺人，相信这机制在我这儿也照样运转，相信我仍然还属于那可爱的、孩子气的、永恒游戏着的世界，那我就是在撒谎，在做错事了。

这天傍晚也还真是格外神奇。在我那位熟人的家门前，我站立了一会儿，抬头仰视窗口。那位男人就住在这儿，我想，他年复一年地继续着他的工作，读文章，写评论，寻找小亚细亚神话和印度神话之间的关联，颇能自得其乐，因为他相信他所做事情的价值，他相信学术并自甘为其仆人，他相信单纯知识的价值，相信收集保存的意义。因为他相信进步，相信发展。他没有亲历过战争，没有体会到爱因斯坦对现存思想基础的震撼（他以为爱因斯坦的影响仅与数学有关），他丝毫看不到下一次大战就在他周围酝酿，他认为犹太人和共产党人可憎，他是个乖孩子，无所思虑、活得愉快、自负自得的孩子。他太让人嫉妒了。

我振作了一下，走了进去，得到了围白裙的女仆接待，不知出于什么预感仔细看了下她挂我帽子与大衣的地方。我被引到一间温暖明亮的房间里，在那儿等候主人。我既没有祷告，也没有稍稍憩息，而是听从一种游戏的本能，把近旁那件仿佛等我取用的物品拿到手中。这是一小幅加了框的画像，原本放置在圆桌上，被一面硬纸盒盖抵住斜放着。这是一幅铜版画，画的是诗人歌德，一位容貌齐整好看、性格鲜明而发型有天才之范的老年男子，那面容上既没有少那双著名的目光如炬的眼睛，也没有漏掉略微显出廷臣色调的孤独和悲哀，这是画家尤其着力刻画之处。他成功地让这位有邪魔气质的老者带上了略似教授或演员的节制而温良的格调，虽然无损其深邃。最主要的是，他把歌德描绘成了一位确有美丽风仪的老先生，可以作为装饰为任何一家市民住宅增色。

兴许这一幅画并不比其他这类画作，那一切由勤劳的艺术工匠制造出的讨好人的救世主、使徒、英雄、精神伟人和政治要人的画像更愚蠢。也许只是因为某种娴熟的画技让它如此激怒我。不管原因何在，对于已经受够了刺激和负累的我来说，这被刻画成爱慕虚荣又孤芳自赏的老年歌德仿佛是一个足以致命的噪音在朝我叫嚣，让我明白，我误入了他人领地。可以在这里安居如归的是有优美做派的老练能人和民族伟人，不是荒原狼。

如果家里的男主人这时候进房间来，我也许还能找到说得过去的借口离开。可是，进来的是他的妻子，我便听天由命了，虽然我预感到事情不妙。我们彼此打了招呼，那第一个噪音便有了接二连三的新噪音延续。这女人为我外表依然俊朗而祝贺我，但我太清楚，自从我们上次见面之后，我这几年老了多少了。在她和我握手时，患痛风的手指上的疼痛已经让我严重体会到了这一点。是啊，然后她又问，我亲爱的夫人状况可好。我不得不告诉她，我的妻子已经离开了我，我们离了婚。

见到教授这时进来，我们都感到庆幸。他也挺热忱地向我问好，这场会见的荒谬可笑很快就得到了最为精彩的表现。他手中拿着一份报纸，是他自家订的报纸，一份鼓吹军队和战争的报纸。当他和我握过手之后，他指着报纸讲起来。报纸里提到了我的一个同姓表亲，一位记者哈勒，他肯定是个可恶的坏蛋，心无祖国的混混，他拿皇帝取乐，声明自己同意这个观点，即他的祖国对于战争的爆发应担负的罪责丝毫不少于敌国。这该是个怎样的混蛋！好了，这毛头小子现在有的好看了，编辑漂亮地击败了这个害人虫，把他钉上了耻辱柱。可我们还是转换到了其他话题上，他察觉到我对这个题目不感兴趣。这两位真的半点儿都不曾想过，这个可憎的坏蛋有可能就坐在他们面前。可事实正是如此，我就是那个混蛋。算了，何必多生事端，干扰这些人的安宁！我自己在心中已经笑开了，但同时也放弃了希望，不再巴望今晚能经历什么舒心事儿了。

这一个时刻，我记得清清楚楚。就在教授讲述叛国贼哈勒的这一刻，我心中最恶劣的情绪，自那送葬场景以来就在我心中累积并不断增强的沮丧与绝望，凝聚成了一种混杂的压力，一种在肉体上（在下身）可感到的痛苦，一种充满恐惧而让人窒息的命运感。我感到，有什么在潜伏着等我，有某种危险在蹑手蹑脚地尾随我。幸好这时仆人通报说，晚饭好了。我们走进了餐厅。当我一次次费劲地找些无妨害的话来说或来问时，我吃得比我习惯吃的要多，觉得自己的悲哀一秒一秒地加重。我的上帝，我总在想，我们为什么要费如此多力气？我清楚地感到，招待我的两位主人也觉得极为不适，他们的振奋是费力做出来的，也许是我让人木然，也许是家中有另一桩事儿败坏兴致。他们总在问我一些无法坦率回应的问题，很快我就只能满嘴谎言，每说一个词都得和恶心感作斗争了。到最后，我为了转移话题，就开始讲我今天旁观了的葬礼。但是我找不到合适的声调，我要表达幽默却扫了对方的兴。我们的话越来越变得风马牛不相及，在我内心里荒原狼龇牙咧嘴地大笑。到了吃饭后甜点时，我们三人索性都沉默不语了。

我们回到先前第一个房间喝咖啡和烈酒。这也许能帮助我们提提兴致。但是在这里，诗人君主[1]又落入了我眼帘中，尽管他被放到了房中一侧的一个五斗橱上。我没法摆脱他，虽然并非没有听到内心中发出警告的声音，却再次将他拿到了手中，开始在脑中和他较起劲来。我仿佛着了魔一般被一种情绪所左右：这样的情形实在难以忍受，我现在必须做些什么，或者激发起招待我的主人的热情，让他们也兴奋起来，跟上我的节拍，或者自己彻底来一次大爆发。

"让我们期望，"我说，"现实中的歌德不会真是这个模样！这种虚荣，这种故作高贵的姿态，这种有意讨好尊敬宾主的庄严，还有男性外表下那最为柔媚的多愁善感！对于歌德本人尽可以抱有微词，我对那位爱端架子的老头也有许多不满，但是把他画成这样，不，这实在太过分了。"

女主人将咖啡一一倒满，脸上一副深受折磨的表情，然后她就快步走出了房间。而她丈夫则半是尴尬，半是谴责地告诉我，这幅歌德像是他妻子的，她格外喜爱它。"对您的说法，我真表示怀疑。但即使您在客观上是对的，您也不可以表达得这么粗暴。"

"您说得有理。"我承认，"只可惜这已成了我的习惯，我的恶癖。我总是尽可能选择最粗暴的表达，况且歌德在他的好日子里也是这么干的。这儿这位甜腻而市侩的沙龙版歌德

1. 诗人君主，这是后世对歌德的尊称。

当然绝不曾用过一个极端的、真实的、直接的措辞。我请您和您夫人多多原谅——请您告诉她，我患有精神分裂症。同时我也请求告辞。”

这位受了窘的先生还是找了几个借口来挽留，他又说起我们往日的谈话是多么美好，多么启发灵感。真的，我当时对密特拉神[1]和奎师那神[2]的推想给他留下了深刻的印象，他希望今天能再续……诸如此类。我谢过了他并说道：这些话说得都格外友善，只可惜我对奎师那神的兴趣连同我对学术类谈话的热情都已烟消云散，我今天已经对他撒了好几次谎。比如我并不是刚到这座城市几天，而是已驻留了几个月，只是我如今一人独居，不再适宜与良善人家来往。因为我一来心情总是委顿不振，身上遭着痛风困扰；二来大多时候酒醉不醒。而且，为了一白原委，至少不让自己顶着骗子之名离去，我必须向尊敬的主人解释，他今天着实深深侮辱了我。他居然照搬了一份落后报纸上一个无所事事的军官对哈勒之言表现出的愚蠢而顽固不化的态度，而没有表现出一位学者应有的立场。这个“毛头小子”、目无国尊的哈勒正是我本人。至少有一两个可独立思考者能公然明示自己信从理性、珍爱和平，而不是盲目且执迷地向往一场新的战争，这对于

1. 密特拉神，即波斯的光明之神，在印度、中东和非洲地区都有人信仰此神。
2. 奎师那神，印度神话中的至尊人格首神，佛教旧译为黑天神。

我们的祖国，对于此世界，都更好。好了，愿上帝指引。

我便这么站起了身，向歌德和这位教授道了别，从门口衣架上取下我的衣帽，走了出来。在我的灵魂中，那幸灾乐祸的狼厉声咆哮。两个哈里之间炸开了锅。因为——这也是我立刻意识到了的——傍晚这一段令人不快的时光于我而言，有着极多的意义，远超过其之于那位恼怒的教授：对他而言，这是一次失望之会，是一场闹心小事；可是对我来说，这是最后一次失败与逃离，是我对这市民天地、道德圈子、学究世界的告别，是荒原狼的一次全面胜利。而这是逃亡者与战败者的一次离别，是告谕自己的一次破产声明，是毫无慰藉之处，毫无优越之感，毫无幽默之趣的一次离别。我与我往昔的世界与家园，那市民品性、道德规矩、博学派头的这次告别，不亚于有胃溃疡之人对烤猪肉的告别。我怒气冲冲地在街灯下走，怒火不息又哀伤难已。这是怎样的一日啊，无一宽慰，徒增羞辱，恶劣恼人，从早晨到傍晚，从墓地到教授家中那一幕！为何要如此？缘何要如此？再肩负如此一个日子，再饮下如此一些汤羹，意义何在？不！我今天深夜要给这场滑稽剧一个了断。回家中去，哈里，割断自己的脖子！你已经等得够久了。

我受着悲苦的驱驰，在街巷中来回逡巡。冲着好好先生家的沙龙品位吐唾沫，这自然是我做的一桩傻事。傻而不得体，但我怎么做也做不出其他举止，我已忍受不了这温驯、虚伪而得体的生活了。如此看来，既然我连孤独都无法再忍受；我与自己的相处都已经惹起了我难言的憎恶，让我感到了恶心；我在我自己空气缺失的地狱里击打自身以扼杀自己，哪还有什么出路可寻？没有出路了。哦，我父，我母，哦，我少年时光那遥远的神圣之火，哦，你们，我生命中有过的数千快乐、劳作和目标！这一切都无一留给我，甚至连悔意都没有，只剩了恶心与苦痛。我只觉得，这单纯的为活而活，从未像如今这个时刻这样让我备受苦楚。

在一家不足为慰藉的郊区酒馆里，我停顿了片刻，喝了水和白兰地，又继续往前走，在魔鬼的追逐下，在陡峭弯曲的旧城小巷中登上行下，穿过了林荫道，迈入了火车站前的广场。坐车远行！我这么想着，走进了车站，盯着墙上的列车时刻表，喝了点酒，努力定神思考。我见到我所害怕的幽灵一步步逼到近前，一点点清晰起来。它便是回家的念头，回到我的小室，身临绝望却伫立不前的无奈！哪怕我再多走上几个小时，我还是挣脱不了它，那回到家门口、回到一桌乱书前、回到上悬我恋人画像的沙发上的念头，那拔出剃须刀，切断脖子的时刻。这画面在我眼前展开，越来越清晰。我带着急剧的心跳，越来越清晰地感到所有恐惧中最甚者：对死亡的惧怕！是的，我对死亡怀着莫大的恐惧。尽管我已看不到出路，尽管恶心、苦痛和绝望在我身边一一高垒，尽管再没有什么可吸引我，让我带着愉悦与希望为之，我却还是对自我处决，对那最后一刻，对划进自己肌肤中的那冰冷一刀感到悚惧。

我看不到让我脱离我所恐惧者的路。如若在今天这场绝望和怯懦之间的争斗中胜出的是怯懦，那么明天，每一天，绝望都会重新立于我面前，且由于添了自我蔑视而更显强势。我将把剃刀拿到手中又抛开，反复良久，直至最终下手。那么还不如今天就做！我以理智说服自己，正如说服一个忧惧中的孩子。可是这孩子不听我的话，跑了开去，他还想活。他一下又一下地拽着我继续走进城中，我围着我的住所绕着大圈，回家的想法始终盘旋脑际，又始终被推延。我在这里那里的小酒馆里歇歇脚，磨蹭个一杯或两杯酒的时间，然后又被那孩子继续往前赶，围绕最后的目标，围绕剃刀，围绕死亡兜更大的圈子。我时不时疲惫不堪地坐到长凳上、井口边上、墙角石上，听着自己的心跳，抹去额头的汗水，又继续往前，满怀着死一般的恐惧，满怀着猎猎燃烧的生之渴求。

他就这么拖着我，在夜深之时，在一个我并不熟识的偏僻郊区，进了一家饭店，在窗户里响着热烈的舞曲。我路过这家门口时在一张旧门牌上读到：黑鹰酒吧。屋内是通宵狂欢夜，人群喧嚣，烟气腾腾，酒味翻滚，叫喊不断。在靠里的厅里有人跳舞，那边舞曲喧腾。我留在前方一隅，这里逗留着下层人众，有的衣着褴褛，而在里面舞厅中还可窥见些高雅的人形。人群推挤着我越过了前区，又把我挤到了吧台旁的一张桌子前。一位脸色苍白的美貌少女坐在靠墙的一条板凳上，身穿一件开口颇低的薄礼服，发间别了一朵枯萎了的花。这女孩看到我靠近，专注而友好地看了看我，微笑着朝一旁挪了挪身子，给我让出了个位子。

“能坐下吗？”我一边问，一边坐到她身边。

“当然，你坐吧，”她说，“你是谁？”

“谢谢，”我说，“我没法回家。我办不到，我办不到。我想待在这儿，在您这儿，如果您允许的话。不，我真没法回家。”

她点点头，似乎明白了我的话。在她点头之际，我仔细看了看从她额头滑到耳边的鬈发。我认出那朵枯萎的花是朵山茶花。从对面砸来音乐声，在吧台边，女招待员急切地喊出顾客点的饮品。

“在这儿待着好了。”她用一种让我觉得舒服的声音说，“你为什么没法回家？”

“我办不到。家里有事情等着我——不，我做不到。那事儿太可怕了。”

“那就让它等着，你待在这儿好了。来，先擦干净你的眼镜，你现在什么都看不到。这样，把你的手帕拿来。我们喝什么？勃艮第酒？”

她擦亮了我的眼镜。现在我才看清楚她的面貌，苍白而紧致的脸上，有涂得血一般鲜红的嘴，有双明亮的灰色眼睛，有平滑而清凉的额头，有拉紧了的短鬈发挂在耳际。她善意又捎带着讥讽地照料着我，点了葡萄酒，和我碰了杯，同时往下看了看我的鞋子。

“我的上帝，你是从哪儿来的？你看起来就像是从巴黎一路走过来的。这样子可是进不了舞厅的。”

我说是也不是，笑了笑，听她继续说。她很讨我喜欢，我自己也对此感到惊讶，因为这么年轻的女孩，我至今为止都是回避的，是倾向于带着疑惑旁观的。而她对我的举止，在这一刻恰恰最适宜我——哦，她从此之后的举止每时每刻都是这般与我相宜的。她呵护我，正如我所需的那样；她嘲讽我，正如我所需的那样。她选了一份夹了馅的面包，命令我吃下去。她给我斟了酒，让我喝一口，但是不要太急。然后她称赞我听话。

“你真乖”，她用令人振奋的口吻说，“你不让别人为难。我们来打个赌。我猜你上一次听从别人的话，是挺久以前的事儿了。”

“是的。您赢了。您怎么知道的呢？”

“没什么大不了的。听从别人就像吃饭喝酒——谁如果太久没做过了，那么就不会反对做一做。不是吗，你乐意听我的话？”

“非常乐意。您什么都知道。”

“你还真不为难人。朋友，我也许还可以告诉你，那个在家里等你的事儿是什么，是什么让你这么害怕。但是你自己也知道。我们不需要再提它，对吧？傻家伙！要是有人要上吊自尽，那好，他就吊死自己，他是有理由的。要是他还活着，那不过是他还关心生活。再没什么比这更简单的了。”

“噢，”我喊道，“如果有这么简单就好了！我对于生活，上帝啊，已经够关心的了，可毫无用处。上吊自杀也许是难，我不知道。但是生活要难太多太多了！上帝知道，那有多么难！”

“好了，你会看到，这简单得连小孩子都会。我们已经开了个头了，你的眼镜已经给你擦好了，你吃了东西，喝了酒。现在我们过去，把你的裤子和鞋刷那么一刷，它们真得刷一刷了。然后你和我跳一轮快摆舞[1]。”

“您瞧瞧，”我赶忙叫道，“我说对了吧！没什么比无法执行您的一项命令更令我难受的了。可是这项命令我就没法做到。我不会跳快摆舞，也不会跳华尔兹，不会跳波尔卡[2]，或者不管它们叫什么，我都不会。我在我这一生中从没有学过跳舞。您现在瞧瞧，并不是一切都像您说得那么简单。”

这位美丽的女孩抿着血红的双唇微笑了，摇了摇那束紧的、梳了男孩发式的头。在我看她时，我觉得，她和罗

1. 快摆舞，爵士舞中的一种舞姿，不移动脚步，但是上半身迅速摆动。该舞起源于1917年的一首舞曲，风行于二十世纪二十年代。

2. 波尔卡，捷克的一种民间舞蹈。

莎·克莱斯勒，我还是个男孩的时候爱过的第一个女孩长得一模一样。但是罗莎有棕色皮肤，深色头发。不，我不知道，这陌生的女孩让我想起了谁，我只知道，那出自格外早远的少年时代，出自我的男孩时代。

“别急，”她叫道，“别急！你不会跳舞？一点儿都不会？单步舞都不会？那你还说，上帝知道，你都为生活费了多大力气！你这可是在吹牛了，少年，在你这个年纪是不该再这么做的。是啊，你怎么能说，你费了很大劲来生活，如果你连跳个舞都不愿意？”

“如果我就是不会呢！我根本没有学过。”

她笑了。

“但是你学会读书写字，对吧，还学过算数，多半也学过拉丁语、法语和其他这样的东西吧？我敢打赌，你上了十到十二年的中小学，有可能也上了大学，甚至可能有博士头衔，会说中文或者西班牙语。不是吗？那好。但是你却没花点儿时间和钱学几个小时的舞！嘿！”

“是我的父母的错。”我为自己辩护，“他们让我学了拉丁语、希腊语和所有那些玩意儿。但是他们没让我学跳舞，在我们那儿不流行跳舞。我父母自己也从来没有跳过。”

她冷冷地看着我，满是蔑视之意。她的脸上又表露出了些什么，让我想起了早先的少年时代。

“这么说，还都是你父母的责任了！你难道也问过他们，你今天晚上可不可以来黑鹰酒吧？你问过吗？你是说，他们早就死了？那好！你在少年时代多半因为听话而不想学跳舞——这我管不着！虽然我不相信你那时候是这么一个乖乖男孩。但是在那之后呢，你在那之后这么多年都干了些什么？”

“咳，”我承认，“我自己都不怎么记得了。我上过大学，弄过音乐，读过些书，写了些书，远行旅游……”

“你对生活还真有些奇怪的看法！你总是做些困难的、复杂的事儿，但简单的你却压根都没学过？没时间？没兴致？好吧，这对我无所谓。感谢上帝，我不是你母亲。但是现如今你却做出一副把人生尝了个遍，却什么都没找着的样子，不，这可不行！”

“您别斥责了！”我请求地说，“我已经知道，我是个疯子。”

“哎哟，别给我摆出这样的调调来！你根本就没疯，教授先生，你在我看来，还疯得太少了！你有的是一副笨样子下的机灵，我就是这么看的，你完全就是一个教授的样儿。来，再吃一个小面包！吃完了再往下讲。”

她又给我点了一份小面包，撒上了点儿盐，抹了点儿芥末，给自己切下一小块，然后让我吃。我吃了。她让我做的一切事儿，我都会照做，除了跳舞。听从一个对你追问到底、命令你、呵斥你的人的话，坐在这个人身旁，感觉出奇地好。如果那位教授和他夫人在两三个小时前是这么做的话，会让我省去多少烦忧。不过，不，这样也好，不然我更会错过不少！

“你到底叫什么名字？”她突然问。

“哈里。”

“哈里？一个小嫩孩的名字！你倒也是个小嫩孩，哈里，虽然你头发里有几根都白了。你就是个小嫩孩，你应该有个稍微照看照看你的人。对跳舞的事儿我就不再说什么了。但是看看你的头发多乱！你就没有个老婆，没有个亲爱的吗？”

“我没有妻子，我们离婚了。我有个亲爱的，但是她不住在这儿。我很少有机会见到她，我们在一起相处得不好。”

她透过牙齿缝轻轻嘘了一声。

“看起来，你是个挺难相处的先生，没有女人能留在你身边。不过，现在说说看，今天晚上有什么特别的事儿，让你鬼使神差地环游了全世界？吵架了？输钱了？”

这还真难启齿。

“您看，”我讲了起来，“其实是件小事。我得到别人邀请做客，那是位教授——我自己其实并不是教授——我本来就不该去。我已经不习惯和一群人坐在一起瞎聊天了。我对这样的事儿早生疏了。我走进他家门的时候，就有感觉，不会有什么好事儿发生。当我把帽子挂上衣架的时候，我都在想，我没准儿马上又要戴上它了。好了，在教授家里，在桌子上摆了一幅画像，一幅让我很恼火的蠢画……”

“什么样的一幅画？为什么让你恼火？”她打断我。

“唔，画的是歌德——您知道，诗人歌德。但是画上不是他真实的模样——因为他长什么样，没有人知道得很准确，他死了有一百年了。而某个现代画家就按着他自己对歌德的想象，把歌德弄了那么一个正儿八经的造型。这幅画惹恼了我，我对它无比反感——我不知道，您理解这些吗？”

“我完全能理解，不用担心。继续讲！”

“以前我就和教授有不合之处。他就像几乎所有的教授那样，是个高扬爱国主义的人，在大战期间老老实实地帮着欺骗大众——当然他这么做，心里是怀着最善意的信仰的。但我是个反对战争的人。好了，无所谓了。继续说。我本来根本犯不着去看那画像……”

“你本来完全不用管。”

“但是，首先我为歌德感到难过，因为他让我觉得非常、非常亲切。而当时是这么回事儿，我想——好吧，我想或者我感到：我现在坐在这样的人身边，我把他们视作我的同类，我以为他们喜爱歌德，和我类似，歌德在他们脑中的形象也和我的类似。如今他们却让这幅毫无品位的、伪造又媚俗的画像立在那儿，觉得它精彩，根本没觉察到，这画像的精神恰恰是歌德精神的反面。他们觉得这画像妙，我本无所谓，他们尽可这么觉得——但是对我来说，对于这些人的所有信赖，与他们的所有友情，所有心意相通、同为一类的感觉都破灭了、消散了。而且，这友情本就不深。所以我当时就冒出了怒火，也生出了悲哀，看到自己是完全孤独的，没有人理解我。您明白吗？”

“挺容易明白的，哈里。然后呢？你把那幅画像砸到了他们头上？”

“不，我臭骂了一番就离开了。我想回家去，但是……”

“但是家里没有妈妈来安慰和指责这个笨小孩。好吧，哈里，你快让我难过起来了，你是个哪儿都找不到的傻孩子。”

没错，我觉得我也看出了这一点。她给了我一杯酒喝。她对我真就和妈妈一样。但是有那么几刻，我又看到她是多么的美，多么的年轻。

“那么，”她又说了起来，“也就是说，歌德死在一百年前。而哈里非常喜欢他，对他有着美妙的想象，想他大概会长什么样子。哈里有权这么认为，不是吗？但是那个画家，他也为歌德着迷，而且给歌德画了一幅像，但他没有权力这么做，那位教授也没有，任何人都没有。因为这样做不对哈里的口味，他忍受不了这个，他必须破口臭骂，然后跑开！如果他聪明的话，他就只会笑一笑这位画家和这位教授。如果他疯了的话，他就会把他们那个歌德扔到他们脸上。但是他只是一个小嫩孩儿，所以他就跑回了家，想吊死自己——我懂你的故事，哈里。这是一个滑稽的故事。它惹得我想笑。停，别喝这么急！勃艮第酒是要慢慢喝的。不然它会把人弄得太热。你什么都要让人教着做，小嫩孩儿。”

她的目光严厉而又有警告之意，像位六十岁家庭女教师的目光。

“哦，是呵。”我满足地请求道，“您就什么都教我做吧。”

“我该教你什么呢？”

“所有您想教的。”

“好，我就教你一些事儿。第一，你这一个小时都在听我把你称为你，而你还一直对我说您[1]。总是说拉丁语和希腊语，总是说得尽可能复杂！如果一个女孩子把你叫作你，而你对她又不反感，那你就也用你来称呼她。好了，你现在学到这个了。第二，半个小时前我就知道了你叫哈里。我知道，是因为我问了你。但是你都不想知道我叫什么名字。”

“哦，我想的，我非常想知道。”

“太晚了，小家伙！如果我们再见面，你可以再问。今天我是不会告诉你了。好了，现在我想跳舞了。”

因为她做出要站起身的样子，我的情绪突然低落了下去。我害怕起来，怕她会离开，把我一人留下，那样一切又会变成先前那样。就像暂时消失的牙痛突然又出现了，像火一样灼人，恐惧和惊悚又在这一瞬间出现了。噢，上帝，我都忘了有什么在等待我吗？难道情况有什么改变吗？

---

1. 德语中第二人称分为尊称和近称。尊称“您”（主格为 Sie）用于称呼陌生人及上级下属关系或生意伙伴。近称“你”（主格为 du）用于称呼家人、友人和关系亲近的人。二者主要以关系远近来区分。

“等等。”我哀求地叫唤道：“您别——你别走！你当然可以去跳舞，想跳多久都行，但是别离开太久，要回来，回来！”

她大笑着站了起来。我原想着她站起来会挺高的。她身材苗条，但是并不高。她又让我想起了某人——是谁呢？寻思而不得。

“你会回来的吧？”

“我会回来的，不过要过一会儿才回，半个钟头或者一个钟头吧。我想教你做件事儿：闭上眼睛，睡上一小会儿。你正需要这个。”

我给她腾出位子，她走了。她的小裙子滑过了我的膝盖。一边走着，她还一边照着一面圆而极小的梳妆镜，吊起眉毛，用一个极小的粉刷擦了擦下巴，随即消失在了舞池中。我环顾身边四周：陌生的面容，吸烟的男人，大理石桌面上泼洒的啤酒，四处是高呼与尖叫，侧边上传来舞曲音乐。我应该睡一睡，她刚才说。啊，好心的孩子，你可知道我的睡眠，它比一只黄鼠狼还羞怯！要在这年度集市般的喧闹中，在这桌边，在哐啷碰撞的啤酒杯之间睡一睡吗？我抿了口酒，从口袋中抽出一支雪茄，四下里寻着火柴，实际上却没有丝毫抽烟的兴致。我把香烟搁在自己面前的桌上。“闭上眼睛”，她刚才对我说。上帝知道，这女孩哪儿来的这嗓音，略微低沉的美好嗓音，母亲般的嗓音。听从用这嗓音说出的话，真好。

我感受到了这种好。我顺从地闭上了眼睛，头靠在墙上，耳听着我周围扰攘的上百种噪音，对在此地睡一睡的想法报以微笑，决定走到舞厅门边，偷瞥一眼舞池内的境况——我还得看看我那美丽的女孩跳舞才行——椅子下脚刚活动起来，我才感到，在数个小时的来回奔突之后，我现在已是无比的疲乏，于是便坐着没动。这时，我已经入睡了，完全遵循着那来自母亲般的命令，睡得贪婪而感激，而且做起梦来。这梦比我长久以来所梦的都更为清晰，更为俏丽。我梦见：

我坐在一间旧式的会客厅里等候。起先，我还只知道我是登门拜访一位尊贵之人。然后我才想起，行将接待我的，是歌德先生。可惜我不完全是以私人身份来访，而是作为一份杂志的记者到访，这让我很不快。我想不通，是什么样的魔鬼驱赶着我到了这步境地。另外，让我不安的还有一只蝎子，它是刚刚露出形来的，企图顺着我的腿往上爬。我虽然抵御住了这黑色的小爬虫，把它抖落了下去，却不知道它现在藏到了哪里，也根本不敢伸手去逮它。

我也不是很肯定，报信的是不是出于疏忽，没有通知歌德，而是告知了马迪松[1]，在梦里我又把后者混淆成了毕尔格[2]。

---

1. 马迪松（1761—1831），与歌德同时代的诗人、作家，受到席勒推崇，死后渐被人遗忘，尤其被浪漫派嗤笑。
2. 毕尔格（1747—1794），与歌德同时代的诗人，狂飙突进运动代表人物之一，尤以叙事谣曲出名，另著有小说《闵希豪森男爵历险记》，影响极大。

因为我把致莫莉[1]的诗歌归于毕尔格笔下。此外，我极其渴望能见见莫莉。我想象的她，在我眼前定是奇妙、柔和、精通音乐，宜于夜间相会的模样。若我不是受那该死的编辑部委托而坐在这里该多好！我的不快与时剧增，渐渐转移到了歌德身上。我对他忽地起了种种可能的疑虑与责怪。兴许会上演一出精彩的会见吧！那只蝎子尽管危险而且可能就藏身在我近旁，但它也许并不那么坏事儿；它在我看来可能也代表着友好。我觉得极有可能它和莫莉有着什么联系，是她的某种信使或者她的族徽之兽，象征女性与原罪，危险而美丽的族徽之兽。那兽会不会就叫乌尔皮乌斯[2]呢？可正在此时，一位仆人拉开了房间门，我站起身，走了进去。

房中站着年老的歌德，个头矮而身形格外僵硬，在他经典大师的胸前端端正正地戴着一枚挺厚的星形勋章。他看起来依旧在管理政务，依旧在接受谒见，依旧在他的魏玛博物馆对外掌控着世界。因为他刚一见着我，就像一只年老的乌鸦一般肃穆地点了点头，庄重地说道："那么，你们年轻人，

---

1. 莫莉（1758—1786），是毕尔格第一任妻子（多萝西娅）的妹妹。毕尔格婚后即爱上她，为她写下情诗《致莫莉》。两人幽会多次。毕尔格的妻子产后亡故，一年后毕尔格即娶莫莉，但后者一年后也因难产去世。

2. 乌尔皮乌斯，歌德的妻子（克里斯蒂安娜）的娘家姓。她出身低微，自1788年与歌德相识相爱，为他育有多个子女。1806年歌德才娶她为妻。她1816年病逝。

你们大概不怎么赞同我们和我们尽力所做之事了吧？”

“正是如此。”我说道，他那枢密大臣的眼神让我全身都感到了寒意，“我们年轻人确实不赞同您了，老先生。您对我们来说太庄重，尊敬的阁下，太重颜面，太端架子，太不够坦诚了。这大概就是关键所在：太不够坦诚了。”

矮个子的老年男人将拘谨的头往前伸了伸，同时他那严厉而带着官样细纹的嘴放松下来，露出一丝儿微笑，有了令人动心的生气。这副模样突然间击中了我心扉，因为我脑中倏然冒出这句诗：“暮色空中垂”[1]，也想起正是这男人，这嘴吟出了诗中词句。在这一刻，我其实已全然缴械，束手投降，恨不能就此跪在他脚前。但是我还是笔直地站住，听他微笑的嘴中说出了这样的话：“唉，您怪罪我不坦诚？这是怎样一个词哦！您不想再解释解释吗？”

我当然愿意，非常愿意。

“歌德先生，您如同一切伟大的灵慧之人，认清了也体察了人类生活中的可疑之处和无望之处：瞬间中本有美妙，可它会令人愁苦地萎谢；情感至高处风光美好，却无法不用日常的地牢之困来偿付；对精神国度有着灼热渴求，对自然

1. 歌德《中德四季晨昏杂咏》中第八首的开头一句。全诗试译如下：“暮色空中垂，近者忽远离。方有长庚起，柔光且熠熠。万物迟迷处，烟霭宇间弥。幽幽沉昏色，黯向湖中栖。我念东之际，当有明玉盘。细柳垂青丝，笑弄波影长。光影正斑驳，月色起纹澜。清凉直入眼，丝丝沁心间。”

中已失去的天真却也怀有同样灼热而神圣的钟爱，两者陷入永恒的誓死争斗；全然浮于虚空和迷蒙的可怕漂泊；注定只得消逝，永不得圆满，永在浅尝而一知半解，一生如受诅咒——简而言之，人类存在中那了无前景、迷途无知的状态和灼人的绝望。

“这一切您都熟知，而且常常也直认不讳，但您却以您的整个一生宣扬它们的反面，表达信念和乐观，给自己和别人装出一副我们的精神努力尚可持久尚有意义的样子。您拒绝并压制那些坦然承认深渊的人，那些吐露绝望真理的声音，不论这声音来自您自己还是克莱斯特[1]和贝多芬。您数十年来如此这般累积知识，充实收藏，写信，保存信，似乎这一番身居魏玛的晚年生活便让您走出了一条路，以使瞬间成为永恒，结果只不过将瞬间做成了木乃伊；又或想让天性成精神，却不过将天性固化成了面具。这便是我们指责您的不坦诚。”

这年迈的枢密大臣若有所思地直视我的双眼，他的嘴还依然带着微笑。

随后他问了句让我大为诧异的话：“莫扎特的《魔笛》一定不会合您的口味吧？”

---

1. 克莱斯特（1777—1811），德国著名剧作家、小说家，一生坎坷，与歌德有着极为矛盾的关系。歌德对他的创作大多表示怀疑态度。

我还没来得及抗议，他便继续说道："《魔笛》将生活表现成了一支悦耳的歌，它赞颂我们那注定消逝的情感，仿佛它们是永恒的，有神性的。它既不赞同克拉斯特先生，也不同意贝多芬先生，而是在宣扬信念和乐观。"

"我知道，我知道！"我气急败坏地叫唤起来，"上帝知道，您怎么偏偏扯到了《魔笛》，那是我在这世上最心爱之物！但是莫扎特没有活到八十二岁，不曾像您这样在个人生活里追求持久、秩序、僵硬的尊严！他没有自认高人一等！他唱出了他那神造一般的旋律，却一贫如洗，早早死去，穷苦，遭人误解……"

我呼吸不上来了。有上千事物一时间都要在这十来个词里说出来。我的额头冒出了汗。

而歌德格外友好地说："我活到了八十二岁的年纪，这也许真是不可原谅的。我如今从中得到的乐趣比您想的要少。您说得对：我一直满怀着对持久的莫大欲求，我一直惧怕死亡，一直与死亡抗争。我相信，抵抗死亡的战斗，不问条件而执着笃实的生之意志是所有杰出之人行事与生活的驱动力。而人终不免一死这一事实，我年轻的朋友，我到了这八十二岁可确切地证明它，我若在少年学童时死去也同样是它的明证。如果可用这话来为我做点辩解，那么我想说：在我的天性中有许多孩童的脾性、许多好奇心和游戏本能、许多挥霍时光的闲心。到如今，我确是花了挺长的时间才弄明白，游戏也必有餍足之日。”

他说这番话时，微笑中满是狡黠，简直有了顽皮之意。他的身形变得高了些，脸上僵硬的姿态和强作的尊贵消失了。我们周边的空气里现在充满了响亮的旋律，是配了曲子的歌德诗作。我从中清楚地听到了莫扎特谱的《小紫罗兰》和舒伯特[1]谱的《你又在林间河谷洒下清辉》。歌德的脸现在透出了粉红，恢复了青春，欢笑起来，时而像莫扎特的兄长，时而又像舒伯特的。他胸前的星完全是草原鲜花缀成，正中间是一朵黄色的报春花在绽放，欢快而丰美。

这位老人想用这么一种戏谑的方式逃脱我的疑问和指控，这并不合我心意。我以满是谴责的眼神看着他。这时他俯身过来，将他已经完全是孩童样子的嘴凑到我耳边，轻声往我耳中说道："我的小伙子，你对老歌德太过认真了。对已经死去了的老人不必太认真，不然对他们可不公道。我们不朽者是不爱认真的。我们爱的是欢乐。认真，我的小伙子，是受制于时间的。我愿意给你透露这一句，认真出自对时间的高估。我也曾经高估了时间的价值，因此我想活上一百岁。但是在永恒中，你看到了，是没有时间的。永恒不过是一瞬，不长不短，刚够给欢乐。”

实际上也没有什么认真的话儿可以和这老人说的了。他

1. 舒伯特（1797—1828），奥地利著名作曲家。

乐陶陶地翩然起舞，让他星中那朵报春花时而像火箭四射，时而变小至消失。当他迈着舞步，闪着身形，光彩四溢之际，我却不由得想到，这个男人至少不曾误了学舞。他跳得非常出色。这时我又想起了那只蝎子，或者不如说，是想起了莫莉。我朝歌德喊道：“问您一句，莫莉在这儿吗？”

歌德朗声笑了起来。他走到桌前，打开一个抽屉，拿出一个包着皮革或天鹅绒的珍贵小盒，打开来，递到我眼前。盒中有一只极小的女人腿安放在暗色的天鹅绒上，小巧，无瑕，微光闪烁。一只怡人的腿，在膝盖处微微弯曲，脚朝下伸直，最末端收为最纤细的脚趾尖。

我展开五指，只想将这只腿拿到手中，我对它一见倾心。但是正当我伸出两只手指去取时，那玩物似乎极轻微地颤动了一下，于是我心头生出猜疑，这可能正是那只蝎子。歌德看上去明白了我的心思，甚至像是想见我如此，刻意让我如此深陷窘迫，受欲望与恐惧两相煎熬而抽搐不安。他将这迷人的小蝎子举到我面前，紧贴我的脸，看我心动向往，看我心悸退缩，这对他似乎是一大消遣。当他用这妩媚而危险的物件嘲弄我时，他又蓦然老去，老至千岁，头发雪白。他那枯萎的老人脸静默无声地大笑着，带着一种深不可测的老年幽默狂笑，一直笑弯了腰。

当我醒来时，我忘了这个梦，迟些时候它才重新回到我脑中。我大约睡了一个小时，在音乐和一片扰攘当中，在酒馆桌边。我本还以为这绝对不可能。那可爱的女孩站在我面前，一只手搭在我肩上。

“给我两三个马克。”她说，“我在那边吃了点东西。”

我把我的钱包给了她，她拿了走过去，很快便又回来了。

“好了，现在我还能在你身边坐上一小会儿，然后我就得走了，我有个约会。”

我吃了一惊。“和谁？”我马上问道。

“和一位先生，小哈里。他请我去歌舞剧院。”

“噢，我还以为，你不会把我一个人丢下的。”

“那你就该早点儿邀请我呀。有人比你抢先一步了。现在，你倒是省了一笔钱了。你知道那个歌舞剧院吧？过了午夜就只有香槟酒。夜总会沙发椅，黑人乐队，格调很高的。”

这一切都是我不曾考虑过的。

“啊，”我请求道，“让我来邀请你吧！我原来以为这是不消说的。我们已经是朋友了啊。让我来请你，随你去哪儿，我求你了。”

“你真好心呀。但是你瞧，说话得算话，我接受了邀请，我就要去。别再费劲了！来，再喝上一口，我们瓶子里不还有酒么。你喝光它，然后好好儿回家睡觉。向我保证。”

“不，嘿，我不能回家。”

“哎哟，又是你的那些故事！你还没跟歌德扯清楚吗？

（就在这一刻我又想起了有歌德的梦。）但是如果你真的回不了家，那就待在这栋楼里吧。楼上有宾客房间，要我给你弄一间吗？”

这主意让我感到满足了，我又问我在哪儿能再见到她。她住哪儿呢？她不告诉我。我只要稍微找一找就会找到她。

“我不可以邀请你吗？”

“请我去哪儿？”

“随你去哪儿，随你什么时间。”

“好。星期二在老弗兰西斯卡店里吃晚饭，二楼。再见！”

她把手伸给我，现在我才注意到这只手，一只和她的嗓音完全相配的手，美丽而浑圆，灵巧而善意。她在我吻她手时，嘲讽地笑了。

在最后一刻，她再次转过身来对我说：“我还想告诉你点事儿，和歌德有关。瞧，你对歌德是这个态度，你没法忍受他那样的画像，我对圣徒有时候也是这样的。”

“圣徒？你这么虔诚吗？”

“不，我不虔诚，可惜。但是我曾经虔诚过，而且还会再变虔诚的。我只是没时间虔诚。”

“没时间？虔诚需要时间吗？”

“哦，这当然。虔诚需要时间，甚至还不止这个：还需要不受时间限制！你不能在认真虔诚的同时，也生活在现实中，对现实那些东西也认真：时间、金钱、歌舞剧院，所有这些。”

“我懂了。但圣徒又是怎么回事儿呢？”

“对，这里有一些我特别喜爱的圣徒：史蒂凡、圣弗兰茨和其他人。我有时候会看到他们的画像，也看到过救世主和圣母的，就是那种虚假的、伪造的、傻乎乎的画像。我对它们的忍受程度刚好和你对那幅歌德像一样。如果我看到这样一幅甜腻腻傻乎乎的救世主或者圣弗兰茨，看到其他人怎么觉得这样的画像漂亮又启迪人，我就会觉得那是对真正救世主的一种侮辱。我会想：啊，如果这些人有这样一幅救世主的傻气画就满足了的话，那救世主都是为了什么活了一场，还受了那么可怕的苦难！不过，我还是知道，就算我自己心中的救世主形象或者弗兰茨形象也都只是一幅人类的图像，达不到源头的画像。救世主自己也会觉得我内心中那幅救世主像是愚蠢的、远远不够的，就像我对那些甜兮兮的画像所感到的一样。

“我告诉你这些，不是说，你对那幅歌德像生气郁闷是对的。不，你那样不对。我这么说，只是让你知道，我能明白你。你们这些学者、艺术家，在你们脑袋里都有些不着调的东西，但是你们和其他人一样是人，我们其他人在脑子里也有梦和游戏。因为我注意到，博学的先生，你在给我讲你那个歌德的故事的时候，有点儿尴尬。你费了不少劲，想让这么一个普通小女孩弄懂你那些理想化的东西。好了，现在我想让你看到，你不需要这么费劲。我已经听懂你的意思了。

就这样，现在结束！你要到床上去了。”

她走了，而我让一位白发老家仆带着上了两级楼梯。其实，他先问了问我行李在哪。当他听说没有行李时，我就得提前付他所说的“睡觉钱”。然后他带着我穿过一个旧而阴暗的楼梯间，到了一个小房间里，便留下我一个人走了。房里有一张简陋的木床，非常短而且硬，在墙上挂着一把军刀，一幅加里波第[1]的彩色画像，还有一串取自某个社团聚会、已然枯萎的花环。我只愿有件睡衣，哪怕代价不菲。至少这儿有水和一小块毛巾，让我洗了把脸。然后我就和衣躺在了床上，让灯亮着，用这时间思考起来。

对歌德，我现在已不再纠结。他居然在梦中现身于我，真好！而这奇妙的女孩——若我知道她名字该多好！突然有了一个人，一个活生生的人，打碎了我自陷绝灭的阴沉玻璃罩，朝我伸来了手，一只美善而温暖的手！突然又有了与我相关，让我可以带着欢乐、忧虑与期待想起的事物！突然有一扇门开了，生活穿过它朝我走了进来！我也许又能生活了，我也许又能成为一个人了。我的灵魂本已在寒冷中睡去，几近冻死，如今又呼吸了起来，带着睡意扇动起小而弱的翅膀。歌德曾在我身边。一个女孩曾教我吃饭、饮酒、安睡，向我展示了友善，嘲笑了我，将我称作一个小笨男孩。这位奇妙

1. 加里波第（1807—1882），意大利著名爱国将领，献身于意大利统一运动。

的女友人，她也和我讲到了圣徒，让我看到，即使在我最离奇之处，我也毫不孤单，不是无人理解，不是一个病态的异端，我有同胞姊妹，有人懂我。我还会见到她吗？会的，一定会，她足以信赖，“说话算话”。

我不知不觉重入梦乡，睡了四五个小时。十点已过，我满身疲乏，对昨日里某件可憎之事的回忆还在脑中盘旋，但又满是活力，满怀希望，满怀着好的念头。在回我自己住处的路上，我再也感觉不到昨天归家对我所意味着的恐惧。

在楼梯上，在南洋杉上方，我遇见了“姨妈”，我的女房东。我极少见得到她，她友好的天性却是我格外喜爱的。这次偶遇让我颇为难堪，我毕竟衣冠不整，潦草过了一夜，又没有梳头剃须。我打了声招呼，便想离去。平时她总会尊敬我对孤独自处、不受关注的渴求，但今天我和周围环境之间看来真的撕破了一层面纱，倒塌了一圈栅栏——她笑起来，站住了。

“您出外逛了逛，哈勒先生。您今天凌晨根本没睡在床上。您准会犯困的。”

“是啊，”我一边说，一边不由得也笑了，“今天凌晨有点儿热闹事儿。因为我不想打搅您这房中的宁静，所以我就睡在了一家宾馆里。我对您这房子中的安宁和可敬之处都有着莫大的尊重，有时候我自己都觉得我在这房中是个异类。”

“您别嘲讽了，哈勒先生！”

“噢，我不过是在嘲讽自己。”

“这正是您不该做的。您在我这房子中不该觉得自己是‘异类’。您该随您乐意地生活，做您喜欢做的事儿。我已经有了一些非常非常值得尊敬的房客，满揣可敬的珍宝，但是没有人比您更安静、更少打搅我们了。现在——您想来杯茶吗？”

我没有抗拒。在她装饰着美丽的祖父图像和祖母家具的沙龙里，我面前摆上了茶。我们闲聊了一会儿，这位友好的女士其实不曾发问过，却获悉了我生活中和思想中的林林总总。她以既专注却又如母亲般不太当真的混合姿态听着，那是聪明女人面对男人的乖张古怪时所持的态度。我们也提到了她的侄子，她在隔壁一间房里给我展示了她侄子最新的业余作品，一台收音机。这位勤快的年轻人在他数个晚间时光里，因为着迷于无线传播这一想法，拨弄出了这一台机器，虔诚地跪在这技术之神前敬拜。这位神明在数千年之后终于发现并极不完美地表现了每位思想者早已知晓并用得更为巧妙之物。我们谈到这一话题，是因为姨妈稍稍有点虔信的趋向，有关宗教的谈话对她并非不快之事。

我告诉她，一切力与功无处不在，这一点古印度人已非常明了。而技术仅仅是将这事实的一小部分以如此方式引入了众人的意识中：它为那遍有之物，也即为声波构建出了一个暂还残缺得可怕的接收器和发射器。那古老智慧的核心所在，时间的虚幻性直到今天还没有被技术所察觉，它最终当然会被“发现”，并陷落到执事的工程师指间。

人们也许很快便会发现，不仅仅是当前的、昙花一现的事件始终在我们耳畔涌流，比如来自巴黎和柏林的音乐如今在法兰克福或苏黎世已可听到；一切过往之事也同样可以录入并重现，我们也许有一天，不论有线无线，不论带不带恼人的杂音，都可听到所罗门[1]国王和瓦尔特·封·弗格怀德[2]的声音。而这一切，就如今天收音机所开的头一样，只会被人类用来逃避自我和自我的墓地，用越来越紧密的消遣与无用营生之网包裹自己。但是我说到这些我司空见惯的事物时，并不是用我常有的激愤与嘲讽的口吻来贬斥这个时代和技术，而是带着戏谑与嬉笑的。姨妈微笑了，我们坐在一起，舒心地度过了一个小时，喝着茶，心满意足。

我要在星期二晚上请黑鹰酒吧里那位美丽而奇特的女孩吃饭。为了打发这之前的时间，我颇费了点力气。等到星期二终于来临，我与这陌生女孩之间的关系于我有多重要，我已格外明了甚而为此吃惊不小。我一心只念着她，我对她有诸多期望，我笃定地要为她献出一切，把一切放在她脚下，却并没有半点爱上她。我只需想象一下，她若是背弃抑或忘了我们的约定，我便会清楚地看到，我将陷入何种状态：这

1. 所罗门，《圣经》记载的以色列王，以智慧著称。
2. 瓦尔特·封·弗格怀德（约 1170—1230），中世纪成就最高的德语诗人，以情诗与政治诗歌著称。

世界又会空洞无物，每一日每一日都是同样的暗淡而无价值，我身边又是可怕的、彻底的冷寂萧索，除了剃刀之外再无别的出路可带我逃出这静默的地狱。而在这几天里我心中对剃刀并未多添半分好感，它的可怕丝毫未减。而这正是骇人之处：我对切开自己的喉管有着一种沉压心头的至深恐惧，我对死亡的惧怕带有如此一种狂野、粗暴、抗拒而勃发的力量，就仿佛我是最健康不过的人，我的生活是天堂。

我对我这种状态有着无比冷峻的清醒认识，也认识到，正是由于这无以苟生与无可就死之间难以忍受的张力，那不相识的人儿，黑鹰酒吧里跳舞的美丽女孩于我才如此重要。她是我幽暗地穴中那扇小窗，那极小却光亮的洞。她是救赎，是通往豁然天地的路。她必将教会我生，或者教会我死。她以及她那坚定而动人的手必将触摸我这僵化了的心，以让它在生命的点触下如花绽放或者碎成尘埃。她从何处取来这力量，这种魔力从何处降于她身上，她因怎样的神秘缘由对我有这样深邃的意味，这我没法细想，也无关紧要。我并不在意要知道答案。我再也无心获得知识，获得洞见。那正是我已餍足的。

我最尖刻、最具讽刺的痛苦和耻辱正在于，我对自己的状态看得如此清楚，对它有着如此分明的意识。我看着那坏小子，那头野兽荒原狼在我面前如蛛网中的苍蝇，看着它的命运如何驱使它走到这一步，它如何悬在网中奄奄一息而无抵抗之力，而蜘蛛如何蓄势待发向它咬去，同时一只挽救的手也在同样近旁之处。我本可对我所受之苦的种种关联因由、对我的灵魂恶疾、对我的执迷和神经症状说出最机智最有洞见的话，这套机制对我而言是透明可见的。但是我如此绝望地追求的，我正迫切需要的，不是知识和理解，而是体验、决断、撞击和纵身跳跃。

尽管我在这等待的几天里从没有怀疑我的女友人会不会信守诺言，到了最后一天，我还是格外激动不安。我在一生中还从没有如此不耐烦地等过某一天的暮色来临。而在紧张与躁动几乎让我无可忍受的同时，它们又是美妙的：对我这个长久以来不曾等过什么，不曾期待过什么的冷峻之人，一整天都满怀着不安、忐忑和强烈的期待来回疾走，提前设想一晚上的相遇、谈话和收获，为此剃胡须，穿着打扮（特别细心，换上了新衬衣、新领带、新鞋带），这有着无可想象的美，无可想象的新，格外奇妙。不论那位聪明而神秘的小女孩是谁，不论她想以这种或那种方式与我形成某种关系，我都不在乎；她在那儿，便有奇迹发生，我由此重又找到了一个人，对生活有了新的兴趣！重要的只是，要继续下去，我将自己托付于这吸引力，跟随这颗星而行。

我再次见到她的那一刻令人难忘！我坐在老旧而舒适的餐馆的一张小桌子旁边，这位子是我之前打电话来预定的，其实并无必要。我研究着菜单，水杯中插了两朵美丽的兰花，是我为我的女友买的。我等了她挺长一段时间，但是感觉她一定会来，也不再激动。这时，她到了。她在衣帽架前站住，只用她淡灰色的眼睛给了我一个关注又带点儿审视的眼神作为招呼。我怀疑地盯着看侍者如何对待她。感谢上帝，没有亲昵，没有忽视节制的放肆，他礼貌得无可挑剔。但他们是彼此相识的，她管他叫埃米尔。

在我递给她兰花时，她开心地笑了。“你这么做真俏皮，哈里。你想给我一个礼物，不是吗？但又不知道挑什么好。你不太清楚，你送我礼物到底算不算得上合情合理，我会不会觉得受了戏弄，于是你就买了兰花。这不过是鲜花，但也相当贵。好吧，多谢了。另外，我想立刻告诉你，我不想得到你的礼物。我是靠男人为生，但是我不想靠你过活。可你都变成什么样儿了呀！我都没法认出你来了。不久前你看起来就像是有人刚刚把你从吊绳上救下来，而现在你差不多又有了人样儿了。话说回来，你按我的命令做了吗？”

“哪条命令？”

“这么健忘？我是说，你现在会跳狐步舞了吗？你跟我说过，你希望得到的莫过于收到我的命令，你愿意做的莫过于听我的话了。你还记得吗？”

“哦，是的，而且仍然如此！我当时是认真的。”

“可你还没学会跳舞？”

“这么快怎么能学会，就这么几天？”

“当然。狐步舞你一个小时之内就可以学会，波士顿华尔兹在两个小时内。探戈要多花点时间，但是你根本不需要学探戈。”

“但是现在我必须知道你的名字！”

她默默地看了看我。

“也许你可以猜到这个名字。我会非常乐意看到你猜中的。注意了，好好儿看着我！你难道没发觉我有时候有张男孩子的脸吗？比如现在这时候？”

的确，我如此细看她的脸时，不得不承认她说对了，这是一张男孩子的脸。我由着自己看了一分钟，这张脸便开始向我说话，让我忆起自己的少年时光，我当时那个名叫赫尔曼的好友。一时之间，她似乎完全变成了赫尔曼。

“如果你是个少年的话，”我惊讶地说道，“那你一定会叫赫尔曼。”

“谁知道呢，也许我真是一个男孩，只不过穿了女装。”她以戏耍的口吻说。

“你叫赫尔敏[1]？”

她兴高采烈地点了点头，很高兴我猜到了。恰巧汤上来了。我们开始吃饭。她像个孩子般乐滋滋的。她身上所有让我中意、引我入迷之处中，这一点是最动人、最独特的：她

1. 赫尔敏，赫尔曼的阴性化。西方人名中，男孩名有许多可做此变化，如克里斯蒂安可变为克里斯蒂安娜。

能从至深的严肃突然转为极滑稽的有趣，再转换回去，她本人在这转换中却丝毫未变，不曾走样，正像是一个有天赋的孩子那样。现在这一刻她是有趣的，用狐步舞来取笑我，甚至还用脚踢踢我，起劲地夸奖菜好，说我在穿衣上花了不少力气，可她还是对我的外表发了一通批评。

在这当中，我问她：“你是怎么做到的，你突然显出了一个男孩的模样，让我猜到了你的名字？”

“噢，这都是你自己做的呀。不明白吗，你这个大学问家：我之所以讨你喜欢，对你来说重要，是因为我就像你的镜子，因为在我内心中有些东西给了你答案，理解了你。实际上所有人都该是这样一面镜子，能够这么回答别人，呼应别人，但是像你这样古怪的人恰恰都这么怪异，很容易走错路，犯困惑。结果你们在别人的眼里什么都看不到，什么都读不出来了，你们已经和别人不相干了。这时候，如果一个怪人突然又找到了一张真正凝视他的脸，他在这脸上感觉到了呼应和默契，那他当然会高兴的。”

“你什么都知道，赫尔敏！”我惊讶地叫了起来，“正和你说的一模一样。可是你和我是这么的截然不同！你是我的反面，你有我所缺的一切。”

“你是这么觉得的，”她简短地说，“这挺好。”

她的脸在我看来真如一面魔镜，现在那上面掠过的是一抹沉沉的严肃之云。突然之间，这整张脸都只表露出了严肃，只显出了悲情，深邃到看不见底，就如同一副面具的空空眼洞中那样。她缓慢地，逐字逐句地，仿佛极不情愿地说道：

“嘿，你别忘了你对我说过的话！你说，我应该命令你，你很乐意听从我的所有命令。别忘了这话！你得知道，小哈里：你对我的感受，我的脸给了你呼应，我身上有东西应和着你，让你感到熟悉——这也完全是我对你的感受。当我前几天在黑鹰酒吧看到你走进来，累得不行，丢了魂儿一样，差不多已经不在人世了的时候，当时我立刻就感觉到：这个人会听我的话，他会渴望我给他下命令！这也是我要做的，所以我就和你搭了话，所以我们就成了朋友。”

她说这话时，满带着深沉的严肃，承受着灵魂的重压，让我没法仔细听进去，而是想法子宽慰她，分散她的注意力。可她只是抽了抽眉毛，不为所动，却逼迫地盯着我，继续说下去，声调格外的冷：“小家伙，我告诉你，你必须说到做到，不然你会后悔的。你将会从我这里得到很多命令，你会照着做，都是些挺棒的命令、愉快的命令，你会很有兴趣听从的。到最后，你还会完成我的最终命令，哈里。”

“我会的。”我几乎是忘我地说，“你给我的最终命令是什么？”但是我已经有了预感那是什么，怎么会这样，只有上帝知道。

她的身子晃了晃，就像是起了一阵轻微的寒战，她似乎渐渐从沉思中苏醒了过来。她的目光却不曾离开我。她突然变得更为沉郁了。

“若是我聪明，我就不该告诉你。可是我不想聪明，哈里，这一次不想。我想要的是完全另外一样。注意，听好了！你会听到下面这些话，会忘记它们，会对它们笑，会为它们哭。注意了，小家伙！我想和你赌一把性命，小兄弟，我会在开始玩之前就给你亮出我的底牌。”

她在说这话时，她的脸是多么美，多么超凡脱俗！双眼中清凉而明亮地溢动着因知情而有的悲伤，它们看来已容忍过了所有可想到的苦痛，并已将其诉说过了。嘴中话说得沉重，似乎有所阻碍，就像酷寒侵袭之下脸变得僵硬时说话的样子；但是在双唇之间，在嘴角上，在已难得一见的舌尖嬉戏中，流露出的尽是与眼神音调正相反的甜美而有游戏姿态的感性、深挚的欢愉欲望。在宁静而光滑的额头有短短一绺鬈发垂下来，就从那儿，从那额上鬓角垂下短发之处，时不时地涌出一波一波气息，如生动的呼吸，那是与男孩相似的气息，是雌雄同体的魔力。我怯生生地仔细听着，却又像是被催了眠，只是半个心神在场。

“你喜欢我。”她继续说，“原因我已经给你说过了。我打破了你的孤独，我正好在地狱大门前逮到了你，把你唤醒。但是我还想从你那儿获得更多，远多于现在这样。我想让你爱上我。不，别反驳我，让我说！你很喜欢我，这我感觉到了。你感激我，但是你并没爱上我。我想做的就是，让你爱上我。这属于我的职业，我就靠这个为生，让男人们爱上我。但是细心听了，我这么做不是因为我偏偏觉得你有吸引力。我没有爱上你，哈里，就像你也没爱上我。但是我需要你，就像你也需要我。你现在需要我，就在眼下，因为你陷入了绝望，急需有人推你一把，让你掉下水，再活过来。你需要我来学会跳舞，学会笑，学会生活。但是我需要你，不是今天，是以后，也是为了非常重要和非常美的事儿。当你爱上我，我就会给你最终命令。而你会听从我，这对你和我都是好事儿。”

她将带绿色脉络的深紫罗兰色兰花中的一枝在杯中拉高了一点点，把脸俯过去，盯着花看。

“这事儿不会让你轻松的，但是你会做到。你会完成我的命令，会杀了我。就是这样。别再问了！”

她眼睛还盯着兰花，嘴上却静默了下来，脸上松弛了下来。那张脸就像是正待绽放的花蕾在压力和紧张中展开。倏然地，一抹动人的微笑出现在了她的唇上，但双眼还僵直并呆滞了一会儿。现在她摇了摇留着男童似的短鬈发的头，喝了口水，突然又发觉我们是在用餐，便带着欢快的兴致埋头吃了起来。

她这番悚然的话，我每个字每个字都听得清楚，在她说出口之前便已猜到了那“最终命令”，所以对“你会杀了我”

这句话也不再惊恐。她说的一切在我听来都是可信服的，如命运注定般的。我接受了它们，不加抵御，可这一切，虽然有她说话时可怕的严肃，对我来说还是没有全然的现实感和严肃感。我灵魂中有一部分吸进了她这番话并相信这些话；我灵魂中另一部分好心地点点头，得知这样一个聪明、健康而坚定的赫尔敏也会有她的幻想和迷蒙时刻。她最后几个词刚说完，便有一层缥缈和无效的轻纱覆盖在了整个情景之上。

毕竟，我已经没法和赫尔敏一样，以她那空中钢丝舞者般的轻盈重新跃入种种可能的与既有的现实中。

“就是说，我将来会杀掉你？”我问道，还有那么一点儿沉在梦幻里，而她却已在笑了，一边大肆切着自己的鸭肉。

“当然。”她点点头说，“够了，现在是吃饭时间。哈里，行行好，再给我点一点儿蔬菜沙拉！你没胃口吗？我觉得你首先得学会所有这些对别人来说都顺理成章的事儿，比如吃饭时的好心情。好了，瞧，小家伙，这里是一只小鸭腿，把它亮闪闪的漂亮肉儿从骨头上剥下来，这可是个节日。一般人在这时候一定会特别有胃口，特别期待，满心都觉得感激，就像一个恋爱中的男人第一次给自己的女孩子脱下外套那样。你明白了吗？没明白？你真是只乖绵羊。注意了，我从这只漂亮的小鸭腿上弄一块给你，你会看到的。好，张开嘴！——噢，你怎么这么害羞呀！上帝哟，这人居然还偷偷看一眼其他人，看他们会不会看到他从我的叉子上咬了一口！别担心，你这迷途的逆子[1],我不会给你抹黑的。但是如果你需要别人的许可才能找自己的乐子，那你还真是只可怜虫。”

先前那情景变得越来越不真实，越来越难以置信，几分钟之前这双眼睛还那么目光僵直，沉重而可怕。噢，在这一点上，赫尔敏就像生活本身：总是瞬间改变，毫无先兆。现在她在吃，于是那小鸭腿和沙拉，蛋糕和烈酒便得到了认真对待，都成了欢乐和评判的内容、谈话和幻想的对象。碟子撤下去之后，又开始了新的一章。这位将我彻底看透了的女子，对生活看似比所有贤哲知道得都多的女子，又变得孩子气，玩起了生活的瞬间小游戏，她这方面的技艺让我立刻成为她的学生。

不论这是高超的智慧还是最简单的天真：谁如果懂得如此活在瞬间中，谁如果活在当下，知道如何友善而小心地珍惜路上每一朵小花儿、每一份嬉戏的瞬间的价值，生活便奈何不了他。而这有着好胃口和玩耍般美食派头的欢乐孩子同时又是一个耽于幻想而神经质、一心希望死去的女人，或者一个有意而无情地让我爱上她，做她奴隶的清醒算计的人吗？这不可能。不，她是这么干脆地投身于瞬间中，以至于她对每一个有趣的念头和每一个出自遥远的灵魂深处、匆匆

1.《圣经》中的典故。《路加福音》15章中有浪子的故事，一个父亲的小儿子迷途知返，被称为失而复得的儿子。

闪过的阴暗战栗都同样开放，同样充分体验。

这位我今天第二次见的赫尔敏，她知道我的一切，我觉得我没法在她面前保留任何隐秘。她也许并不完全理解我的精神生活，在我与音乐、与歌德、与诺瓦利斯或者波德莱尔打交道时，她兴许并不能跟上我——但是这一点也非常值得怀疑。没准儿这对她也是毫不费力的事儿。就算她没法理解——我的“精神生活”里还剩了什么呢？难道不是所有的内容都已成碎片，失去了意义？但是我另外那些个人的难题和忧心，是她都懂得的，对此我毫不存疑。很快我就会和她讲起荒原狼，讲起那本小手册，讲出一切的一切来。到现在为止，这些都还只是为我独自一人存在，我从来不曾对另一个人吐露半句。我已经等不及，只想立刻说出来。

“赫尔敏，”我说，“最近我遇到了一件奇特的事儿。有一个我不认识的人给了我一本印刷出的小册子，就像年度集市上那种小册子，里面写了我的整个历史和所有与我相关的事儿，描写得很准确。你说，这难道不是件怪事吗？”

“那本小书儿叫什么名字？”她漫不经心地问道。

“它叫《论荒原狼》。”

“噢，荒原狼这名字可真绝！荒原狼就是你？你是书中写的那样？”

“是的，我就是那样。我是一个半人半狼，或者自以为半人半狼的人。”

她没有回答。她用专注的钻研眼神与我对视，又看了看我的双手。在她的眼神和面容中又暂时呈现出之前那种深邃的严肃和暗沉的激情。我自认为猜到了她的想法，那即是我的狼性够不够完成她的“最终命令”。

“这当然是你自己的一种幻觉，”她说，又变回了欢快的状态，“或者，你要愿意，也可以说是一种诗兴。但是这话还真有点道理。今天你不是头狼，但是前一阵，你走进舞厅，一副从月亮上掉下来的样子，你那时候就差不多是一头野兽。我喜欢的就是这一点。”

她有了一个突如其来的想法，于是打断了自己的话，仿佛受了触动地说：“这样的话听起来真傻，像‘野兽’或者‘猛兽’这一类的词！不该这样来说一只动物。它们确实常常显得可怕，但是它们比起人来可纯真多了。”

“什么是‘纯真’？你是什么意思？”

“唔，你仔细看看一只动物，一只猫、一只狗、一只鸟儿，或者动物园里随便一只美丽的大动物，豹子或者长颈鹿！你肯定看到，它们都是纯真的，没有一只动物会陷入窘迫，不知道它在做什么，它该有什么样的举止。它们不想对你献什么殷勤，它们不想打动你，不会拼命折腾。它们是什么样就什么样，和石头，和花儿，或者和天上的星星都一样。你懂了吗？”

我懂了。

“很多时候，动物们都是忧伤的。”她继续说，“如果一个人非常忧伤，不是因为他牙痛或者丢了钱，而是因为他在那一刻感到一切事物本来的样子，整个人生的真相，那他就是真正的忧伤，那他看起来总会有点儿像一只动物——他看上去忧伤，但比平时更纯真、更美。就是这样。你那时候看起来也是这样，荒原狼，在我第一次看到你的时候。”

“好吧，赫尔敏，那你对描述我的那本书是怎么想的？”

“嗨，你知道，我不喜欢老想事儿。我们下一次再说这个吧。你可以把书拿给我，让我读一读。或者，不，等我下一次想读书了，你就给我一本你自己写的书。”

她要了咖啡，似乎有一会儿心不在焉，不久又突然焕发了光彩，似乎她的冥思苦想达到了一个目的地。

“喂，”她欢快地叫唤起来，“现在我有主意了！”

“什么主意？”

“那个狐步舞。我一直都在想这件事儿。你倒说说看，你有没有一个可以让我们俩经常跳一个小时舞的房间？小房间也行，关系不大，只是不要有什么人住你楼下，免得楼上一有点儿动静，他就跑上来大闹一阵。好，非常好！那你就可以在家学跳舞了。”

“好吧，”我羞怯地说，“这样更好。但是我想，我们还需要点音乐伴奏。”

“当然需要。嘿，听好了，你可以给自己买点儿音乐，要花的钱顶多和上私人教师的舞蹈课一样多。私人教师你就可以省了。我自己来好了。那样我们想要音乐就可以有音乐。我们还得有部留声机。”

“留声机？”

“当然了。你买上这样一个小机器，再加上几张舞曲唱片……”

“真不赖，”我叫了起来，“如果你真的教会我跳舞，那你就把留声机当酬金拿走。你同意吗？”

我这话说得相当坚定，但并不由衷。我没法想象这样一台我完全没有好感的机器放在我满是书的小工作间里。对跳舞我也有一肚子反对意见。我原来想的是，偶尔试一两次可以，虽然我相信，我年纪太大，身体太僵，学不会了。但是这么接二连三地来，对我来说太急太猛烈了。我感到我内心里一个被宠坏了的老音乐行家对留声机、爵士乐和现代舞曲的一切反感都涌了上来，要对抗这个建议。在我的那间斗室，在诺瓦利斯和让·鲍尔作品的一侧，在我的思想栖居地和避难所里现在会响起美国流行舞曲，我还要随之起舞，这真是对我这样一个人的非分要求。但是这恰恰不是随意“一个人”做出的要求，而是赫尔敏。她可以发出命令，而我听从。我当然会听她的。

我们第二天下午在一家咖啡馆里碰头。我到的时候，赫尔敏已经坐在那儿了，她喝着茶，微笑着给我看一份报纸，她在上面发现了我的名字。这是来自我家乡的一份保守的娱乐报纸，里面总是不定期出现一轮反对我的攻击文章。我在战争中是个反战人士，在战后我也偶尔会提醒人们保持冷静、克制、人道和自我批判，并且反对一日比一日更尖锐、愚笨、粗野的民族主义狂热。这次上面又有一篇对我的攻击，文笔低劣，有一半出自编辑自己笔下，一半是从许多与他有近似立场的新闻报道文章中抄过来，拼凑而成的。没有谁能把文章写得像这些行将作古的意识形态捍卫者们这么差，没有谁在做自己的分内活儿时会更不干净、更不用心了。赫尔敏读了这篇文章，从中获悉，哈里·哈勒是只害虫，是心无祖国的臭小子，只要这样的人和这样的思想还得到容忍，只要年轻人还被灌输多愁善感的人性思想而没有学会对世代仇敌的斗争报复，祖国的情势当然就好不起来。

“这是你吗？”赫尔敏指着我的名字问道，“嘿，你还真给自己弄出了不少敌人，哈里。你会为这个恼火吗？”

我读了几行，都是我见惯了的话，这辱骂的陈词滥调中每一个词我多年来已经熟悉到厌倦了。

“不，”我说，“这不会让我恼火的。我早就习惯了。我有几次表达过这样一个意见：每个民族，甚至每个人都不要用虚假的政治‘罪责问题’把自己哄睡着了，而应该自己好好儿反省一下，他自己对战争和所有其他世界性灾难负有多少责任，哪怕那是由错误、拖延或者坏习惯所致。这大概是防止下一次大战爆发的唯一一条路了。他们没法原谅我说了这样的话，因为他们自己当然是完全无辜的：皇帝、将军、大工业家、政客、报纸——没有人对自己有半点指责，没有人有任何罪责！也许人们会认为，现在世界上一切都挺好，只不过有一千多万被打死的人埋在地下罢了。

“你看，赫尔敏，连这样的攻击文章都没法再惹恼我，可它们有时候却让我感到悲伤。我的同乡中有三分之二的人读这一类的报纸，每天早晨和傍晚都读到这样的腔调，每天都受到影响，遭到警告，得到教唆，变得不满和凶狠。而这一切的目的和结果又是战争，下一场战争，即将到来的战争，它也许比上一场还要恶劣。这一切都是清楚的、简单的，每一个人都可以弄明白，只要花上一个小时想一想就能得出同样的结论。但是没有人愿意这么做，没有人想避免下一场战争，没有人想让自己和他的子女免遭下一次百万人的屠戮，对他们来说，这显得太不轻松了。思考一个小时，花点时间扪心自问，自己对这个世界的混乱和邪恶负有多少责任——你看，这没有一个人愿意做！所以这样的状况就会继续下去，上万人日复一日地积极准备着下一场战争。

“自从我明白了这些以后，它就让我麻木了，绝望了。对我来说，再没有什么‘祖国’、什么理想了。这都不过是那些准备下一场大屠杀的先生们的装饰品。想一想，说一说，写一写与人性有点关系的东西，都没有了意义。推动人们在脑子里产生好的念头，没有了意义。对那两个三个这么做的人，每一天会涌来上千份报纸、杂志、演讲、公共的和秘密的集会，宣扬相反的东西，而且也达到了效果。”

赫尔敏关切地仔细听着。

“是啊，”她这时说，“你说得对。肯定又会打仗的。不需要读报纸都能知道。这当然让人悲伤，但是这也没意义。就像是一个人对于死亡感到悲伤，可他再怎么努力反抗，做了一切他能做的，他还是一定会死去，避免不了的。对抗死亡的斗争，亲爱的哈里，总是一件美好的、高贵的、奇妙的、值得尊敬的事儿，反对战争的斗争也一样。但是它也永远是堂吉诃德才做的没有希望的傻事。”

“也许是这样！”我激动地叫道，“但是像我们所有人不久都一定会死，一切都无所谓，这样的真理只会让人的整个生活变得平淡、愚蠢。是啊，因为这个我们就该把一切都抛开，放弃所有的精神、所有的追求和所有的人道，让野心和金钱继续统治一切，喝着啤酒，乖乖等待下一次战争动员吗？”

赫尔敏现在看我的眼神变得怪异，这是一种满是戏弄、嘲讽和顽皮的眼神，既有心意相通的战友情怀，又满是忧思、见识和至深的严肃！

“你不该那样做。”她完全是用母亲的语调在说，“你的生活不会因为你知道你的斗争没有结果而变得平淡、愚蠢。如果你为了某种美好而理想的事物斗争并觉得你一定要达到目的，你的生活会平淡得多。理想是为了达到而存在的吗？我们人类，我们活着是为了消除死吗？不，我们活着，就是为了惧怕它，然后又爱它。正是有了它的缘故，这一点儿些微的生命有时才会有一个小时燃烧得那么美。你是个孩子，哈里。现在听话，跟我来。我们今天有挺多事儿要做。我今天不会再用战争和报纸来打扰你了。你呢？”

哦，我也不会，我正等待号令。

我们一起——这是我们第一次在城里同行——去了一家乐器行，查看那儿的留声机，把它们打开又合上，让人给我们试音。我们刚觉得其中一台非常合适、亲切而精致，我便想买下它来，但是赫尔敏没这么快做决定。她劝住了我，我还得和她一起再去第二家店，在那里也看一看、听一听各个类型、各种大小，从最贵到最便宜的所有机器。这之后她才同意回到第一家店，买下我们在那看中的那一台。

“你看，”我说，“我们本来可以省掉不少麻烦的。”

“你真这么想？我们要真那样做了，也许明天就会在另一家店的橱窗里看到一模一样的一台，价格却便宜二十法郎。另外，买东西是让人愉快的事儿，而愉快的事儿就该尽情享受。你还有许多要学呢。”

我们和一个搬运工把我们买来的家伙搬进了我的住所。

赫尔敏仔仔细细打量了我住的房间，夸奖了壁炉和沙发，试了试椅子，拿了些书到手上，在我恋人的相片前站了挺长一段时间。留声机我们放在了一个五斗橱上的书堆中间。现在我的舞蹈课开始了。她放上了一支狐步舞曲，给我示范了最开始的几步，然后拉起我的手，带我跳。我顺从地学着，撞到了椅子，仔细听她命令，没听懂，踩到了她的脚。我是那么的笨拙，又是那么的尽心。跳完两支曲子后，她落到沙发里，笑得像个孩子。

“我的上帝，你怎么这么僵硬！就这么直接往前走，像你散步时候那样！完全不用费劲。我猜，你身上都热起来了吧？好，我们休息五分钟！看，跳舞就是这样，如果你会跳的话，它就和思考一样简单。学起来的话，它可容易多了。你现在不会再为了那些人不愿意思考而是把哈勒先生叫作卖国贼，等着下一次大战打起来而焦急了吧。”

一个小时之后，她走了，走时还保证，下一次会好很多。我想的不一样，我对自己的笨拙和迟钝感到非常失望。在我看来，我在这个小时里根本没有学到什么，也不相信下一次会好一些。不，跳舞需要的是我根本就缺乏的那些能力：乐观、天真、轻率、跃动。唉，这都是我早就想到了的。

但是瞧，下一次果真好一些了，我开始找到其中的乐趣了。在这个小时结束时，赫尔敏宣称，我现在会跳狐步舞了。但是她又得出结论说，我明天必须和她去一家餐馆里跳舞，这着实把我吓到了，我拼命反对。她镇静地提醒我服从遵命的誓言，约定我明天在巴兰萨斯[1]宾馆和她喝茶。

那天晚上我坐在家中，有心要读点儿书，却读不进去。我害怕明天。一想到我这老朽、羞怯而敏感的另类之人不仅仅要去这样一家有爵士乐伴奏的、乏味的新式茶座兼舞厅，而且还要在那些陌生人当中显示自己的舞艺，虽然根本毫无舞艺可言，我就不寒而栗。我承认，当我独自一人在我宁静的工作小间揭开那机子，放上音乐，只穿了袜子，悄声重复我的狐步时，我禁不住要大肆嘲笑自己，我对自己都感到羞愧。

说好的那一天，在巴兰萨斯宾馆里有个小型乐队演出，有茶和威士忌酒招待。我试着诱劝赫尔敏改变主意，在她面前摆上蛋糕，想请她喝杯上好的葡萄酒，但是她不为所动。

“你今天到这儿来不是舒舒服服吃吃喝喝的。现在是跳舞的时间。”

我得和她跳两三轮舞，在间歇时，她让我认识了萨克斯管乐手，一个有西班牙或者南美血统的青年，深色皮肤，长相俊美。据她说，他会玩这个世界上所有的乐器，说这个世界上的所有语言。这位男士看起来和赫尔敏非常熟络，友情笃深。他面前立着大小不一的两管萨克斯，他轮流吹奏它们，一双黑色眼睛专心致志而自得其乐地细看跳舞的人们。让我自己也感到诧异的是，我心中对这温和而俊俏的乐手生出了

---

1. 巴兰萨斯，意为均衡。

嫉妒，不是情爱上的嫉妒，因为我和赫尔敏之间还完全说不上爱恋；而是偏于精神的友谊上的嫉妒，因为他在我眼里并不值得她给予这些凭兴趣特意给的嘉奖，甚而敬佩。我在这儿还得结识些古怪的人，我郁郁不乐地想。

接着，赫尔敏受其他人邀舞而去，我一个人坐在桌边喝茶，聆听着音乐，我在这之前无法忍受的一类音乐。亲爱的上帝，我心想，我现在居然被带到了这里，还要亲近这里，这个让我感觉那么陌生而抗拒，我曾那么小心躲避，那么深深蔑视的寻欢作乐、无所事事之人的世界，大理石桌子、爵士乐、卖弄风情的女子和来往商客的世界！我抑郁地吮着茶，呆望着这故作高雅的人群。两个美貌少女吸引了我的目光。那是两个舞技一流的女子，我带着惊羡与嫉妒一直盯着她俩，看她俩如何轻捷、美妙、欢快而稳当地踩着舞步远去。

这时赫尔敏又走了过来，对我感到不满。我到这儿来，她责备我道，不是为了摆出这么一副脸色，一动不动地坐在茶桌边，现在要劳驾我振作一下自己，起身跳舞。怎么跳，我谁都不认识啊？根本不需要认识谁。难道这儿就没有让我中意的女孩儿吗？

我指给她看其中那位更显俏丽并恰巧站在我们近旁的女孩儿，她身着漂亮的天鹅绒短裙，留着短而利索的金发，两只胳膊丰满而富于女人味儿，让人见之心仪。赫尔敏坚持要我立刻就走过去，请她跳舞。我绝望地抗拒着。

“我真做不到！”我难过地说道，“如果我是个年轻帅小子，没准儿可以！可是像我这样一副又老又笨、连跳舞都不会的孬样子，她只会笑话我的！”

赫尔敏鄙视地看着我。

“我会不会笑话你，你倒觉得无所谓了。你真是个懦夫！每个要接近女孩子的人都要冒被笑话的风险，这样才开得了头。冒这个险吧，哈里，最不济你也就是被笑话一下呀——要不然，我真没法相信你会听我话了。”

她毫不退让。我郁闷地起了身，等音乐重新响起，我便往那位俏丽女子走去。

“其实我不是一个人在这儿。”她边说，边好奇地用那双清新的大眼睛打量着我，“但是我的舞伴似乎在对面酒吧那儿泡上瘾了。好，您带我跳吧！”

我揽住她，迈开了第一个舞步，心中还为她没有赶走我而惊奇；接着她就发觉我是个什么水平了，便反过来带起了步子。她跳得很棒，让我不禁也投入进去。我一时之间忘了我所有的带舞职责和规则，只是随着她滑动，感觉着我这舞伴绷紧的腰肢和她快速而灵巧运动着的膝盖，注视着她年轻而光彩焕发的脸庞，对她老实交代今天是我有生以来第一次跳舞。她微笑起来，鼓励我，机灵动人地回应我陶醉的眼神和我讨好的言语，并不是用话语回答，而是用轻微却迷人的动作，这些动作让我们更接近了彼此，更陶醉于彼此。我用右手牢牢把住她的腰，欣悦而热情地追随她双腿、双臂、肩头的移动，居然一次都没有踩到她的脚，让我自己也格外惊讶。当乐声消止，我们两人站定了，鼓起掌来，直到舞曲再次奏响，让我又一次带着热情、爱恋和虔诚完成了这个仪式。

舞结束了，太早地结束了，美丽的天鹅绒女孩儿退了下去，赫尔敏突然地出现在了我身边，她一直注视着我们。

“你感觉到了吗？”她赞赏地笑着说，“你发现没有，女人的腿毕竟不是桌子腿吧？嘿，你真棒！你现在会跳狐步舞了，感谢上帝，明天我们就开始学波士顿华尔兹，三个星期之后在环球舞厅里有化装舞会。”

正是中场休息的时间，我们坐了下来。这时，那位萨克斯管乐手，年轻英俊的帕布罗先生朝我们点了点头，坐到了赫尔敏身旁。他看来是她极为要好的朋友。但是对我来说，我承认，第一次相遇时我一点儿也不喜欢他。他是俊美，这不容否认，身形也美，容貌也美，但是我在他身上再看不到其他优点了。所谓多国语言对他来说也真不费劲，因为他其实什么都说不了，只不过会用很多种语言说请、谢谢、是啊、当然、你好之类的词。

不，他寡言少语，这位帕布罗先生。而且他看起来也不怎么思考，这位漂亮的西班牙多情郎。他所做的就是在爵士乐队里吹吹萨克斯管，对这份职业他似乎有着一腔热情和喜爱，他有时在演奏当中会突然拍击手掌，或让自己的兴奋以另外的方式表达出来，高声唱出诸如“噢、噢、噢、噢、赫、赫、哈罗”的歌词来。但是除此之外，他在这个世界上可做的显然也不过是长得帅，讨女人欢心，按最新的时尚竖起衣领，打起领带，并在手指上戴多个戒指。他的娱乐就是坐在我们身旁，向我们微笑，看他的手表，卷他手上的香烟，这他倒是做得挺灵巧。他那出自海外移民的美丽深色眼睛，他的黑色鬈发里都没蕴含任何浪漫、任何难题、任何思想。从近处看的话，这个有着异国风情，近似于神的美貌男子就是个惯于作乐而且略遭溺爱、举止平和的男孩，再无其他特殊之处了。

我和他谈他的乐器，谈爵士乐的音色。得让他看到，他是在和一个欣赏并精通音乐之事的行家在打交道。但是他根本不为所动。当我出于对他的礼貌，或者其实是因为赫尔敏的缘故，从音乐理论上为爵士乐做了点辩护时，他温和地对我和我的努力报之一笑。我估计，对他来说，在爵士乐之前和爵士乐之外还有一些其他类型的音乐，这是闻所未闻的事儿。

他是好心的人，好心而乖巧，用那双大而空洞的眼睛动人地微笑着；但是在他和我之间看来毫无共同之处——对他而言重要而神圣之事，无一可让我有同样感受。我们来自地球相反的两端，我们的语言中没有一个共同的词。（但是后来赫尔敏告诉了我一件怪异之事。她说，帕布罗在那次谈话后和她说到了我，说她要细心照料这个人，他非常不幸。当她问道，帕布罗是怎么得出这个结论的，他说："可怜又可怜的人呵。你看看他的眼睛！他都不会笑。"）

当这黑眼睛男子告辞离开、音乐重起时，赫尔敏站了起来。"现在你可以和我再跳一轮了，哈里。还是说你不想再跳了？"

我现在和她跳舞也更轻松、更自由、更愉快了，虽然不如和刚才那位那么无所负累而浑然忘我。赫尔敏让我带她，如一片花瓣那般温柔而轻巧地应和我的节拍，我现在在她这儿也发现了、感受到了那时而迎上来、时而逃离开的美，她也散发出女性与爱的芬芳，她的舞也在轻柔而真挚地吟唱这一族类柔媚迷人的歌——然而我对这一切却不能完全自在而欢快地作答，不能彻底忘记自己，投身进去。赫尔敏离我太近，她是我的同志、我的胞妹、我的同类。她像我自己，像我少年时代的友人赫尔曼，那个狂热者、那个诗人、那个与我一道锤炼精神而放荡不羁的火热同伴。

"我明白。"她后来在我提起这话题时说，"我很清楚这一点。虽然我还是会设法让你爱上我，但是我并不着急。我们首先是同志，我们是希望成为朋友的人，因为我们认清了彼此。现在我们俩想向对方学习，和对方游戏。我给你看我的小闹腾，我教你跳舞，教你变得稍微享乐一点，蠢一点。而你给我看你的思想，让我获得一点儿你的知识。"

"啊，赫尔敏，我没多少可给你看的，你知道的远比我多。你是多么奇异的一个人哪，你这女孩儿！你不管在什么方面都理解我，都领先我一步。我对你来说算得上什么呢？我不会让你觉得无聊吗？”

她目光黯淡下来，转向地面。

“我不想听你这样说话。想想那晚，你从你的痛苦和孤独中走过来，又疲乏又绝望，迎头撞上我，就成了我的同志！你以为，我那时候为什么能认清你，听懂你的话？”

“为什么，赫尔敏？告诉我！”

“因为我和你一样。因为我正好和你一样孤独，对生活、人还有我自己也和你一样没法喜爱起来，没法认真对待。总有一些这样的人对生活有着最高的要求，不能轻易放过自己的愚蠢和粗陋。”

“你啊，你！”我大为诧异地叫唤起来，“我懂你，同志，没有人会像我这么懂你。可是你对我来说是个谜。你会这么戏耍般地应付生活，你对小事物、小享受有着这样奇妙的敬意，你是这么一个立足生活的艺术家。你怎么可能为生活而苦？你怎么可能绝望？”

“我不绝望，哈里。但是为生活而苦——噢，是啊，我在这一点上颇有点经验。我不幸福让你感到奇怪，因为我会跳舞，又非常熟悉生活表面上的事儿。而我呢，朋友，我感到奇怪的是，你居然对生活会这么失望。因为你精通的正是最美丽、最深刻的事物，是精神，是艺术，是思想！所以我们才会互相吸引，所以我们才是兄妹。我会教你跳舞，教你玩耍，教你笑，但没法教你对生活满意。而我会从你那儿学会思考和认识，却学不到对生活满意。你知道，我们俩都是魔鬼的子女吗？”

“是啊，我们的确是。魔鬼是精神，而我们是它的不幸子女。我们从自然中跌落出来，悬挂在了虚空中。但是现在我又想起了件事儿：在我和你讲过的那本《论荒原狼》小册子上写了这样的话，如果哈里相信自己由一个或两个灵魂、一重或两重人格组成，那只是他的幻想而已。每一个人都是由十个、百个、上千个灵魂组成的。”

“这话我很喜欢！”赫尔敏高声应道，“比如说你，你精神那一面被塑造得非常高，结果在所有生活小技艺上就非常落后。思考的哈里是一百岁的年纪，可跳舞的哈里还只有半天大。我们现在要继续培养这个小哈里，还有他所有的那些小弟弟，他们就和这个小哈里一样又小又笨，没长大。”

她微笑着看我，同时换了种声调轻声问道：

“那你觉得玛丽亚怎么样？”

“玛丽亚？她是谁？”

“就是和你跳过舞的那位。一个美丽的女孩子，非常美丽。你有一点儿爱上她了，我看出来了。”

“你认识她？”

“噢，是啊，我们俩相当熟。你是不是很中意她？”

“我喜欢她。我挺庆幸她能体谅我跳得不好。”

“嘿，这就算完了吗？你应该主动向她表示一下，哈里。她长得很不错，舞跳得又好，而你已经爱上她了。我相信，你会成功的。”

“啊，我对这事儿没什么野心。”

“你现在尽管再说点儿谎吧。我知道，你在这个世界上某个地方有个情人，你每隔半年就见她一次，到临了只会和她吵架。你要是想对这个奇怪的女朋友保持忠诚，那你的确了不起。但是请允许我不把这关系太当真！我总怀疑你对爱情太较真了。你可以这么做。你可以用你的理想方式去恋爱，爱多少随你意。这是你的事情，我不会为它操心。但是我操心的事儿是，你把生活中那些轻松的小技巧、小玩意儿学得好一点儿。在这个领域里我是你的教师，而且会成为比你那位理想情人更适合你的教师，相信我吧！你真的有必要和那位漂亮女孩儿睡上一次，荒原狼。”

“赫尔敏，”我伤心地叫了起来，“看看我，我是个老男人了！”

“你就是个小男孩。就像你太偷懒不愿跳舞，结果差点来不及一样，你也躲懒没有学会恋爱。以理想又悲剧的方式恋爱，哦，朋友，这当然是你很拿手的。我不怀疑这个，对此也充满敬意！你现在要学会爱得平凡一点儿，有点人味儿。开头已经做好了。我很快就可以让你去舞会了。现在，你还得先学会波士顿华尔兹，我们明天就开始。我三点过来。另外，你觉得这儿的音乐怎么样？”

“好极了。”

“你看，这也是一个进步，你已经学到手了。以前所有这样的舞曲和爵士乐都是你忍受不了的，你觉得它们都太不严肃，不深刻。现在你看到，我们根本不用对它们太认真，但是它们也可以很不错，很让人愉快。顺便说一句，没有帕布罗的话，这整个乐队就什么都不是了。是他在领导乐队，他在添柴加火。”

随着留声机侵蚀我工作室里那精神苦修的禁欲空气，随着美国舞乐以陌生、惊扰甚而毁灭的姿态闯入我精心呵护的音乐世界，曾让我恐惧并消解既有者的全新事物从四面八方攻入了我迄今为止边界如此清晰、封闭如此严格的生活中。《论荒原狼》小册子和赫尔敏关于他们那上千灵魂的理论是对的，日复一日地，在我旧有灵魂一旁总有几个新灵魂在我心中出现，提出要求，制造噪音，而我看到我此前个性的虚妄，看得好似眼前之画般清晰。我恰巧擅长的那几种能力与演练，我仅仅让它们发挥效用，结果描出了这样一个哈里的画像，体验了这样一个哈里的人生，他其实不过是塑造得非常粗浅的一个精通诗歌、音乐和哲学的专家——我人格中所有剩余下来的，那种种能力、冲动和追求造成的全部混杂，都被我感受为负累，被我加上了荒原狼的名字。

如今，我的虚妄被扭转，我的人格被肢解，而这绝不只是一次舒适而愉悦的冒险，正相反，它往往有着苦涩的痛，往往近乎无可忍受。留声机在这一切本都是另一种声调的环境当中往往真如魔鬼一般。有时，当我在某一个时髦餐馆，在所有那些衣冠楚楚的浪荡公子和奸猾诈客之间跳我的单步舞时，我觉得自己是个叛徒，背叛了我人生中一切于我而言曾经可敬而神圣之物。假若赫尔敏让我有八天时间独处，那么我就会立刻逃离这艰难又可笑的浪荡生活实验。但是赫尔敏总在我身边；尽管我不是天天见到她，我却始终被她看到，受她引导、监视、考察。连我这些恼怒的抵抗或逃跑的想法，她都会带着微笑从我脸上读到。

我之前称之为我个性的，正逐渐毁灭，我随之也开始理解，我为什么有那么多绝望却还是对死亡抱有那么惊恐的畏惧。我也开始察觉，这可憎又可耻的畏死之心是我旧有的、市民气的、虚伪的存在的一部分。那位存活至今的哈勒先生，那位才华出众的作家，那位熟知莫扎特和歌德的行家，那位就艺术的形而上学、天才、悲剧和人性写过姑且可读的见解的文人，那蜗居于自己塞满书的斗室的感伤隐士，一步步袒露于自我批判之下，无法保全自己。那位有才又有趣的哈勒先生虽然倡导理性和人道，抗议战争的粗暴，但他在战争期间却不曾被拖到墙边，遭到枪毙，依照他的思想，真正的结果本该如此。他找到了某种适应之法，一种表面上自然显得正直和高贵，但实质毕竟如此妥协。另外，他本反对强权和剥削，却在银行中存入了工业主们的大量证券，不受任何良心责备地享用证券分红。

一切都莫过如此。虽然哈里·哈勒非常巧妙地把自己装扮成了理想主义者和愤世嫉俗者、忧心忡忡的隐士和义愤填膺的先知，可是说到底，他是一个布尔乔亚，他觉得赫尔敏过的那种生活是要谴责的，他对餐馆里虚度掉的夜晚和在那里挥霍掉的塔勒[1]都心生懊恼，他良心上颇有不安，却绝不愿寻求自己的解放和圆满，相反，只是热烈地期盼回到那些安逸的时光，那时他耍弄下精神还能给自己带来点乐趣和荣誉。那些遭他轻蔑和嘲讽的报纸读者也正是这样期盼回到战前的理想时光，因为那比在受难中学习更为安逸。呸，见鬼，真让人作呕，那位哈勒先生！

可是我还是牢牢攥住他，或者攥住他已经开始破碎的假面，攥住他与精神层面的暧昧，攥住他对杂乱无序和偶然变故（死亡也归属其中）的市民性恐惧；带着讽刺又满怀妒意地拿着正在形成的新哈里，这个舞厅中有点羞怯而古怪的生手，与那幅昔日的虚假且理想的哈里画像作比较，如今这新人已经在旧人身上发现了教授家那副歌德铜版画曾那么让他

1. 塔勒，德意志境内直至二十世纪上半叶通用的硬币单位，分成好几类级别。

烦恼的一切要命的特征。他自己，那个旧哈里，正是这样一尊被市民理想化了的歌德，这样一个眼神太过高贵的精神英雄，其崇高、精神和人道像发蜡一样散发光彩，他几乎要被自己灵魂的这种高贵所震撼！见鬼，这精美的形象如今出现了可怕的洞，理想化的哈勒先生被悲惨地拆解了！他看起来就像是被街上强盗打劫过的尊贵人士，只剩下撕个粉碎的裤子遮身。他若聪明，就该学会衣衫褴褛者的角色，可他却还在用这破烂装束装模作样，仿佛那上面还挂有勋章。他继续展示那已经失却的尊荣，让人悲叹。

我一次又一次地遇到乐手帕布罗，我对他的判断不得不发生改变，因为赫尔敏是这么喜欢他，积极求他陪伴。我在记忆中把帕布罗记作一个漂亮的无足轻重之人，一个略显虚荣的小花花公子，一个常得欢乐、无所忧虑的孩子，乐滋滋地吹着年度集市小号，用赞赏的话和巧克力就可轻易制服。但是帕布罗没有问过我的评判，这些评判之于他，就像我的音乐理论一样无关紧要。他礼貌而友好地听我说，总是面带微笑，却从没有给过一个真正的回应。尽管如此，我看似还是激起了他的兴趣，他显然在努力获取我的好感，让我感受他的好意。当我在一次毫无结果的谈话中，变得暴躁甚至近乎粗野时，他惊慌而悲伤地看着我的脸，拉起我的左手，抚摸它，让我从一只镀金小匣中取出点粉末吸一吸，说它对我有好处。我用眼神问了问赫尔敏，她点了点头。我就取了些来，用鼻子吸了进去。果然，我很快就感到清爽，振奋起来，很可能这粉末里有些可卡因。赫尔敏告诉我，帕布罗有挺多这种药剂，都是他通过秘密途径获得的，间或会拿给朋友们。在混合与配制药粉方面，他是能手：镇痛的、安眠的、制造美梦的、让人开怀的、催人动情的。

有一次，我在大街上，在码头附近遇见了他，他二话不说便伴我同行。这一次我终于让他开口说话了。

“帕布罗先生，”我对正把玩着一根纤细的黑银色短手杖的他说，“您是赫尔敏的朋友，因为这个原因，我才对您感兴趣。但是您，我不得不说，让我在谈话时总感到为难。我多次试着和您谈谈音乐——我本来挺愿意听听您的意见，您的抗议、您的判断。但是您却弃之不顾，连最简短的回答都不曾给过我。”

他由衷地冲我笑起来，这一次并没有再避而不答，而是恬淡地说道：“您瞧，按照我的观点，谈论音乐没有任何意义。我从来不谈音乐。我又该怎么来回答您那些特别机智又正确的话呢？您所说的一切都非常在理。可是您瞧，我是乐手，不是学者，我也不认为在音乐里说得有理的话有什么价值。在音乐中，重要的不是有道理，也不是有品位和教养以及这一类的东西。”

“好吧。可是重要的是什么呢？”

“重要的是，演奏音乐；哈勒先生，就是尽可能多、尽可能好、尽可能强烈地演奏音乐！这才是关键啊，阁下。如果我脑子里装了巴赫和海顿的全部作品，能就它们说出最聪明的话来，这并没有向任何人提供服务。但是当我提起我的大管，吹奏一段流畅的快摆舞，那么不管这快摆舞是好是坏，它会给人们带来欢乐，它会流入他们的腿和血液里。只有这个才是重要的。您只要看看一个舞厅里的那些脸，在比较长的间歇之后，当音乐再次响起时，那眼睛是如何闪亮，那腿脚是如何颤动，那脸是如何开始欢笑！这就是人们要演奏音乐的缘由。”

“非常好，帕布罗先生。但是音乐不仅仅有刺激感官的，也有服务于精神的。不仅仅有在当前这一刻演奏的，也有不朽的，会永存下去的音乐，哪怕它们眼前没有被演奏。也可以是某个人躺在自己床上，在他的脑海里唤起一段出自《魔笛》或者《马太受难曲》[1]的旋律，这时候音乐就开始演奏了，而无须任何人吹笛子或者拉小提琴。”

“当然，哈勒先生。《相思曲》[2]和《巴伦西亚》[3]也会在每个深夜被许多孤独而沉浸于梦想的人默默回味。即使是最贫穷

1.《马太受难曲》，约翰·塞巴斯蒂安·巴赫著名的清唱剧受难曲。

2.《相思曲》，这首歌的历史原型应该是马蒂·诺曼于1925年在柏林灌制的唱片《相思只为你》。

3.《巴伦西亚》，原为西班牙地名，是巴塞罗那附近的地中海小城及省区。二十世纪二十年代，以“巴伦西亚”为主题的西班牙情歌盛行于英国，并传至其他欧美国家。

的打字员女孩儿在她的办公室里也会在脑中放着上次听到的单步舞，按照它的节奏敲打键盘。您说得对，所有这些孤独的人，我乐于看到他们所有人都有自己沉默的音乐，不论是《相思曲》，还是《魔笛》，或是《巴伦西亚》！但是这些人从哪里得到他们这些孤独的、沉默的音乐？他们是在我们这里，在乐手这里得到的，音乐必须先演奏出来，让人听到，流入血液，之后才会有人能在自己的小房间里想到它、梦到它。”

“我同意。”我冷冷地说，“可是这并不意味着，要把莫扎特和最新的狐步舞放到同一个层次上。您是给人们演奏接近神的永恒音乐，还是吹吹流行一时的廉价音乐，也不是毫无差别的。”

当帕布罗听出我话音中的激愤时，他立刻就露出了他最讨人喜爱的表情，亲昵地抚摸我的手臂，他说话的声音也带上了难以置信的温柔。

“啊，亲爱的先生，关于层次，您说得可能都没错。我当然不反对您把莫扎特、海顿和《巴伦西亚》放到任何一个您乐意放的层次上！我完全无所谓。我不会决定什么层次，我不会问这样的问题。莫扎特也许一百年之后还会有人演奏，《巴伦西亚》也许两年之后就消失了——我认为，这事儿我们尽可以交给亲爱的上帝去管，他是公正的，手上掌握着我们所有人的生死期限，也包括每一支华尔兹和每一支狐步舞曲的。他肯定会做出正确的选择。而我们乐手呢，我们必须做我们分内的事儿，完成我们的职责和任务：我们必须演奏当前人们迫切需要的曲子，我们必须演奏得尽可能好，尽可能美，尽可能打动人。”

我长叹一口气。这个人是我说服不了的。

在某些时刻，旧物与新事、伤痛与欲念、恐惧与欢乐有着格外奇异的混合。我时而身处天国，时而置身地狱，大多时候在此也在彼。老哈里和新哈里时而生活在激烈的争执中，时而又和平共处。老哈里有时像是彻彻底底死了个干净，入土为安；但突然之间它又会傲然屹立，发号施令，显示暴君的淫威，对一切都更为在行。而那小而新的年轻哈里则感到羞愧，沉默不语，任凭自己被挤压到墙角。在另外一些时辰里，年轻哈里掐住了老哈里的咽喉，勇猛地用力，便有了许多呻吟、许多垂死之争、许多对剃须刀的念想。

但是苦楚与幸福往往会在一瞬间齐齐压在我身上。这样一个瞬间出现在我第一次公开试舞之后没几天：一天夜里，我走入卧室，怀着莫名的诧异、不适、惊恐和喜悦看到美丽的玛丽亚躺在我的床上。

赫尔敏迄今为止让我领受的种种惊奇中，这是最猛烈的一次了。因为我毫不怀疑，是她把这只天堂鸟送到了我这儿。我那晚很例外地没有和赫尔敏在一起，而是去大教堂听了一场旧式教堂音乐的极好演出——这是一次美丽而忧伤的远足，往我昔日的生活去，暂返我年轻时代的去所，重理想的哈里的徜徉之地。在教堂的哥特式高顶空间里，房子美丽的交叉拱顶在寥寥几盏灯的光影游戏中如幽灵般活跃，来回闪动。在其中我听了布克斯特胡德[1]、巴哈贝尔[2]、巴赫和海顿的音乐，重拾了往日钟爱过的路，又听到一位唱巴赫音乐的女歌手美妙的嗓音。她曾是我的一位友人，我听过多次她的出色演出。这旧音乐的音调，它无限的尊严与神圣唤醒了我青年时代所有升华、陶醉和振奋的体验。

我悲伤又沉醉地坐在教堂的高昂合唱当中，做这高贵而极乐的世界一小时的访客，这世界曾经是我的家园。在海顿的一曲二重奏当中，我突然落下泪来。我没有等到音乐会结束，放弃了与那位歌手的重逢（哦，我昔日在这样的音乐会之后，曾和那些艺术家度过多少逸兴遄飞的夜晚），从大教堂溜了出来，一身疲惫地走过深夜小巷，这里那里都有爵士乐队在餐馆窗户后演奏我如今生活的旋律。啊，我的生活已成了怎样的一团浑浊与杂乱！

我在这夜行途中也久久思考着我与音乐的奇异关系，并再一次将这样动人心魄又有着致命危险的与音乐的联系认作整个德意志精神界的命运。在德意志精神中起主导作用的是母

---

1. 布克斯特胡德（1637—1707），出生于丹麦的德意志作曲家，巴洛克音乐代表。
2. 巴哈贝尔（1653—1706），巴洛克时代著名的德意志作曲家，擅长管风琴乐，最知名的作品为卡农曲。

权，是体现为音乐霸权的那种对自然的紧密联系，这在其他任何一个民族那里都不曾有过。我们偏于精神者并没有以男人的雄姿抵御自然，服从并聆听精神、理智和言辞，我们全都梦想着一种无言辞的语言，它能说出不可言说之事，能表达无可形状之物。重精神的德意志人却没有尽可能忠实且娴熟地演练精神的工具，反而总对抗着言辞，对抗着理性，而与音乐眉目传情。在音乐中，在这美妙而极乐的声音造型中，在美妙而柔媚的情感与心绪中，在这一切无法突涌为现实者中，德意志的精神恣意徜徉，耽搁了它大部分的实在任务。

我们所有偏于精神者都不以现实为居所，总觉着它陌生而怀有敌意，所以在我们德意志的现实中，在我们的历史、政治、公众意见中，精神才扮演了如此一个可悲的角色。哦，是啊，我常常把这想法想了个透彻，偶尔也感到了一种强烈的渴望，想参与打造一次现实，认真且负责地干一回实事，不要总凭空推敲着美学，从事精神上的工艺。可这尝试总落了个无可奈何，从流而下。诸位将军和重工业主先生说得挺对：我们这群“精神使者”做不成什么事儿，我们是头脑发达的闲聊散客组成的一个可有可无、与世隔绝又无责任心的社群。呸，见鬼去吧！拿起剃须刀！

头脑中塞满这思绪和那音乐余韵，一颗心因悲伤，因对生活、现实、意义、一去不返而无可挽回者的绝望渴求而沉重，我便这么回到了家，登上楼梯，打开了小客厅里的灯，试着读会儿书却只是徒劳。我想起催逼我明晚去塞西尔酒吧喝威士忌跳舞的约定，不仅对自己，也对赫尔敏起了憎恨与苦涩之意。也许她是一番由衷的好意，也许她是个妙不可言的灵物——可她当时真该让我自取灭亡，而不是将我拽入这纷扰、陌生、炫目的游戏世界，让我沉沦。我在这其中始终还是个异类，我内心中最好的那些却在腐坏而蒙受苦难！

我便这么悲伤地熄灭了灯，悲伤地迈进我的卧室，悲伤地开始脱衣。这时一缕不常有的香味儿让我起了疑心，它嗅起来略像香水。我四下环顾，看到我的床上躺着那位美丽的玛丽亚，她微笑着，有点儿胆怯，一双蓝眼睛大睁着。

“玛丽亚！”我说道。我的第一个念头是，若是我的女房东知道了这回事，会将我赶出门的。

“我来了。”她轻声说，“您会生我的气吗？”

“不，不。我知道，赫尔敏给了您钥匙。是这样吧？”

“噢，您生气了。我现在就走。”

“不，美丽的玛丽亚，您别走！我只是今天晚上刚好很悲伤，今天我高兴不起来，也许明天会恢复过来。”

我朝她稍稍俯下身子，她便用两只大而有力的手抱住了我的头，拉下来，给了我一个长吻。然后我坐到床上、她身边，握住她的手，请她轻声说话，因为不能让别人听到我们，同时又俯看着她美丽丰满的脸庞，这脸陌生而美妙，如同一大朵花儿搁在我的枕头上。她缓缓地将我的手拉到她的唇边，拉到被子下，放在她温暖而平静起伏着的胸上。

“你不需要高兴起来，”她说，“赫尔敏已经告诉我，你有烦恼。这每个人都会理解的。你还是喜欢我的，是吗？前一阵跳舞的时候你对我非常动心。”

我吻她的眼、她的唇、她的颈、她的双乳。刚刚我想起赫尔敏，还那么苦涩，满是怨责。现在我将她的礼物捧在手中，满心感激。玛丽亚的爱抚不会让我今天听过的音乐黯然失色，它与音乐相称，它是音乐的圆满。我缓缓揭开这美丽女子的被子，直到我的吻抵达她的双脚。当我在她身边躺下时，她的花样脸庞仿佛知晓一切，满怀善意地对我微笑。

在这一夜，在玛丽亚的身边，我睡得并不长，但睡得像个孩子那样熟、那样好。在安睡的间隙中，我畅饮着她美丽而欢快的青春，在轻声闲谈中了解了她和赫尔敏生活中不少颇值得知晓的事物。我以前对这一类物种及其生活所知甚少，只有在剧院里才偶尔见过类似的存在，有男也有女，半在艺术家群中，半在风月场中。现在我才窥见一点这有着罕见的无邪与罕见的堕落的奇特生活。

这些女孩子，出身大多贫困，人却太过聪明也太过美丽，不愿将她们整个生活都只寄予任意一个收入寒碜而毫无乐趣的谋生行当。她们便时而以临时找的活儿，时而凭自己的优雅可爱获取生计。她们有时会在一台打字机前坐上几个月，有时又成了阔绰的花花公子的情人，收取零用钱和礼物。她们某些时候身着皮衣，乘坐轿车，出入豪华酒店，另一些时候又住在阁楼间。她们虽然偶尔也会被高价收买，嫁做人妇，但总体而言绝不会以此为目标。她们之中有的对情爱并无贪恋，只是违心为之，且要经过讨价还价才以最高价格与人相好。另一些，与玛丽亚同类的，在情爱上有着不同寻常的天分和需求，她们也大多和两种性别的人都有过情爱关系。她们仅为爱而生，在出钱的正式情人之外总有其他的恋爱关系。

这群蝴蝶热烈而忙碌，多愁又轻佻，机智却毫无远虑地过着她们这有着同等天真与精致的生活，无所依赖，不为任何人收买，期待着属于自己的幸福与好天气，钟爱生活却不如市民那般牵绊于生活，时刻盼望能随一位童话王子步入其王宫，时刻隐约感知自己沉重而悲哀的结局。

玛丽亚在那奇特的最初一夜和接下来的几日里教了我许多，不仅仅是优美的新感官游戏和取乐之术，还有新的理解、新的见识、新的爱。这由舞厅与游乐小馆、电影院、酒吧、宾馆茶座组成的世界，这对我这个昔日的隐士和美学人士来说总还带有些许低贱、禁忌和屈尊味道的世界，对玛丽亚、赫尔敏和她们的同伴们来说就是世界本身，非善亦非恶，不足贪恋也不足忌恨。在这世界里盛开着她们短暂而充满渴求的生命，在这世界里她们安然自在，富有经验。她们爱一瓶香槟或烧烤店里的一盘特色菜，正如我们这种人爱一位作曲家或者诗人。她们在一首新的流行舞曲或一位爵士歌手媚俗滥情的歌上大肆挥霍的兴奋、激扬和感动正是我们这种人对尼采或哈姆森[1]所大肆流露的兴奋、激扬和感动。

玛丽亚向我讲到了那位俊俏的萨克斯乐手帕布罗，说起了他时不时地唱给她们听的一首美国歌。她说起这些时表露出的向往、惊羡和爱让我受到了触动和吸引，远胜过某位教养高深的人士谈及精选的、优雅的艺术享受时显出的喜悦。我愿跟随她一起痴狂，不论是哪首歌都好。玛丽亚含情脉脉的话语、充满渴望的灿烂目光在我的美学上撕开了宽大的裂纹。

也许是有一些美，少许精选出的美于我而言是超越于所有争执和怀疑之上的，莫扎特便高居其上，但是界限在哪儿呢？我们这些行家和批评家，我们正值青春时不都炽热地爱过我们今天已觉得可疑而害人的艺术品和艺术家吗？我们不是对李斯特[2]、瓦格纳，许多人甚至对贝多芬都有过这番转变？玛丽亚对来自美国的那首歌所盛放的孩子般的感动，不也是和某位高级教师对《特里斯坦》[3]的激动，某位指挥家对第九交响乐的狂喜同样纯粹、美丽，同样是超越种种怀疑的艺术体验？而这不正奇特地呼应了帕布罗的观点，证明了他的正确？

---

1. 哈姆森（1859—1952），挪威著名文学家，1920年获诺贝尔文学奖。作品很早便介绍到德国，对黑塞这一代文人影响尤重。
2. 李斯特（1811—1886），匈牙利著名钢琴演奏家和作曲家，十九世纪末声名卓著。
3. 《特里斯坦》，瓦格纳著名歌剧作品，以中世纪诗人哥特弗里德的同名骑士史诗为蓝本，1865年首演。

这个帕布罗，这个美男子，看起来玛丽亚也非常爱他！

“他是个美人儿，”我说，“我也挺喜欢他。但是告诉我，玛丽亚，你怎么可能同时还喜欢上我，这样一个乏味的老家伙，长得不漂亮，已经有了白头发，不会吹萨克斯管，不会唱什么英语的情歌？”

“别说得这么难听！”她责怪道，“这其实挺自然。你也让我喜欢，你也有漂亮、可爱和特别的东西，你没法变成另外一个人的模样。不该谈这样的事儿，不该要求别人做解释。看，当你亲我的脖子或者耳朵的时候，我就感觉到，你喜欢我，我让你动心。你会用这样一种方式来亲我，像是有点儿害羞，而这就告诉我：他喜欢你，他感谢你长得这么美。这是我非常非常乐意得到的。而在另外一个男人那里我喜欢的恰好是相反的东西，他看起来不要得到我的感受，他亲我就像那是他的一个恩赐。”

我们又睡着了。我重新醒来，却依然将她拥在怀中，我这朵美丽又美丽的花儿。

真是奇异！——这朵美丽的花儿始终都是赫尔敏送我的礼物！她始终都站在赫尔敏身后，面具一般套在她头上！而这期间我突然想到了艾丽克，我那身在远处的坏脾气恋人，我可怜的女友。她的美貌并不逊色于玛丽亚多少，虽然不如她这么灿烂和不羁，在情爱小技艺的天赋上也贫乏一些。她有那么一会儿如画像般立在我眼前，清晰而让人伤怀，是我所爱过的，且深深卷入了我的命运中。然后她又沉了下去，沉没于睡梦中，沉没于遗忘，隐没在了让我半心哀悼的远方。

我生活中的许多画面也都如此这般在这个美丽而柔和的夜晚一一浮现于我——这个曾长期空虚、贫乏、回想不起任何画面的人眼前。现在，在艾洛斯[1]的魔力点化下，画面之泉喷涌而出，深邃丰富。我的心在这些瞬间里宁静地立在这泉水上方，为之陶醉也为之悲伤：我人生的画像厅堂曾是多么丰富，可怜的荒原狼的灵魂曾怎样充满恒久高悬的群星与星座。这颗心望见了童年与母亲，它们温柔而受了美化，仿佛一抹染有不尽青色的远山。我友人的合唱声铿锵而清朗，起头的正是犹如传说的赫尔曼，赫尔敏的灵魂兄长。许多女人的图像，芬芳洋溢，不染尘俗，如正在绽放的海上花湿漉漉出了水面，浮游而来。她们是我爱过、追求过、歌咏过，其中却仅有少数让我得到过、尝试拥有过的女人。与我共同生活过一些岁月，教予我夫妻情谊、冲突和放弃的妻子也出现了，尽管有种种人生缺憾，但我心中对她一直不曾减少深切的信赖，直到她陷入迷乱和病态，匆匆出逃，粗野抵抗，离我远去——我认识到我必是爱她至深，对她信任至深，她的失信才能伤我如此重，创击我生活如此重。

这些画面——足有上百个，或有名或无名——都重现

1. 艾洛斯，希腊神话中掌管情爱的神。

于此，焕发一新地从那情爱之夜的井中升起，我又记起了我在悲苦中淡忘已久之事，记起它们是我生活的财产和价值，且不可摧毁地持续存在下去。这些已成恒星的经历我虽忘却但无法毁灭，它们的序列即是我生活的传说，它们的星光便是我存在的不可摧毁的价值。我的人生曾是艰苦的、迷惘的、不幸的，通往弃绝和否定，因全体人类的命运之盐而味苦，但它也曾是丰富的，骄傲且丰富，在受难之际也是一种国王般的生活。哪怕通往灭亡的这一小段路途还极可能这般可叹地走完，这人生的核心却是高贵的，它有颜面和族群，它不是锱铢之计，而是与群星相系。

这景象已经过去了一段时日，其间又发生过许多事，许多变故。我能记得的只是那一夜中少数几段情景，我们之间谈过的若干话语，饱含深挚的柔情爱意的若干动作和行为，爱至困乏而熟睡后醒来时那清朗如星的时刻。但是在那一夜，我的生活自我沉沦之后第一次以格外光彩熠熠的眼凝视我自己，我于此时又将偶然认作了命中注定，又将我的存在中遍地的废墟认作了神性碎片。我的灵魂重又呼吸，我的双眼重又明视，有那么几刻我炽热地预感到，我只需将这散乱的图像世界拼合束紧，只需将我哈里·哈勒的荒原狼人生作为整体提升为一幅图像，就可自己进入这图像世界，获得不朽。这难道不正是让每个人生都像是助跑、是试验的那个目标吗？

到了清晨，在玛丽亚分吃了我的早餐之后，我不得不悄悄把她偷带出门，而这一切进行得挺顺利。就在同一天，我为自己和她在近旁的一个城区里租了一小间房，只用于我们的相会。

我的舞蹈教师赫尔敏严守职责，定时出现，我必须学波士顿华尔兹了。她严格而不讲情面，不让我漏掉任何课时，因为决定已经做好，我要和她参加下一次化装舞会。她求我给她钱去买自己的服装，却拒绝透露任何关于衣服的信息。我依然被禁止拜访她，甚至连她住哪儿她都不准我知道。

在化装舞会之前，约有三个星期，这段时间格外美好。于我而言，玛丽亚是我拥有过的第一个真正的情人。我总是要求那些我爱过的女人拥有精神与教养，却不曾完全察觉，即使是最聪慧、相对最有教养的女人也从没有为我心中的逻辑给予答案，而总是与这逻辑对立。我将自己的难题和思想施加给了这些女人，而一个几乎没读过一本书，也几乎不知道什么叫阅读，区分不出柴可夫斯基与贝多芬的女孩，我绝不会爱她超过一个小时。玛丽亚并无高等教养，她不需要这样的弯路和替代品世界。她的难题都直接从感官中滋长膨胀。以她天赐的感官、她特殊的身形、她的颜色、她的头发、她的嗓音、她的皮肤、她的秉性来获取尽可能多的感官愉悦与情爱欢乐，为每一种能力，为自己线条的每一次曲折，为自己身体以每一次最温柔的形态，在情人那儿找到或唤起回应、理解和生动怡人的对手戏，这是她的艺术和她的任务。在那第一次羞怯地与她共舞时，我便已经感知了这一点，嗅到了一种天才的、精心培育至迷人的感性芳香并为之着迷。当然，赫尔敏这位全知之人将这位玛丽亚带至我身边，这并非凑巧。玛丽亚的香味和她的整个特有气质都洋溢着夏日的风情，散发出玫瑰的韵致。

我没有这样的幸运，可成为玛丽亚唯一的或偏爱的情人，我是多个人中的一个。她常常没有时间分给我，有时我会得到午后一小时，少数几次有一夜的时光。她不想从我这儿拿钱，这背后兴许是赫尔敏的授意。但是礼物她乐于接受。若是我送了她一个新的红漆皮小钱包，里面是可以放上两三个金币的。另外，对于那个红色的小钱袋，她着实嘲笑了我一番！这礼物挺让人愉快的，但它是滞销货色，是过时已久的风尚了。

对这样一些事物，我到现在所知道的、懂得的比某种爱斯基摩语言还要少，而这方面我从玛丽亚那里学到了许多。我学会的主要是，这些小玩意儿，这些时尚或奢侈物品不光是破烂俗物，是贪钱的工厂主和商人的发明，还是合理的、美的、多种多样的，是一个小世界，或说得更准确，是一个物品的大世界，而一切物品都是为了爱服务，为了让感觉更精细，为了让周围死气沉沉的世界拥有生机，以魔幻为之配上爱的新器官，从扑粉和香水到舞鞋，从指环到香烟盒，从腰带扣到手提包。皮包不是皮包，钱袋不是钱袋，鲜花不是鲜花，扇子不是扇子，一切都是爱、魔法、魅力的灵活材质，是信使，是黑市掮客，是武器，是战场呼号。

玛丽亚到底爱谁，我常常思索。我相信，她爱得最多的是那个青年，吹萨克斯管，一双黑色眼睛若有所失，一双手颀长、苍白、高贵而忧郁的帕布罗。我原本以为帕布罗在情爱关系中是慵懒、娇惯而被动的，但玛丽亚确凿地告诉我，他虽然预热缓慢，但一旦燃起激情，就比任何一个拳击手或骑手都更激越、更硬实、更有男子气概，更具挑战力。我便这样了解了、熟悉了一个又一个人的秘密，爵士乐手、演员、某些女士、我们圈子里的女孩儿和男人。我得知了一切秘密，看到了表面之下的勾连和敌对关系，逐渐（我啊，我这个在此世界中原本了无牵连的异类）与他们混熟，也卷入其中。

关于赫尔敏，我也获悉了许多。但我现在尤其和玛丽亚格外钟爱的帕布罗交往频繁。她不时地需要些他的秘密药粉，也一次又一次地让我享用，而帕布罗总是以额外的热情伺服我。他有一次直截了当地对我说："您是这么不快乐，这不好。人不该这样。我替您难过。您用点儿轻鸦片烟吧。"我对这个快活、机灵、孩子气却又深不可测的人的判断一直在变。我们成了朋友，我没少取用他的药粉。他略觉滑稽地看着我陷入对玛丽亚的热恋。

有一次他在他的房间，一家城郊宾馆的阁楼间办了一次

“盛会”。房中只有一把椅子，我和玛丽亚只能坐在床上。他给我们喝一种用三小瓶酒配制成的神秘而奇妙的烈酒。然后，当我兴致变得格外高亢时，他双眼闪烁地建议我们来一次三人情爱狂欢。我断然拒绝，这样的事儿我是不可能做的。然而，我也偷看了一眼玛丽亚，看她对此如何反应。尽管她立刻也附和了我的拒绝态度，可我还是看到她眼中有微光闪过，感到她的放弃带有遗憾。帕布罗为我的拒绝而失望，但并没因此负气。“真可惜，”他说，“哈里总有这么多道德顾虑。拿他没办法。可是这事儿做起来会多妙啊，真的会特别美妙！但是我知道一个替代的法子。”我们每个人都吸了几口鸦片，然后纹丝不动地坐着。我们三人都睁着眼体验到了他所提议的场景，玛丽亚在这过程中因迷醉而颤抖。我过后稍微觉得不适，帕布罗便把我放到床上，给了我几滴药水。在我合眼的几分钟里，我感到两边的眼皮上都得了一个飞速掠过、蕴有气息的吻。我安然承接了它们，仿佛我以为它们来自玛丽亚。虽然我很清楚，那都是他的吻。

一天傍晚，他又让我有了更多惊讶。他现身于我的住处，对我说，他需要二十法郎，想请我给他这笔钱。他拿来和我交换的是，今天夜里取代他去享用玛丽亚。

“帕布罗，”我吃惊地说，“您不知道您都在说什么。为了钱把自己的情人让给另一个，这在我们看来是最让人唾弃的。我就当没听到您的这个建议，帕布罗。”

他怀着同情看着我。“您不想这么做，哈勒先生。那好。您总是给自己制造麻烦。那您今天夜里就别在玛丽亚身边睡了，既然您情愿不和她睡。可您还是给我那笔钱吧，我以后会还给您的。我急着要这笔钱。”

“用来干吗？”

“给阿格斯提诺用——您知道的，那个矮个子的副小提琴手。他已经病了八天了，没有人照看他，他一分钱都没有，现在我的钱也花完了。”

我起了好奇心，也有一点儿想惩罚自己，便随他一同去了阿格斯提诺家，帕布罗把牛奶和药送到了他的阁楼间，那是一个情况着实糟糕的阁楼间。帕布罗把床抖弄干净，让房间通了风，绕着病人发烧的头扎了一个漂亮的、堪称艺术品的敷布，一切都做得迅捷、温柔而内行，就像一个优秀的女护士。在同一天夜里，我观看他在都市酒吧里的演奏直至天明。

我常和赫尔敏长时间地、客观地谈论玛丽亚，谈她的双手、肩和臀，谈她欢笑、亲吻和跳舞的样式。

“她给你试过这个吗？”赫尔敏有一次问，她给我描述了一种特殊的舌吻游戏。我请她自己给我演示一下，可她严肃地拒绝了我。“以后有机会。”她说，“我还不是你的恋人。”

我问她，她是怎么知道玛丽亚的吻技和她生活中某些只有爱她的男人才了解的隐秘特点。

“噢，”她叫唤道，“我们是朋友啊。你以为我们会有秘密瞒着对方吗？我在她身边睡过，和她一起玩过足够多次了。是啊，你现在可逮着了一个美丽的女孩儿，她比谁会的都多。”

“可我还是相信，赫尔敏，你们也有秘密不告诉对方。还是说你把你所知道的关于我的一切也都告诉了她？”

“没有。这些事儿不一样，这些是她理解不了的。玛丽亚是个尤物，你运气也好，但是你和我之间有些东西是她完全不了解的。我之前当然和她说过很多你的事儿，远远超过你那时候乐意让我透露的。我得为你引诱她呀！但是朋友，像我这样来理解你，玛丽亚是绝对做不到的，再没有任何一个人能做到了。我也从她那里打听到了一些东西。玛丽亚对你了解多少，我对你就多知道了多少。我对你这么熟悉，差不多就像我们常常一起睡过一样了。”

当我再和玛丽亚见面时，我又感到了一份奇特和神秘，因为我得知她把赫尔敏记挂在心中，便如对我一样。她曾触碰、亲吻、爱抚和细看过赫尔敏的四肢、头发和皮肤，和她对我做的一模一样。我眼前浮现出新的间接而复杂的牵系与连接，新的情爱与生活的可能性。我不由想起了《论荒原狼》小册子上写的上千种灵魂。

在那短暂的时光里，从我结识玛丽亚至盛大的化装舞会之前，我的确是幸福的，但从来没有感到，现在这便是解救，是已抵达的福地了。我倒格外清晰地觉察出，这一切都是前戏和预备，一切都在奋发往前冲，正戏还有待上演。

跳舞我学了这么多，以至于我都觉得自己现在有可能参加舞会了，这舞会是天天都谈及的，一天比一天多。赫尔敏有一个秘密。她坚定不移，不向我泄露她会以什么样的假面装扮亮相。我会认出她来的，她说。我要是认错了，她会帮助我。但是在这之前我什么都不准知道。她对我的假面计划也毫无好奇之心，我决定不做任何特意打扮。玛丽亚在我邀她去舞会时，向我解释说，她已经有了一位绅士陪她去这场聚会，她也确实已经有了一张入场券。我略感失望地看到，我现在只能一个人去赴这聚会了。这是城中最讲究的化装舞会，每年艺术圈的人都会在环球大厅里举办一次。

这些天里我较少见着赫尔敏，但在舞会前一天，她在我家待了一阵——她来取我为她买的入场券——宁静无争地坐在我房间里。随后开始的一场对话却让我感觉诧异，给我留下了极深的印象。

“你现在其实过得挺好。”她说，“跳舞你已经学到手了。谁如果有四个星期没见过你的话，他多半没法再认出你来了。”

“是啊，”我承认道，“我有好几年没过得这么好了。这一切都是因为你，赫尔敏。”

“哦，不是来自你那美丽的玛丽亚？”

“不。就连她也都是你送给我的。她真奇妙。”

“她正是你需要的恋人，荒原狼。漂亮、年轻、脾气好，在情爱这事儿上非常机灵，而且不是每天都可招之即来的。如果你不是非得和别人分享她，如果她在你这儿不是一直来去匆匆的过客，那事儿就不会这么好。”

是啊，这一点我也不得不承认。

“那么你现在真的有了你需要的一切了？”

“不，赫尔敏，不是这样。我拥有了非常美非常迷人的东西，这是让人极愉快的事儿，是挺可爱的安慰。我的确幸福……”

“那不好了嘛！你还想要更多？”

“我想要的更多。我不会对幸福感到满意，我不是为了享福而生的。这不是我的宿命。我的宿命是它的反面。”

“那就是不幸了？可是，你有过足够多的不幸了，那个时候，在你因为剃须刀的缘故而没法回家的时候。”

“不，赫尔敏，那不一样。那时候的我，我承认，是非常不幸。但是那是一种愚蠢的不幸，是没法结出果实的不幸。”

“为什么呢？”

“因为若不是这样，我就不必对我所向往的死亡怀有这样的恐惧！我需要而且追求的不幸是另一种样子，它会让我带着欲念去承受，带着淫乐去就死。这是我等待着的不幸或幸福。”

“我懂你。在这点上我们是兄妹。但是你对你现在借助玛丽亚找到的这幸福有什么好反对的呢？你为什么不满意呢？”

“我并不反对这样的幸福，哦，不，我爱这幸福，我对它心存感激。它就像风雨连绵的夏季当中的一个晴天。但是我感受得到这不会持久。这样的幸福也是没法结出果实的。它会让人满意，但满意并不适合我的口味。它让荒原狼昏昏欲睡，它可以把荒原狼喂饱，但是它不是可以为之死去的幸福。”

“就是说必要一死了，荒原狼？”

“我相信是这样！我对我的幸福非常满意，我还能承受它挺长一段时间。但是当这幸福偶尔给了我一个小时的时间，让我清醒过来，有了渴望，那我所有的渴望都不会以永远持有这幸福为目标，而是要再去受苦，只不过比之前要美，不像之前那么贫弱。我渴望着让我下定决心，自愿就死的痛苦。”

赫尔敏温柔地看着我的眼，用她那可以随时倏然而至的黯淡眼神。美妙又可怕的眼睛！她缓缓地，一个一个地找着词，凑成句子，再说出来，声音是那么轻，我要费不少力气才能听得到：

“我今天想对你说一些我早就知道，你也已经知道，但也许你不曾对自己说过的话儿。我现在要告诉你，我对自己和你，对我们的命运都知道些什么。你，哈里，原来是一个艺术家，一个思想者，一个充满欢乐和信念的人，总是追寻伟大永恒之事的足迹，从不满意于俏丽和微小的事。但是生活越是唤醒你，让你见识你自己，你的困苦就越大，你就越深地陷入苦痛、悚惧和绝望中，眼看就要被淹没。一切你曾经当作美和神圣来认识、热爱和崇敬的，你过去那些对人、对我们崇高秉性的信仰都没法帮助你，都失去了价值，成了一地碎片。你的信仰再找不到可呼吸的空气。而窒息是一种严苛的死法。对吗，哈里？这是你的命运吗？”

我只顾着点头，点头，再点头。

“你内心里对生活持有一幅图像，一种信仰，一种要求。你原本预备着行动、受难和献身——后来，你逐渐发觉，这个世界并不要求你行动、献身或做其他类似的事儿，生活不是英雄的诗文，缺少英雄之类的角色，它只是一间市民的好房间，人在这里有吃有喝，有咖啡和手织袜，有杜洛克牌[1]和收音机音乐便可心满意足。谁如果想要不一样、心中怀有不一样的东西，英雄之事、美丽之物、对伟大诗人的崇敬或者对圣徒的崇敬，那他就是个傻子，是一个堂吉诃德骑士。

“好了。我经历过的就是这样，我的朋友！我原本是一个有着良好禀赋的女孩儿，生来就该依照一个高尚的榜样生活，对自己提出高要求，完成有尊严的任务。我可以承受极大的

1. 杜洛克牌，意大利的一种纸牌游戏。

运数，成为一位国王的妻子，一位革命者的情人，一位天才的姊妹，一个殉难者的母亲。而生活偏只允许我做个品位稍微过得去的欢场女人——而这对我来说已经够艰难的了！我就是这么一路过来的。

“我有一段时间想不开。我在自己身上找了很久的罪责。生活，我原以为，到最后肯定是有道理的。如果生活嘲讽了我的美梦，我曾这么想，那我的梦就是愚蠢的、没道理的。但是这根本不管用。因为我有一双好眼睛，一双好耳朵，还有点儿好奇，所以我对这所谓的生活看了个仔仔细细，我的熟人和邻居，五十多号人和他们的命运。在这其中，哈里，我看到：我的梦才有理，千百倍地有理，和你的梦一样。而这生活，这现实是错的。一个我这样的女人要么为了给有钱人打工，而在打字机前可怜又无意义地老去，要么为了一个有钱人的钱而嫁给他，要么变成某种妓女，除此之外再没有别的选择，这就像你这样一个人不得不在孤独、怯惧和绝望中拿起剃须刀来一样，并不正确。

“困苦在我这儿也许更多是物质上和道德上的，对于你则更多是在精神上——道路却还是同一条。你以为，我没法理解你对狐步舞的惧怕，对酒吧舞池的反感，对爵士乐和所有这些垃圾的抗拒？我太理解它们了，我也很理解你对政治的厌恶，你对党派和媒体的胡说八道和无责任心作为的悲伤，你对战争，已经过去和即将到来的战争，对人们今天思考、阅读、建造、做音乐、庆祝节日、施行教育的方式表现出的绝望！你是正确的，荒原狼，千百倍的正确，可是你必然会走向绝路。对于今天这个简单、慵懒、极易满足的世界，你太过讲究，太过饥饿。这世界将你呕了出来。你对它来说足足多了一重境界。谁如果要在今天生活还要从他的生活中得到快乐，他就不可以是你我这样的人。谁如果想要的是音乐而不是嘈杂声响，是欢乐而不是消遣，是灵魂而不是金钱，是真正的工作而不是碌碌之为，是真正的激情而不是逢场作戏，这要俏的世界就成不了他的家园……”

她垂下了眼，陷入沉思。

“赫尔敏，”我温柔地唤她道，“同胞妹妹呵，你有多么灵的一双眼睛！可你还是教会了我跳狐步舞！你是什么意思呢，我们这样的人，我们多了一重境界的人，在这里就活不下去了吗？问题出在哪儿呢？只有我们的时代是这样吗？还是说向来如此？”

“我不知道。出于对这世界的尊敬，我情愿假设，这情形只出现在我们的时代，它仅仅是一种疾病，一种暂时事故。元首们兢兢业业，颇为成功地往战争方向努力着。我们其他人在这期间跳着狐步舞，挣着钱，吃着果仁巧克力——在这样一个时代，这世界必然是一副谦卑的模样。让我们希望，在另一些时代，情形曾经好一些，将来还会变好，更丰富，更广大，更深刻。但是这样想对我们没什么用处。可能一直就是这样。”

“一直像今天这样？一直是一个政客、奸商、餐馆仆人和浮浪公子当道的世界，人却得不着一点儿空气？”

“好吧，我不知道。没有人知道。这都无所谓了。但我现在想到了你最心仪的那个男人，你的好友，你偶尔会和我讲到他，还给我念过你写给他的信。我想到的是莫扎特。他又怎么样呢？在他那个时代，是谁在统治世界、享尽珍馐、指点江山、得人遵从：是莫扎特还是那些生意人？是莫扎特还是那些平凡无奇的俗人？而他又是怎么死、怎么下葬的？这就是我说的，情形也许一直就是这样，将来也还会一直这样。他们在学校里教的‘世界历史’，要人们为了增长教养而背诵下来的‘世界历史’，写满了英雄、天才、丰功伟绩和崇高情感——那都是中学教师编造出来用于教育的假象，只是为了让孩子们在规定好的学龄期有事儿可做。情形从来就是这样，将来也还会是这样，时代和世界、金钱和权力都属于庸人和俗人，而不一样的人、本真的人一无所有。除了死亡。”

“再没有其他的了？”

“还有一样，永恒。”

“你是说身后获得的名声和荣耀？”

“不，小狼儿，不是荣耀——荣耀有什么价值？你以为所有真实而圆满的人都成了名，被后世了解了吗？”

“不，当然不会。”

“那好，它不是荣耀。荣耀只是为了教养而存在，是中学教师要管的事儿。那才不是荣耀呢，哦，真不是！但是我称作永恒的，虔诚的人称它为上帝之国。我是这么想的：如果除了这个世界上的空气之外再没有其他空气可供呼吸，除了这个时代再没有永恒存在，我们所有的人，我们这群有追求的人，有太多渴望，多了一重境界的人，根本就活不了。而永恒就是真实者的天国。其中有莫扎特的音乐和你那位伟大诗人的诗歌。其中有施行过圣迹、承受了殉难者之死、为人做出了极大榜样的圣徒。但是永恒中也同样包含了每个真实行动的画面、每份真实情感的力量，即使没有一人知道过、看见过、写下来、保存给了后世。在永恒中没有后世，只有今世。”

“你说得对。”我说。

“虔信的人，”她一边深思，一边继续说，“是对永恒知道得最多的。他们是为了这个缘故才树立了圣徒，建立了他们所称的‘圣徒合会’。圣徒是真实之人，是救世主的胞弟。我们尽我们一生都在奔赴他们，用每一次善行，用每一个勇敢的念头，用每一份爱。圣徒合会在较早的年代被画家们画在一片金光闪闪的天空，流光溢彩，美丽祥和——这不是别的，正是我先前讲过的‘永恒’。这是在时间和表象之外的王国。我们属于那里，那是我们的家园，我们的心追求的便是去那里，荒原狼。所以我们渴盼一死。在那里你又会找到你的歌德，你的诺瓦利斯和莫扎特，我会找到我的圣徒，克里斯托弗[1]，斐理伯·耐理[2]和所有其他人。有许多圣徒首先是罪深之人，而原罪也能成为一条通往永恒的路，原罪和恶习。说出来你会笑，我常常想，也许我的朋友帕布罗也是一个隐藏起来的圣徒。啊，哈里，我们必须穿行过这么多的污秽和胡闹，才能走回家！我们没有可引导我们的人，唯一一个引路人是乡愁。”

她的最后几句话声音又格外低了下去。现在房间里安然静穆，日正西沉，映得我的藏书中许多书脊上的金字微光闪烁。我用双手捧住赫尔敏的头，吻了她的额，将她的脸颊贴在我的脸颊上，如兄妹一般，我们便如此相处了一小会儿。我恨不得就这么待下去，今天不再外出。但是玛丽亚曾承诺过，将她的这一夜，这盛大舞会前的最后一夜，献于我。

在去她那儿的路上，我却无心念及玛丽亚，而只是想着赫尔敏说过的那些话。这一切，就我的感觉而言，也许并不是她自己的想法，而是我的想法，这目光机敏的女子将它们读出来，吸收了，如今又返还于我，却让它们具有了形体，焕然一新地立在我眼前。她说出了永恒的思想，这是我在那一时刻尤其要深深感激她的。我需要这思想，失了它我便活

1. 克里斯托弗（？—251），被罗马天主教与东正教认定的圣徒，相传公元三世纪在罗马帝国殉道。

2. 斐理伯·耐理（1515—1595），十六世纪天主教改革派人士，死于罗马，后被教皇追认为圣徒。

不下去又求死不得。神圣的彼岸、超越时间的所在、永恒价值的世界、神性的源质，今天我的女友和舞蹈教师重又将其送给了我。我不由得想起我的歌德梦，想起那位智慧老人的面貌，他笑得那么不带人性，与我开着他不朽的玩笑。现在我才懂得了歌德的笑、不朽者的笑。这笑，它没有对象，它只是光，只是神圣，是一个真的人在历经了人间的痛苦、恶习、谬误、激情和误解之后进入永恒，突入世界空间时所剩余之物。而这“永恒”无非就是对时间的解救，某种程度上便是它向无邪的回归，向空间的再度转变。

我在我们惯于共进晚餐的地方找寻玛丽亚，但她没有来。在宁静的城郊小酒馆里，我坐在摆好餐具的桌边等候，我的思绪还缠绕在我们的对话上。在我和赫尔敏之间浮起的所有这些想法在我眼前显得如此熟稔至深，恰如旧时相识，仿佛出自我最本真的神话和图像世界！不朽者以其在超越时间的空间中生活的模样，超脱地成为图像；水晶质地的永恒如以太般围绕着他们；这超凡世界中还有清凉如星光闪耀的欢快——这一切怎么会让我觉得如此熟悉？

我思索起来，莫扎特的《遣兴曲》，巴赫的《平均律钢琴曲》中的段落油然涌上心头。在我看来，这些音乐中无处不是这般清凉如星的神圣在闪耀，无处不是这以太的清澈在盈动。对，这便是了。这音乐就是那凝为空间的时间，在它之上是一种超越人的欢快，一种永恒的神一般的欢笑在无限溢动。哦，这和我梦中的老年歌德是如此应合！我忽然又在我身边听到了那高深莫测的笑声，听到了不朽者的笑声。我着了魔般地坐着，着了魔般地从背心口袋里找出铅笔来，又四下找纸，找到的是我面前摆着的酒水单。我把酒水单翻过来，在它的背面写了起来。写出的诗句我后来才重新在口袋中找到，它们是这样的：

诸不朽者

一次又一次，自那地里深谷
有生之欲朝我们蒸腾而上，
粗蛮的困苦，沉醉的放浪，
千台绞刑架上血气弥漫，
欢欲的搐动，无限的渴求，
屠夫之手，贷商之手，乞者之手，
恐惧与欲求两催迫，人群攘攘
呼气沉闷而腐臭，生野而温热，
吸入极乐和狂野淫欢，
噬咬自身又一口吐出，
酿造战争和小巧艺术，
用迷妄装点灼烧的作乐之屋，
饕餮沉沦滥交，放纵自己

融入幼稚世界的集市喧哗狂欢，
时而又为世人振身跃起，高出浮浪，
随即破碎，堕为粪便，让人不堪。

而我们则已找到自身，
在以太星光环绕的冰极，
不识昼夜，更无论时分，
非男亦非女，不是少年也不会老去。
你们的罪孽，你们的恐惧，
你们的屠戮，你们的淫乐，
我们眼中只如自转恒星一场戏，
永恒之一日于我们已是最长。
静默中向你们的躁动一生颔首，
静默中看星移斗转，
我们吸入世界空间的寒冬，
与天上龙结为友伴，
冷然不变是我们的永恒之在，
冷然是我们的永恒笑声，如星朗朗。

然后玛丽亚便到了。在一顿欢快的晚餐之后，我和她一同去了我们的小寓所。她这一晚比任何时候都更美，更温暖，更诚挚，让我品尝到了种种温柔与情戏，它们却使我觉得仿佛已到了她可给予的极致。

“玛丽亚，”我说，“你今天慷慨得像个女神。别把我们俩完全弄垮了，明天可就是化装舞会了。你明天有一个什么样的绅士做伴？我担心，我亲爱的小花儿，那会是一位童话里的王子，你会被他劫走，再也没法回到我身边了。你今天这样爱我，几乎就像是热恋的好人儿在离别时，在最后一次所做的。”

她将双唇整个儿贴在我耳里，悄声说道：

“别说了，哈里！每一次都可能是最后一次。等赫尔敏带走了你，你就不会再回到我身边了。也许她明天就会带走你。”

那一段时光里特有的情感，那有着奇异甘苦味儿的双重情绪，我从没有像在舞会前夜感受得如此强烈。我感受到的是幸福：玛丽亚美丽而钟情，享用、触碰、吸收上百种我迟至如此年纪才体会到的精致而柔媚的感性，一股轻柔、摇荡的享受浪潮涛声激扬。但这只是外壳：内里的一切都满载意义、紧张、命运。当我满怀柔情爱意地忙碌于甜美而销魂的种种情爱琐细，似乎是在全然温热的幸福中遨游时，我心中却感觉到，我的命运如何骤然狂起，像匹受惊的马儿踢踏飞驰，朝深渊和坠落奔去，满心恐惧、满心渴望、满心舍予地奔赴死亡。就像我在不久前还带着怯懦和恐惧抵御纯感官情爱那惬意的轻率，对玛丽亚那欢笑的、乐于献出自己的美感到畏惧，我现在感到了对死亡的恐惧——但这是一种已深知自己很快将转为迎合和解脱的恐惧。

在我们默然深入我们汲汲实行的情爱合欢，彼此相与的诚挚胜过往常之时，我的灵魂与玛丽亚，与她对我所意味的一切告别了。我通过她学会了，在大限之前再次如孩子般熟悉限于表层的游戏，寻求最匆匆而过的欢愉，在性事的天真上做个孩子和兽类——这是我在此前的人生中仅仅在少数例外情况下见识过的，因为感官生活和性对我来说几乎总附带着罪责的苦涩味道，那是禁果甜美却悚然的滋味，是一个偏于精神之人唯恐躲之不及的。现在赫尔敏和玛丽亚向我展示了这花园在无邪状态下的模样，我怀着感激成了园中客人——但是很快便到了我再次出发的时间，这园中太漂亮，太暖和了。我注定要继续谋取生活的王冠，继续犯生活的不尽之罪。一种轻松的生活，一种轻易的爱恋，一种轻忽的死亡，于我无缘。

从女孩儿的暗示我推测出，明天在舞会上，或者紧随其后，将有预备好的特殊享乐和放纵。也许这就是终结。也许玛丽亚的预感没错，我们今天是最后一次躺在一起，也许明天就会开始一条新的命运之路？我心中充满灼热的渴望，令人窒息的怯惧。我疯狂地抓紧玛丽亚，再次火烧火燎地，贪婪地穿行她花园中所有的小路和丛林，再次咬食天堂树上甜美的果子。

这一夜不曾得到的睡眠，我在白天补了回来。我在早上晃荡进了浴室，晃荡到了家中，困到不行，把我的卧室弄暗，在脱衣时找到了我写的诗，然后又忘了它，一头倒下，忘了玛丽亚、赫尔敏和化装舞会，足足睡了一整天。当我傍晚起床时，我才想起要剃须，想起一个小时后舞会就要开始了，我还得找出一件配燕尾服的衬衣来。我心情愉快地打扮好了自己，出了门，想先吃点东西。

这将是我参加的第一个化装舞会。我早年虽然也时不时去过这样的盛会，偶尔也觉得它们不错，但是我从来没有跳过舞，只做过观众。我听别人讲起化装舞会，听他们说他们的期待，其中表露出的兴奋在我眼中总显得滑稽。今天，对我来说，舞会也成了我带着紧张的情绪，又并非毫无怯意地期待着的大事。因为我没有女伴可带，所以我决定晚一点再去，这也是赫尔敏对我的建议。

“钢盔”酒吧，我昔日的避难所，失意男人打发自己的夜间时光，啜饮自己的酒，扮演单身汉的地方，我在最近一段时间里已经很少光顾了。它不再适合我现在生活的格调。但是今天傍晚我完全是不自觉地信步走了去。在我目前所浸淫着的命运兼告别的那种喜忧参半的情绪里，我人生中所有的途中驿站和怀念之地都再次获得了往昔岁月那美得让人痛心的光辉。这烟雾弥漫的小酒馆也是如此，我不久前还是它的常客，不久前这里的一杯本地酒作为原始的麻醉剂便足可让我再钻进我孤独的床度过一夜，再承受一天的生活。我自那之后尝到了其他的药剂，更烈的刺激，吸入了更甜的毒品。

我微笑着走入了旧日的店铺，迎接我的是女老板的招呼和沉默常客的点头示意。服务员推荐我吃一只小烤鸡，旋即它就上了桌。乡土气的厚杯子里斟入了新鲜的亮闪闪的阿尔萨斯葡萄酒。洁净的白色木桌，黄色的旧镶木板友好地看着我。在我这么吃喝的时候，我心里升起一种凋萎和告别会的感觉，这感觉甜美又有着由衷的痛苦：我此前生活中各个舞台和诸多事物都将消隐，虽然从未全然散尽，却已发展到了足可溃散的地步。"现代"人称这感情为多愁滥情。他不再爱那些事物，即使对他来说最为神圣之物，他那巴望着尽可能快地更换为更好牌子的轿车，他都不爱。这现代人灵敏、能干、健康、冷静而利索，是一种杰出的类型，他将在下一场大战中奇迹般地保全自己。这些品质我无一处相符。我不是现代人，却也不是旧式人，我从时间中跌落了出去，流落无着，与死亡相近，向死亡投诚。

我毫不反对多愁滥情。我乐意且满心感激地感受到，我焚尽熄灭的心中尚还有些许感情在。我便这么尽情投身于对这老酒馆的回忆、对敦实的旧椅子的眷恋，沉浸在烟与酒的香味，迷失于这一切于我而言所拥有的惯常、暖意和如家之感的微光中。告别是美的，有着温柔的情调。我觉得我坚硬的座位、我土气的酒杯是亲切的，阿尔萨斯酒清凉稠密的味道是亲切的，我与这屋中各人各物的熟悉是亲切的，迷蒙蹲坐的酒客的脸是亲切的，我长久认作胞兄的失意男人的脸是亲切的。我在此地怀有的是市民气质的多愁滥情，微微掺杂了一种源自少年时代、老套的餐馆浪漫的香味，当时的餐馆、酒和烟都还是被禁的陌生而美妙之物。但是没有荒原狼站起来露出牙齿，将我的柔情愁绪撕成碎片。我心境平和地坐在这儿，感受着往日岁月，现今已坠落的一颗星微弱余光的暖意。

一个卖烤栗子的街头小贩走了过来，我买下了一把栗子。一位卖花儿的老妇人走了过来，我买了她手中的几朵康乃馨，送给了女老板。只是在我想付钱，把手伸向我平常熟悉的内口袋里却落了空时，我才发觉，我穿的是燕尾服。化装舞会！赫尔敏！

但是时间还足够早，我还下不了现在就去环球大厅的决心。我又体会到了最近一段时间里我在所有享乐中都体会过的：有一点儿抵触和犹豫，对踏进那塞满了人的喧闹大房子有些反感，对陌生气氛、对浮浪公子的世界、对跳舞有一点中学生般的羞怯。

在路上我走过了一家电影院，看到灯泡串和彩色的巨型海报在闪闪发光。我走出几步远，又折回来，走了进去。在这里我尽可以安安静静地在黑暗中待到十一点。由手持电筒的门童指引，我跌跌撞撞地穿过垂帘，进了幽暗的大厅，找到了一个座位，突然之间就置身于《旧约》中了。这电影属于那些据说不是为了挣钱而是为了高贵而神圣的目的，耗费巨大、精心拍摄而成的电影，在下午的时间甚至有中学生被他们的宗教课教师引来看这些电影。

现在演的是在埃及的摩西和以色列族人的故事[1]，滚热的大漠黄沙上涌出了阵势壮观的人、马、骆驼、宫殿，显出了法老的荣光和犹太人的艰苦。我看到了摩西，装扮他的式样有一点儿照抄惠特曼[2]的容貌。这是一个华光流溢的舞台摩西，手持长棍，以沃登[3]的步态，带着火样热情和暗沉神色穿行在沙漠中，在众多犹太人的最前端。

我看着他在红海前向神祈祷，看着红海分开，显出一条路来，在被拦阻的水壁之间，一条空荡荡的路（拍电影的人如何制造这景象，对此，由牧师带来看这部宗教电影的受坚信礼的年轻教民也许可以久久争论一番）。我看着那位先知和战战兢兢的族民走过那条路，看着他们身后法老的战车现身，看着海岸上的埃及人停下来，露出胆怯，随后还是勇敢地驰车驶入，接着看到衣着华丽、披戴金甲的法老和他所有的臣子车队上空水墙倾塌，不由得想起亨德尔的一段精彩的男低音二重唱，用来唱这样的事件会是极妙的。我继续看摩西登

---

1. 这里指摩西带领以色列人逃出埃及、过红海的故事。见《圣经·旧约》第2卷《出埃及记》第14章。
2. 惠特曼（1819—1892），美国著名诗人，在二十世纪初对欧洲文艺界有极大影响。
3. 沃登，北欧神话中的主神，又称奥丁，是众神之父，执掌战争与死亡。

上西奈山，俨然一位置身阴沉的荒野石林中的阴郁英雄。我注视着他如何在那里领受耶和华借助暴风骤雨和光的信号传达的十诫，而与此同时，他的卑贱族民却在山脚下架起黄金牛犊，相当开怀地寻欢作乐起来。

我觉得奇特而不可思议：我居然能目睹这一切，这些《圣经》故事，故事中的英雄和奇迹。在我们的孩提时代，我们最初对另一世界、另一超越人的所在的朦胧意识便来自它们。而在此地，在静静吃着自己带来的小面包、心怀感激的观众前，花一点门票钱居然便可看到它们上演，看到这个滥竽充数而售卖文化的时代中颇为动人的一幕。我的上帝，为了防止这不堪的颓败，当年不光是埃及人，犹太人和其他一切人类都不如就地毁灭了，赴一次壮烈而正直的死，而不是我们今天这般悚然、似是而非、半心半意地死去。罢了！

我对化装舞会的秘密犹疑，不曾坦白的怯惧并没有因为这场电影和它的激励而减小，反而有了令人不快的滋长。我不得不想着赫尔敏来振作自己，毕竟还是动身去了环球大厅，踏进了门中。时辰已晚，舞会早就全然铺开。我还来不及脱下外衣，便既冷静又羞怯地陷入了热烈的假面人潮，遭到熟识人的捶打，被女孩儿们招呼着去隔间喝香槟，肩上又受了小丑们的轻拳，被人用“你”来称呼。我一样都没回应，费劲地挤过各个塞满人的房间，挤到存衣间。在拿到存衣号后，我非常小心地把它插入口袋，想着用不了多久，等我受够了这番喧闹，就会再用到它了。

在这栋大楼的所有房间里都是盛会的扰攘，各个大厅里都有人跳舞，就连地下一层，所有的走廊和楼梯上都溢满了假面、舞蹈、音乐、笑声和嬉闹。我郁郁不乐，在这人群密流里悄声穿行，从黑人乐队踱到乡间音乐，从流光溢彩的主厅晃到过道、阶梯、吧台、自助餐台和香槟酒小间。墙上大多挂了最新画家狂野而逗乐的画作。各式人等都齐全：艺术家、记者、学者、商人，当然还有这座城市里所有的风月场人士。在其中一个乐队里坐着帕布罗先生，他陶醉地吹着自己那圆弧大管，当他认出我时，他朝着我起劲地吹了一段。

我被人群推挤着，进了一间又一间屋子，一会儿上楼梯，一会儿下楼梯。地下的一个过道被艺术家们装扮成了地狱，一个魔鬼乐队在里面疯了般地敲着鼓。我慢慢儿开始四下张望，想看到赫尔敏和玛丽亚，我全心寻觅起来，多次努力挤进主厅里，但每次都扑了空，或者遭到人群逆我涌动。在午夜时分，我还一个人都没找到。虽然我还没跳过舞，但已觉得身上发热，头晕眩。我一下坐进了最近的一张椅子里，两边全是陌生人。我给自己讨了杯酒，觉得参与这样喧闹的聚会真不是我这样一个年老男人可做的事儿。我无可奈何地喝着杯中酒，呆望着女人们袒露的胳膊和背部，看着许多怪诞的假面飘然而过，受着别人顶撞，默不作声地打发走了几个想坐到我怀里或者和我跳舞的女孩儿。“不识趣的老笨熊！”

其中一个这么叫道，她说对了。我决定再喝一点儿来壮胆消愁，但这酒也不觉得可口了，第二杯我就喝不下去了。

我渐渐地感到，荒原狼在我身后耸立起来，吐出了舌头。我怎么都玩不起来，我在这里是待错了地方。我本来是怀着最好的心意来的，但到了这儿却又快活不起来，这喧嚣鼎沸的欢乐，这笑声和这周围所有的闹腾在我眼里都显得愚蠢而造作。

于是到了一点，我便失望又怨愤地返回存衣间，想穿上外套离开。这是一次挫败，我重现了荒原狼的原形，赫尔敏大概不会原谅我。但是我无法改作别样。我在艰难地穿过人群，往存衣间去的路上还再次留心看了看我周围，看是不是真的见不到任何一个女友。徒劳而已。现在我站到了柜台前，栏杆后面那位礼貌的男人已经伸手来拿我的存衣号了。我往背心口袋里一掏——号儿不在口袋里了！见鬼，怎么把这个也丢了。在我悲伤地穿过各个大厅时，在我就着淡得无味的酒坐在那儿时，我有好几次把手伸进了口袋，心中一直与离开的决定做着斗争，而每次我都在那儿摸到那块扁平的小圆牌。现在它没了。我真是事事不顺。

“号儿丢了？”一个小个儿红黄颜色的魔鬼在我身边用尖厉的声音问道，“拿着，同志，你可以用我的号儿。”她说着就塞给了我她的号儿。在我机械地接受了它，在指间转动它时，这轻捷的小个子已经消失了。

但是，当我把这枚小圆纸牌举到眼前好看清楚号码时，我却发现上面写的根本不是号码，而是一行潦草画出来的小字。我请存衣间的服务生稍等，走到了最近的一盏灯下，读了起来。都是东倒西歪的字母，不容易辨认，大致草写着：

今夜四点开始，在魔法剧院

——仅予以疯人——

入场需支付理性

非所有人可入。赫尔敏在地狱里。

如同一个牵线木偶，由于线儿有那么一会脱离了牵线人而陷入短暂僵立的死亡和迟钝，如今却重新得了活力，回到游戏中，我也被魔法的线儿牵引，重又矫健、年轻而热烈地走回到一片嘈杂喧闹里，那是我刚刚才满身疲倦、不快又老态地逃脱的。从来没有一个负罪之人会这般急匆匆地走向地狱。漆皮鞋刚刚还挤压了我的脚，浸满香气的稠密空气刚刚还招了我反感，屋里刚刚还热得我昏昏欲睡；现在我却兴致勃勃、快步如飞、以单步舞的节奏穿过各个大厅，往地狱奔去，觉得这空气充满了魔力，追随这温热，这沸腾的音乐，这缤纷的颜色，女人肩上的香水，上百人的迷醉、欢笑、舞步，所有激情燃烧的眼睛的光亮。我随这一切摇曳荡漾。

一个正跳舞的西班牙女郎飞入我双臂之中：“和我跳舞！”——“不行。”我说，“我得去地狱。但是你的一个吻我倒乐于带走。”假面下的红唇迎向了我，在亲吻时我才认出这是玛丽亚。我紧紧搂住她，她丰美的嘴就像朵正当盛期的夏日玫瑰在绽放。我们已经跳起舞来了，彼此的唇还紧贴着。我们跳着舞经过了帕布罗，他迷恋着自己那温柔吼叫的发声大管，他美丽的野兽目光熠熠生辉，半是失神地圈住我们。但是我们刚跳了二十来步，音乐便戛然而止，我不情愿地将玛丽亚从手中放开，

“我多想再和你跳下去。”我说，我已经着迷于她的温暖，“跟我再跳几步，玛丽亚，我爱上你美丽的手臂了，让我再握它一会儿！但是你看，赫尔敏召唤我了。她在地狱里。”

“我早料到了。保重，哈里，我会一直喜爱你的。”她告别了。在夏日玫瑰那么成熟饱满的香味中飘溢的原来正是告别，是秋季，是命运。

我继续走着，穿过了挤满温柔人群的长走廊，下了楼梯，进了地狱。其中沥青般漆黑的墙上燃着刺目而凶狠的灯，魔鬼乐队演奏得如高烧般狂热。在一只高高的吧台椅上坐着一位俊俏的青年，没有戴面具，身着燕尾服。他用种嘲讽的目光很快打量了一下我。我被跳舞的漩涡推到了墙边，在这极为狭窄的房间里有近二十对人儿在跳舞。我贪婪又胆怯地观察着所有的女人，她们大多还戴着面具，有几位朝我大笑，但是没有赫尔敏。那俊美的青年从吧台高椅上嘲讽地看过来。等到下次舞间歇息，赫尔敏就会走来呼唤我的。舞停了，却

没有人来。

我走到吧台那边去，吧台占了这低矮小房间的一个角落。我站到青年坐的椅子边，点了威士忌。在我喝酒时，我看了看这位年轻男子的侧面，他看起来如此熟悉而动人，就像出自非常久远时代的一幅画，因为蒙了往昔岁月的宁静尘灰之纱而显得珍贵。噢，我一时间全身震颤了。这是赫尔曼，我年轻时代的好友！

“赫尔曼！”我犹犹豫豫地说了声。

他微笑了：“哈里？你找到我了？”

这是赫尔敏，只是稍稍改了改发式，微微上了点妆。她机智的脸庞别致、苍白，从时新的硬领中伸出，朝我看过来；她从燕尾服宽大的黑色衣袖和白色袖口露出的双手显得出奇的小；她从长黑裤下露出来的穿了黑白两色丝绸男袜的双脚显得出奇的纤细。

“这就是你说的套装吗，赫尔敏，你就是要穿着它来让我爱上你吗？”

“到现在为止，”她点头说道，“我先让几位女士爱上了我。但是现在轮到你了。让我们先喝一杯香槟。”

我们喝了香槟，坐在我们高高的吧台椅上，而我们身旁的舞会还在继续，火热而激越的弦乐还在奔涌。赫尔敏不用费多少力，我便已很快爱上了她。因为她穿着男装，我不能和她跳舞，也不许自己透露出任何柔情，采取任何攻势。而她一边因身着这男人装扮显得遥远而淡漠，一边又以眼神、言辞和表情让我沉浸于她女性的所有魅力中。我连碰都不曾碰她一下，却已倾倒于她的魔力，这魔力本身正存在于她的角色里，是一种雌雄同体的魔力。因为她和我谈起了赫尔曼，谈起了童年，她的和我的童年，谈起了性成熟之前的那些时光，那时的年少爱恋不仅能指向两个性别，而且还可涵括万事万物，感官上的，精神上的；而且对一切都能施以爱的魔力和童话般的变形能力，那是只有受选之人和诗人在往后的年月里才会偶尔重获的。她完全扮演起了青年男子，吸着烟，轻巧而聪慧地侃侃而谈，常常显得有点以嘲讽为乐，但这一切都透出艾洛斯的光彩，这一切都在通往我感官的路上转化成柔媚的诱惑。

我曾以为我对赫尔敏已了解得非常深，非常准确，而这一夜她却在我面前显得这么焕然一新！她将渴求已久的网张开扑向我，是多么温柔而难以察觉！她给我饮下甜的毒酒，是多么戏耍轻佻，有如女巫！

我们坐着，聊着，喝着香槟。我们漫步在舞厅，四下观察，做了探险的发现者，为自己挑选成对的人儿，倾听他们的情爱游戏。她指给我看一些女子，要求我和她们跳舞，并指点我可以用在这一人或那一人身上的勾引技巧。我们作为情敌亮相，为同一个女人争吵一会儿，轮流和她跳舞，各自试着赢取她。可是这一切都是假面游戏，只是我们两人之间的一种游戏，将我们彼此联结得更紧密，让我们为彼此燃起激情。一切都是童话，一切都更多一重境界，更深一层意味，是游戏和象征。我们看到一位非常美的年轻女子，显出受着苦痛而心有不满的样子。赫尔曼和她跳舞，让她如花盛放，和她消失在了一个香槟小间里，之后她向我讲述，她不是作为男人，而是作为女人，借助蕾斯波斯[1]的魔力征服了那个女子。可在我眼中，这整栋舞乐正酣的喧嚣房子，这心醉神迷的假面族群渐渐变作一个狂放的梦幻极乐园。

我摘取一朵又一朵芳香四溢的鲜花，用试探的手指寻寻觅觅地把玩一枚又一枚果实，蛇从绿色的叶影下诱惑地觑望我，莲花在黑色泥沼上浮动飘摇，幽光闪烁。魔鸟在树枝间招引，一切都引领我去一个我所渴求的目标，一切都为我新添对那唯一者的渴望。这期间有一次，我和一位不认识的女孩儿跳舞，热情洋溢，汲汲求欢，将她一同带入神魂颠倒，当我们在非现实的迷醉中漂游时，她突然朗声笑起来，说：“你真是让人认不出来了。傍晚时你还那么呆傻无聊。”我认出了她，她是几个小时前叫我“老笨熊”的那一位。现在她以为拥有了我，可下一支舞中我已经在另一人身边热情似火了。我跳了足足两个小时或者更久，每一支舞都跳过，包括

1. 蕾斯波斯，本为爱琴海东北部的一座岛屿，古希腊女诗人萨福与她的女弟子居住于此，有情诗传世。后人遂称女同性恋为 Lesbian。

我从没学过的。在我近旁总会出现赫尔敏，那微笑着的青年，她向我点头称赞，随后消失在人潮中。

这是一次我这五十年中从未有过的经历，尽管它是每一个豆蔻少女、每一个大学生都熟悉的，而在这舞会之夜我也获得了它：狂欢的经历，狂欢集体的迷醉，个人在众人中坠落的秘密，欢乐的神人交合[1]。我常常听人说起它，每一个女仆都知道它，我常常在讲述人的眼中看到这光亮，却总是半显优越半带妒意地报之以微笑。一个心醉神迷者，一个被自己施救者的迷蒙双眼中的那种光亮，在集体的迷醉中浮起之人的微笑和半陷迷惑的沉醉，这是我在高贵与平庸的人生例子中见过上百遍的，不论是喝醉的新兵和水手，还是在盛大表演之际热情饱满的伟大艺术家，都是如此，更不少见的是在奔赴战场的年轻士兵那里。就在最近，我还对幸福的入迷者，我的朋友帕布罗的神采和微笑感到惊叹，为之倾心，加以嘲讽，心怀嫉妒，那是他在乐队演奏的高潮时刻在他的萨克斯管上享受极乐或者凝望指挥、鼓手、班卓琴手，为之陶醉，为之高亢的时候。

这样一种微笑，这样一种孩子般的光彩，我有时想，只有极年轻的人或者那些不允许强大的个人分化和个人差别的

1. 神人交合，犹太一基督教的一个传统，有许多文学和绘画作品以此为主题。神与人之间的结合被展示为男女订婚媾和。

民族才可能拥有。可是今天，在这享受极乐的夜里，我自己，荒原狼哈里也亮出了这样的微笑，我自己畅游在这深邃的、孩童特有的、童话般的幸福中，我自己呼吸着这由集群、音乐、节奏、酒和性之乐组成的甜美的梦和醉。我曾多次带着嘲讽和可怜的优越感听过某个大学生讲起舞会时称赞这一切。我不再是我，我的人格消散在了聚会欢醉中，就如同盐化在了水中。我和这个那个女人跳舞，但不仅仅是我臂中拥着的、头发拂掠过我的、身上香味让我吸入的女人，所有女人，包括所有其他和我在同一个大厅里，在同一支舞、同一首乐曲中遨游，容光焕发的脸如硕大的奇幻花朵在我身边飘浮而过的女人，她们都属于我，我也属于所有人，我们所有人都拥有了彼此。男人们也不例外，我也在他们之中，他们于我也不再陌生，他们的微笑也是我的微笑，他们的猎艳也是我的，我的也归于他们。

一支新的舞曲，一支狐步舞在那个冬天征服了世界，其标题便是“相思”。这支相思曲演奏过一次又一次，一再被人重新求取。我们所有人都浸透了它，都被它灌醉，我们所有人都随声哼唱它的旋律。我不停地跳着，和每一个我刚好碰到的女人跳舞，年纪尚轻的少女、正值妙龄的年轻女子、盛夏般丰美的成熟女子、忧伤迟暮的半老女子：我醉心于她们所有人，欢笑连连，幸福充盈，光彩焕发。当帕布罗看到我，被他一直看作极其可叹可怜的魔鬼的我竟如此神采飞扬，他的眼睛也朝我闪出幸福享乐的光芒，他兴奋地从他的乐队座椅上站起来，猛地往他的号角里吹了一下，踩到椅子上，站在那高处又鼓满了腮帮子吹起来，同时狂热又享有极乐地随着相思曲的节奏晃动自己和他的乐器。我和我的女舞伴朝他飞吻，大声地合着乐曲唱。啊，我在这期间想，不论我身上会发生什么都好，我有那么一次也感到了幸福，焕发了光彩，解放了我自己，成了帕布罗的一个兄弟，一个孩子。

我已经失去了时间感。我不知道，这迷醉的幸福持续了多少个小时，多少个瞬间。我也没发觉，这聚会越是炽烈，就越紧缩到更小的空间里。大多数的人已经离开了，走廊上已经归于宁静，许多灯火都已熄灭，楼梯间里只余死寂，在楼上大厅里乐队一个接一个地静了下来，散去了；只有在主厅和楼下地狱里，五彩的欢会迷狂还喧腾不息，热焰还在不断升温。因为我不可以和赫尔敏，那位少年郎跳舞，我们始终都只在舞曲间歇中匆匆重聚，打声招呼，最后她整个人对我来说都消失了，不仅消失在了我的眼界之外，也消失在了我的思绪之外。再没有什么思绪了。我融化了，漂游在这沉醉的舞群中，受着香味、声响、叹息、言语的触碰，得到陌生眼睛的逢迎和撩拨，置身陌生的脸庞、嘴唇、脸颊、手臂、胸和膝的包围，任由潮汐般的音乐有节奏地抛来掷去。

突然间，我有一刹那得了半分清醒，在最后一群依然未散而正将最后一个尚响着音乐的小厅填满的客人中看到了一个黑色女丑角，脸画得煞白。是一位美貌而清新的女孩儿，唯一一个我在这一整夜都不曾见过的用一副面具遮掩着的动人形体。当所有其他人都显出欢醉疲乏的模样：燔热通红的脸庞、折压凌乱的着装、委顿凋落的领口和褶边；这黑色女丑角却戴着面具，画着白脸立在那儿，新鲜清丽，衣着不带一丝褶皱，领口不受半点折弄，尖袖口白净发亮，发式如新。我不由自主向她走去，搂住她，拉她跳舞。她的领子散发香味，挠着了我的下巴；她的头发掠过了我的脸颊；她紧致的年轻身躯比这一夜其他任何一个舞伴都更温柔更深挚地迎向我的动作，又避开它们，继而轻巧地强迫和引诱它们再做新的触碰。忽然之间，当我在舞中俯身下去，用我的嘴去寻她的嘴时，那张嘴微笑起来，得意而又极为熟悉。我认出了这平整的下巴，幸福地认出了这肩、这肘、这双手。这是赫尔敏，她不再是赫尔曼，已换过了衣裳，清洗一新，微微洒了点香水敷了点粉。

我们的唇火热地贴到了一起，有一瞬间她的整个身子直到膝盖都带着欲望，欣然相与地依偎到我身上，接着她的嘴又挣脱了我，收敛而逃跑似的跳着舞。当音乐终止时，我们依然相拥而立，我们身边所有激情已点燃的成对舞者都鼓掌、跺脚、叫喊、催迫精疲力竭的乐队再来一次相思曲。此时我们所有人突然感到天已破晓，看到窗帘下透来微茫的光，觉得欲乐已近结束，预知疲倦临近，便再一次盲目、欢笑而绝望地纵身于舞中、音乐中、灯光激流中，喧腾地踏响舞步，一对对挤挤挨挨，再一次领受至福般感受汹涌巨波在我们之上聚合冲撞。在这段舞中，赫尔敏抛下了她的盛气、嘲谑和冷傲，她知道，她再不需要些什么来让我爱上她了。我是她的了。而她也给出了自己，在舞中、在眼神中、在亲吻中、在微笑中。这灼热的夜里所有的女人，所有和我跳过舞的、所有被我点燃激情的、所有将我的激情点燃的、所有我追求过的、所有我贪恋地紧贴过的，都交融为了一个，在我臂弯里盛放。

这有如婚礼的热舞持续了很久。音乐有两三次疲软了下来，吹奏的乐手放下了乐器，钢琴手从钢琴旁站起身来，首席小提琴手拒绝地摇着头，每一次他们都被最后一批舞者恳求的沉醉所鼓舞，又演奏了一遍，更快，更激狂。然后，当我们还交缠地站立着，因最后那贪婪狂舞而重重地喘息，钢琴盖啪嗒一声合上了，我们的手臂疲乏地垂下，号手和提琴手的手臂也是如此。笛手眨着眼，将自己的笛子放入匣中。门纷纷开了，冷空气涌了进来，仆人提着大衣现身，酒吧服务生拧灭了灯。一切都如幽灵般悚然四散，刚才还热情高涨、炫目的舞者瑟瑟发抖地急着穿大衣，将领子高高竖起。赫尔敏依然脸色苍白，却是微笑着的。她缓缓举起双臂，将头发往后拨拢，她的腋窝在晨间微光中闪现，一抹浅淡而有无限柔情的阴影从那儿驰向隐藏的胸部，这一线细小的浮掠的影子在我看来集合了她所有的魅力、她美丽躯体的所有游戏和可能性，如一抹微笑一般。

我们站着，看着彼此，是这厅里最后的人，是这栋房子最后的人。在楼下不知何处，我听到有扇门哐的一响，有个杯子落地摔碎，有阵窃笑渐渐消失，中间夹杂了起动的汽车恶狠狠、急匆匆的噪音。不知在哪，在无从确定的远处和高处，我听到一阵欢笑，格外清脆而愉快却又可怕而陌生的欢笑，像是出自水晶和冰的笑声，明亮闪耀却又冰冷无情。这奇特的笑声我怎会如此熟悉？我寻思而不得。

我们俩站着，看着彼此。我有那么一瞬间清醒过来，感到莫大的倦意自背后侵袭我，觉得这浸透汗水的衣裤贴在我身上，潮热得难受，看到我的手从搓揉坏了又汗湿了的袖口伸出来，通红而青筋粗大。但是这感觉很快就逝去了。赫尔敏的一个眼神就让它烟消云散。我自己的灵魂似乎从她的眼神中看向我，在这眼神前一切现实都溃散，也包括我对她的感官欲求这一现实。我们着了魔一般彼此看着，我可怜的小灵魂看着我。

“你准备好了？”赫尔敏问。她的微笑飞走了，就如同那片影子从她胸前飞过一样。那陌生的欢笑在遥远的高处，在未知的空间渐渐散去。

我点点头。哦，是啊，我准备好了。

现在门口出现了帕布罗，这位乐手欢快的双眼朝我们闪闪发亮，其实那是一双兽的眼，但兽的眼总是严肃的，而他的眼总在笑，这笑让它们成了人的眼。他以他所有真挚的友好向我们招手。他罩了件彩色丝绸的居家外衣，那红色的翻领上露出湿透了的衬衣衣领和疲倦不堪的苍白面容，出奇的枯萎而灰淡，但神采奕奕的一双黑色眼睛将这印象消除了。它们也消除了现实，对现实施了魔法。

我们跟随他的手势，在门槛上他轻声对我说："哈里老兄，我请您去稍稍开心一下。仅让疯人入场。入场收取理性。您准备好了吗？"我又点了点头。

惹人爱的家伙！他温柔而细心地挽着我俩的手臂，赫尔敏在右，我在左，带着我们顺着一段楼梯走进了一个圆形小房间，这房间由顶上蓝色的光给照亮，几乎全空着。房中除了一张小圆桌和三把我们坐入其中的沙发椅之外再没有什么别的了。

我们在哪儿？我在睡梦中吗？我在家中吗？我坐在一辆汽车里，在路上行驶？不，我坐在被蓝光照亮的圆形房间里，在稀释了的空气中，在已经变得非常薄的一层现实中。为什么赫尔敏脸色如此苍白？为什么帕布罗说了这么多话？让他说话、通过他说话的那个人也许正是我？难道从他那黑色眼睛里看着我的不正是我自己的灵魂，那只迷惘而胆怯的鸟儿，就像它从赫尔敏的灰色眼睛里看我一样？

帕布罗这位朋友以他所有好心却带点客套的友善看着我

们，说着话，说得多而且长。我之前从没听他连贯地谈过什么，他对辩论和阐述也没有兴趣，我几乎难以信任他有某个思想，可正是他如今在说，用他好而暖的嗓音顺畅如流、不带错误地说。

“朋友，我请你们去乐一乐，那是哈里盼望了很久的、梦想了很久的。时间有一点儿迟，而且我们大家多半都有点儿累了。所以我们在这儿先休息一会儿，养养精神。”

他从一个壁橱里取出三个小杯和一个逗乐的小瓶子，取出一个用彩色木材做成、具有异国风情的小长盒子，用瓶中液体将三个杯子斟满，从盒子里取出三支细而长的黄色香烟，从丝绸外衣中掏出一个打火机，给我们递上火儿。我们每一个人都躺倒在各自的沙发椅里，缓缓地抽起烟来。烟气如庙宇香火般稠密。每个人都慢慢饮下了一小口这甜涩的、味道特别陌生的液体，它确实让人得了无穷的振奋和愉悦，就仿佛饮酒人被充满了气，失去了重量。我们便这么坐着，一小口一小口地吸着烟，静静歇着，抿着杯中酒，觉得自己变得轻盈而快活。这时帕布罗用他温暖的声音轻悠悠地说：

“我真高兴，亲爱的哈里，我今天能稍微招待一下您。您经常对您的生活感到厌倦，您拼命要离开这里，不是吗？您满心想要的，就是脱离这个时代、这个世界、这些现实，进入一个不一样的、更适合您的现实，去一个没有时间的世界。您尽管这么做吧，亲爱的朋友，我邀请您这么做。您知道，这个不一样的世界藏在哪里，这个世界就是您自己的灵魂，您正在寻找它。只有在您自己的内心里才存有这样一个您所追求的不一样的现实。我没法给您任何在您的内心里不存在的东西，我不能打开您的灵魂以外任何一座画厅。我能给您的，无非就是一个契机、一个推动力、一把钥匙。我帮您看见您自己的世界，就这样而已。”

他又将手伸进他那彩色外衣的口袋里，取出了一面袋装小圆镜。

“您看看：这就是您到现在为止看到的自己。”

他将小镜子举到我眼前（我不由记起了一句儿歌：“小镜子，小镜子拿在手。”[1]），我看到一幅色彩模糊缥缈、让人悚然、在自身中躁动、在自身中激烈滚涌发酵的画面：我自己，哈里·哈勒；而在这个哈里之中是荒原狼，一头羞怯、美丽但眼神惶惑不安的狼，眼中发出的光时而凶狠，时而悲伤。这头狼的形象涌动在那贯穿哈里的不息不止的激荡中，就像一条颜色迥异的支流在汇入主流后氤氲翻腾、挣扎拼斗、饱受煎熬、彼此撕咬，充满不可遏止的欲望，要重获形体。这从流飘荡、只剩半个身形的狼悲切地用那美丽羞怯的眼睛看着我。

---

1. 出自格林童话的《白雪公主》，原文为：“小镜子，小镜子挂在墙，全国最美的人儿在哪方？”是恶毒王后问魔镜的话。后来流传在儿歌中，变为“小镜子，小镜子拿在手，有没有把自己认个够”？

“您一直都是这么看自己的。”帕布罗柔声说道，将镜子又插回了口袋。我感激地闭上眼睛，抿尝着魔汁。

“我们现在休息过了。”帕布罗说，“我们已经养好了力气，也闲聊了一会儿。如果你们都觉得不累了，我现在想带你们去我的窥望小间，给你们看看我的小剧院。你们同意吗？”

我们站起身来，帕布罗微笑着领头，打开一扇门，拉过一幅幕布，我们便置身于一座剧院的马蹄形圆走廊里了，而且恰好在正中间，两边有弯曲的走道通向非常多、多到不可思议的窄小包厢门。

“这是我们的剧院。”帕布罗解释说，“一个最给人消遣的剧院。希望你们都能在这儿开怀大笑。”他边说着就大笑了起来，只是那么几声，却强烈地击穿了我。这又是我之前在上空听到过的那明亮却陌生的欢笑。

“我的小剧院有许多包厢小门，你们要乐意，可以找到十扇或者一百扇或者一千扇门。每一扇门后面都有你们正寻找的事物等着你们。那是一间漂亮的图画陈列室，亲爱的朋友。但是对您来说，像您这样要把它从头到尾走一遍，是没什么用的。您会遭到您通常习惯自称的个性的阻挠和屏蔽。您无疑早就猜到了，超越时间，从现实中解脱，或者不管您怎么给您的渴望取名字，它所指的无非就是摆脱您的所谓个性。您的个性是个监狱，您就坐在里面。如果您就以您现在这样子走进剧院的话，那您看一切都是用哈里的眼睛看，都是从荒原狼那副老眼镜去看。您受到的邀请就是要让您摘掉这副眼镜，极友好地将您格外尊敬的个性脱下，搁在衣帽间这里，它随时可以按您需要再供您取用。您刚度过的那个迷人的舞会之夜、《论荒原狼》的小册子，最后还有我们刚刚享用过的小振奋剂，大概已经给您做了充分的预备。您，哈里，在放下您宝贵的个性之后将可以让剧院左边为您服务。赫尔敏是右边。在里面，你们尽可以随意重逢。请你，赫尔敏，暂时先退到幕布背后。我想先带哈里进去。”

赫尔敏消失在了右侧，走过了一面将墙壁从地板到拱顶都遮住的巨大镜子。

“好了，哈里，现在您过来，要有好心情。让您有个好心情，教您学会笑，这是整个节目的目的。——我希望，您不会让我为难。您感觉还好吗？真的？不害怕？那就好，非常好。您现在不用害怕，打心底里快活起来，走进我们的虚幻世界，您会通过一个小的虚幻自杀来入场，这是规矩。”

他又把那面袋装小镜子抽了出来，举到我面前。那个迷乱、模糊、被争斗的狼形象所穿流的哈里又朝我看过来，这是一幅我极为熟识但毫无好感的画面，要毁灭它，我不会有所忧虑。

“这个已经可有可无的镜像，您现在要除去它，亲爱的朋友。多的都不用做。只要在您的心情允许下，带着极热烈的欢笑来看这幅画面，就够了。您现在是在一所幽默学校里，您要学会欢笑。而一切更高的幽默都开始于，对自己个人不再那么认真。”

我紧盯着这面小镜子，拿在手里的小镜子，镜子里哈里狼正全身搐动。我的内心也抽动了一会儿，是在深处，挺轻，但还是疼，像回忆，像乡愁，像后悔。然后这轻微的抑郁让位给了一种新感觉，类似于被可卡因所麻醉的口腔里一颗病牙被拔出时的感觉：放松下来了，深呼出一口气，又惊讶地发觉刚才一点儿都不痛。与这感觉相伴的是一种清洁一新之感和让我无法抵抗的笑之欲望，于是我便爆发出一阵释然的大笑。

这阴郁的镜中小像猛地晃动一番，熄灭了，圆形小镜面突然像烧毁了一般，变得灰色，粗糙，不再透明。帕布罗大笑着扔开了这玻璃片，它滚动着消失在了无尽长廊的地板上。

“笑得好，哈里。”帕布罗叫唤道，“你还会学到像不朽者那么笑的。现在你总算杀死了荒原狼。用剃刀可办不到。要注意，它活不过来了！你马上就可以离开愚蠢的现实了。我们下一次有机会，要好好为兄弟情分喝一杯，亲爱的，你从没像今天这么让我喜欢过。如果你到时候还在意那些，我们也可以探讨一下哲学，好好争论一下，谈谈音乐、莫扎特、格鲁克[1]、柏拉图和歌德，你愿意谈多久就谈多久。你现在会

1. 格鲁克（1714—1787），德意志著名歌剧作家，被称为十八世纪的瓦格纳。

明白，为什么我们以前谈不起来。希望你能做到，你能在今天摆脱荒原狼。因为你的自杀当然并不彻底。我们这是在一家魔法剧院里，这里只有图像，没有现实。给你自己找出美丽又欢快的画儿来，让人看看你真的不再留恋你那有问题的个性了！但是如果你还是思念它，那你只需要再往我现在给你看过的镜子里瞧瞧。不过，你一定知道那句有智慧的古话：手中一面小镜子好过墙上两面境。哈哈！（他又笑得这么美而可怕）——好了，现在就只剩一个非常小的、有趣的仪式要完成了。你现在甩掉了你的个性眼睛。现在来看一面真正的镜子！你会觉得好玩儿的。”

他一边笑着，亲昵地给了我几个惹人发笑的小爱抚，一边让我转了个身，我站在了墙边的巨大镜子前。我在镜中看到了我。

有非常短的一刻，我看到了我熟悉的哈里，只是有一张兴致好得不同寻常、明媚而欢笑着的脸。但是我刚认出他来，他便分解了，分出了第二个他来，接着是第三个、第十个、第二十个，整个大镜子装满了哈里或者哈里的分身，不计其数的哈里。其中每一个我都在电光火石间见到了，认出来了。这许多哈里中有一些和我一样年纪，有一些老一些，有一些格外苍老，另外的极为年轻，是青年，是男孩，是小学男童，是顽皮小子，是孩子。五十岁和二十岁的哈里交错地跑着跳着，三十岁和五十岁的，严肃的和逗乐的，庄重的和滑稽的，衣冠楚楚的和衣衫褴褛的，还有全裸着的，秃头无发的和留长鬈发的，这所有人都是我，每一个都闪电般快地让我看到、认出，随之消失。他们朝各个方向四散而去，往左、往右、往镜子深处，由镜子往外。其中一个年轻而优雅的家伙欢笑着扑到帕布罗胸前，拥抱他，和他一起离开了。一个尤其让我喜爱，是一个十六或十七岁的俊美动人的少年，他像闪电般奔入了走廊，贪婪地读着所有门上刻的字。我跟在他身后。在一扇门前他停了下来，我读到门边的牌子：

所有女孩都是你的！

投入一马克即可

这动人的少年往上一跃，速度随之加快。他头朝前，自己扎入了投币孔中，消失在了门后。

帕布罗也消失了。那镜子看似也消失不见，连带着所有这不计其数的哈里也销声匿迹。我感到，我现在把自己托付给了自己和这剧院，好奇地从一扇门走向下一扇门。在每扇门上我都读到了一段刻下的文字，一个诱惑，一个承诺。

这段文字吸引了我：

快来加入欢乐的狩猎！

汽车大围猎

我打开这扇小门，走了进去。

一时间，我闯入了一个热闹喧嚣的世界。大街上汽车在追逐，其中一部分配了装甲。它们围猎行人，将他们碾成肉泥，把他们逼到楼房墙上，使他们伤痕累累。我立刻就明白了，这是人类与机器之间的战斗，是早就预备好了的，早就有所预期的，早就让人担忧的，而现在终于爆发出来了。四处死尸横陈，血肉散落。四处也都是砸碎了、扭曲了、烧毁了一半的汽车。在这一片芜杂混乱之上有飞机在盘旋，它们也受到许多从屋顶和窗口往外扔出的罐头和往外扫射的机枪的攻击。

所有的墙上都贴着疯狂而炫目刺激的海报，用如火炬燃烧的巨大字体呼吁整个民族都起来，奋力投身于人类对抗机器的战斗，打死那些肥头大耳、衣着华丽、满身香水、借助机器搜刮他人脂膏的富人们，顺带毁掉他们那些发出咳嗽声、恶狠狠的粗吼和魔鬼般的低鸣的汽车；在工厂里纵火，清扫一下这受了损害的地球；消除一些民族；让草再生长出来，让尘封的水泥世界再变为森林、草原、丛林、溪流和沼泽地。其他的海报则画得美妙，风格华丽，用的颜色温柔而不那么孩子气，设计得格外聪明机智。它们则反过来，动之以情地警告所有有产者和有思想者防范这场无政府主义的混乱威胁，确实极为感人地勾勒出秩序、工作、财产、文化、法律带来的福祉，将机器赞美为人类最高和最终的发明，借助机器人类将成为神。

我带着沉思和惊叹读着这些红红绿绿海报。它们火热的动人措辞，它们咄咄逼人的说理，神奇地影响着我。它们都有道理。我站在这儿，一会儿被这边深深折服，一会儿被那边深深打动，但总是被周边相当黏稠的枪击干扰。

好，主要的事儿已经明了：这是场战争，一场激烈、火爆又让人极有好感的战争，它与皇帝、共和国、国家边界、旗帜和颜色以及这一类多半是装饰、表演性，说到底都是骗人把戏的东西无关。在这战争中，每个觉得空气太过局促、生活不再合理的人都让自己的懊恼有了攻击性的表达，并积极准备全面摧毁细弱无力的文明世界。我看到，那摧毁和杀戮的欲乐在所有人的眼中是那么兴高采烈，在我自己心中那狂野的红色花朵盛开得那么高，那么肥硕，欣喜之情毫不逊色。我兴致勃勃地加入了战斗。

所有之中最妙的却是，在我身边突然冒出了我的中学同学古斯塔夫，我已经有几十年毫无他的音讯，他曾经是我早期童年的友人中最野性、最强壮、最渴求生活的一个。在我看到他又向我眨着那淡蓝色眼睛的时候，我心中乐开了花。他向我招了招手，我立刻满心欢喜地跟上了他。

“上帝啊，古斯塔夫。”我开心地叫道，“居然又见到你了！你现在都在做什么？”

他不讨好地大笑起来，和童年时代一样。

“牛犊子，才一见面就要被你问，听你唠叨？我做了神学教授，好，现在你知道了，不过幸好现在不会再有什么神学课了，年轻人，现在有的是战争。嘿，来吧！”

他把正冲着我们哼哧哼哧开过来的一辆小卡车上的司机推了下来，像只猴子一样倏的一下跳上了车，让车停下，让我上去，然后我们就像魔鬼一样快地穿行在流弹和倒下的车中间，一直开出了城市，开往了城郊。

“你站在工厂主那一边吗？”我问我这位朋友。

“嗨，这嘛，这就是口味问题。我们到了城外会好好想一想的。但是不，等一下，我更想选另一派，虽然说到底，这都完全无所谓。我是神学家，而我的前辈路德在他的一生中都在帮助诸侯和富人反对农民。这我们现在要稍微更正一下。真是坏车，希望它还能坚持个把公里！”

我们就像天空的孩子风儿那般快，嗡嗡地往前开，进入了一片宁静的绿色地带，一连好几英里；穿过了一片辽阔的平原，最后缓缓登上了一片险峻山区。我们停在了这山中一条平整而带反光的路上。这条路在陡峭的岩壁和低矮的护墙之间蜿蜒而上，高悬在一个波光粼粼的蓝色湖面上方。

“挺美的地方。”我说。

“非常漂亮。我们可以叫它轴心路，有四面八方的轴线在这里相遇。小哈里，多加小心！”

在路边立着一株大五针松，在松树上方我们看到一个由木板建起来的类似茅屋的东西，一个瞭望台兼哨所。古斯塔夫冲我朗声大笑，蓝眼睛狡猾地眨着。我们俩赶忙从车里钻出来，顺着树干往上爬，重重喘着气，躲进了我们都很喜欢的瞭望台里。我们在那里找到了火枪、手枪和弹药箱。我们刚刚乘了会儿凉，进入狩猎的状态，在最近的弯道里就传来了一辆大型豪华车的喇叭声，那声音沙哑而有着做主宰的渴望。它以极高的速度，低声鸣叫着，在空荡荡的山路上开来。我们已经把火枪拿在了手里。这紧张真是美妙。

“瞄准司机射！”古斯塔夫飞快地下着命令。就在这时，这辆笨重的车已经从我们脚下开过了。我已经瞄准好了，接着按了下去，直射那掌方向盘的人的蓝色帽子。那男人倒了，车却还继续往前冲，撞到了墙上，反弹回来，又像一只肥蜜蜂那样愤愤而又重重地撞到了矮一点的墙上，翻了个，发出一声短而轻的咆哮，从墙上坠入了深渊。

“干得好！”古斯塔夫笑着说，“下一个我来。”

接着就来了另一辆车，有三个或四个乘客低低地坐在软垫座上。在一个女人头上有一块面纱直直地沿水平方向飘动，是一块淡蓝色的面纱。其实我有点替它难过，谁知道，在它下面笑着的会不会是最美的女人。我主啊，既然我们是在演强盗，那么也许更正确也更好的方式是，学习那些伟大强盗的榜样，不把我们狂热的杀心扩展到美丽女士头上。但是古斯塔夫已经开枪了。司机搐动了一下，倒了下来，车子擦着垂直的岩石飞到空中，然后落了下来，噼啪一声，轮子朝上地落到了路上。我们等着。什么动静都没有。那车上的人就像落入了陷阱一样，悄无声息地躺在车底下。车还在低声轰鸣，轮子在空中滑稽地打着转。突然间它发出可怕的一声巨响，燃起了炫亮的火焰。

“一辆福特车。”古斯塔夫说，“我们得下去把路清空。”

我们爬了下去，查看了一下那烧着火的一堆。火很快就烧尽了。我们在这时间里用新鲜木材做成了杠杆，把车撬到一边，翻过路沿，推下了深渊，它还在树丛里嚓嚓地翻滚了挺久。死者中有两个在车翻下去时掉了出来，躺在路上，衣服已经被烧掉了一部分。其中一人的外套还保存得相当好。我检查了一下他的口袋，看能不能查出来他是谁。一个皮夹子被翻了出来，里面有些名片。我取出一张来，读上面的字。“汝即彼[1]。”

“真逗。”古斯塔夫说，“不过，我们在这儿杀死的人名叫什么，其实无所谓的。他们和我们一样，都是可怜的魔鬼，名字不重要。这个世界必须捣毁，我们也跟着一起灭亡。把他们浸到水下十分钟，这会是最没痛苦的一种解决办法。好了，开始工作。”

---

1. 汝即彼，梵文咒语，也可译为“梵我同一”，是印度教吠檀多派的一个核心观点，出自古代《奥义书》第6章第8节第7句。

我们把死尸都扔到车滚下去的方向，又一辆新车就突突地开了过来。我们立刻从路当中一起朝它射击。它喝醉了一般拼命打了几个螺旋，滚出挺远一段路，然后栽倒了，气喘吁吁地横躺着。一个乘客静静地坐在车里，但是一个俊俏的女孩儿从车里钻了出来，虽然脸色苍白，颤抖得厉害，却没有受伤。我们友好地欢迎她，表示愿意提供帮助。她受了太大的惊吓，说不出话来，精神失常了似的盯着我们看了一会儿。

“好吧，我们首先看一看那位老先生。”古斯塔夫说着这话，转向了还一直挂在死了的司机身后的那位乘客。那是有着灰白短发的一位先生，他大睁着聪明的浅灰色眼睛，但看上去伤得不轻，至少他嘴中流出了血，而脖子僵直，歪斜得可怕。

“叨扰您了，老先生，我的名字是古斯塔夫。我们斗胆把您的司机射死了。我们可以问一问，我们有幸在和谁说话？”

老人冷淡而悲伤地用灰色小眼睛看着他。

“我是首席检察官略灵。”他缓缓地说，“您不光杀死了我可怜的司机，也要了我的命。我觉得，我已经走到尽头了。您为什么要朝我们开枪？”

“因为车开得太快。”

“我们是按正常速度行驶的。”

“昨天算正常的，今天就不算了，首席检察官先生。我们今天认为，一辆汽车可以行驶的任何速度都太快了。我们现在在毁掉汽车，所有其他的机器也要毁掉。”

“也包括您的机枪吗？”

“也会轮到它们的，如果我们还有时间的话。兴许我们明天或者后天就都完蛋了。您知道的，我们这个地方已经可恨地挤满了太多人。好了，现在该换换空气了。”

“您对每个人都开枪射击吗，毫无选择？”

“当然。对于有些人来说，肯定还是有点可惜的。比如这位年轻漂亮的女士要死了，我会难过的。她会不会是您女儿？”

“不，她是我的速记员。”

“这样更好。现在请您下车，或者您让我们把您从车里拽出来，因为这车要销毁。”

“我情愿一起被销毁。”

“随您便。请您允许我再问个问题！您是检察官。我总是不明白，一个人怎么能做检察官。您就靠指控那些大多是可怜鬼的人，给他们定罪来谋生。不是吗？”

“是这样。我是在尽我的职责。这是我的工作。就像刽子手的工作就是，杀死被我判死刑的人。您自己已经接过了这样的工作。您也在杀人。”

“没错。只是我们不是出于职责杀人，而是为了愉快，或者不如说，是出于不愉快，出于对这世界的绝望。因此杀人这事儿才让我们有了某些乐趣。杀人从来没给您带来过乐趣吗？”

“您让我感到无聊。您行行好，把您的工作做完吧。如果职责这个概念是您不知道的……”

他沉默了，扯了扯嘴唇，似乎想吐口痰。但是只吐出了一点儿血，黏在了他下巴上。

“您等等！”古斯塔夫礼貌地说，“职责这个概念我是不熟，不再熟悉了。以前我在工作上和它接触还挺多。我原来是神学教授。另外我也做过士兵，打过仗。我眼里看到的职责，我从权力部门和上级那里接受的命令都不是好东西。我宁可做些相反的事儿。但是当我不再熟悉职责这个概念时，我就认识了罪责这个概念。也许它们俩是同一个。一个母亲生下我，我就有了罪，我就受到判决要生活，我就有了责任，属于一个国家，成为士兵，杀人，为军备缴税。现在，在当下，生活的罪责又让我像以前在大战中一样，不得不杀人。这一次我不再是违心杀人了，我自己投入了这个罪责，我一点也不反对让这个愚蠢、拥挤的世界变成碎片，我乐意帮着毁灭它，也乐意自己跟着灭亡。”

检察官费了很大的劲，才用他沾了血的嘴唇微微笑了笑。他没法做得很悦目，但那好的意图还是容易看出来的。

“这挺好。”他说，“那我们就是同行了。请您尽您的职责吧，同行先生。”

漂亮的女孩这时在路沿坐了下来，晕倒了。

在这一刻，又有一辆车发出突突声，全副马力往这边来了。我们把那女孩往一边拉了拉，退到山岩边，让这新来的车往另一辆的残骸里冲。它猛地刹了车，前半部一下子升到半空中，却没受损伤地竖在了那儿。我们迅速把枪盒拿到了手里，准备好应付这些人。

“下车！”古斯塔夫命令道，“举起手来！”

从车里下来的是三个男人，乖乖地把手举高。

“你们中间有医生吗？”古斯塔夫问。

他们否认了。

“那你们行个好，把这位先生小心地从座位上解救出来。他受了重伤。然后你们带他上车，开到最近的城市里去。向前，行动！”

很快老先生就被抬到了另一辆车上，古斯塔夫指挥，所有的人都照样行事。

这期间，我们的速记员又苏醒过来，注视着这整个过程。我挺高兴我们得了这样一个漂亮的战利品。

“小姐，”古斯塔夫说，“您丢了您的工作。希望那位老先生和您关系不是很近。您被我雇用了，请做我们的一个好同志！好了，现在时间有点紧。很快这地方就不会让人舒服了。您会爬树吗，小姐？会？那就动身吧，我们让您在中间，我们帮着您。”

我们现在三个人都尽可能快地爬到了我们的树屋里。这位小姐在这上面犯恶心，但她得到了一瓶白兰地，很快就恢复了过来，对这湖光山色的壮丽景致表示了认可，并告诉我们她名叫朵拉。

下面不久就来了一辆新车，它小心翼翼地开过栽倒的车旁边，并没有停，然后立刻加快了车速。

“怠工潜逃者！”古斯塔夫大笑，朝司机射去。车摇摆了一小会儿，往墙上冲去，击穿了它，斜挂在了深渊之上。

“朵拉”，我说，“您会用猎枪吗？”

她不会用，但是我们让她学会了怎么给猎枪上子弹。一开始她还不太灵巧，一只手指还拽出了血，她哭喊起来，吵着要英式膏布。但是古斯塔夫给她解释说，这是在打仗。她要表现出一个乖巧、勇敢女孩的样儿。这话儿还真管用。

“可是我们会成为什么样的人呢？”她随后问。

“我不知道。”古斯塔夫说，“我朋友哈里喜欢漂亮女人，他会成为您的男朋友。”

“但是他们会带着警察和士兵来杀死我们的。”

“警察之类的人已经没有了。选择权在我们这儿，朵拉。要么我们安安静静地待在这上面，把所有想从这儿过的汽车都开枪打坏。要么我们自己弄辆车，开着它离开，让其他人来射我们。不论我们选哪边，都一样。我选择留在这儿。”

下面又来了辆车，它的喇叭朝上尖声叫着。不一会儿它就被解决掉了，轮子朝天地躺倒了。

“奇怪，”我说，“射击还真能让人这么快乐！我以前还是个反战人士呢！”

古斯塔夫微笑了。“是啊，这世界上就是有太多人了。以前不会有这感觉。但是现在每个人不光想呼吸空气，还想得到一辆车，这时候就能感觉到了。我们在这儿做的这事儿，当然是不理智的，这是场孩子的闹剧，就像战争也是场巨大的孩子闹剧一样。以后有一天，人类必须学会用理智的方式控制自己的繁殖。我们对这种难以忍受的状态暂时还是采取了相当不理智的反应，但是说到底做的还是正确的事儿：我们在减少人类数量。”

“是啊，”我说，“我们做的事儿，很可能挺疯狂，但很可能它也是好的，是必要的。如果人类对理性要求太高，就连理智根本对付不了的事儿都要借助理智来规范，这并不好。这时候就会出现美国人或者布尔什维克派的那些理想，这两种人都是格外理智的，但因为他们这么天真地把生活简单化了，所以便残忍地强奸了生活，劫掠了生活。人类的形象曾经是一个崇高的理想，如今正变成一个滥俗的套话。我们这些疯人也许能再让它变得高贵起来。”

古斯塔夫大笑着回答说：“年轻人，你说起话来真是聪明极了。听着智慧这么汩汩流出来，真是件开心又有益的事儿。也许你说的还真有点道理。但是先好好儿干，把你的猎枪上好子弹。我觉得你有点太沉迷梦幻了。随时都会跑来几头小公鹿，我们用哲学可是打不死它们的。枪管里要备好子弹。”

一辆车开了过来，立刻就陷落了。这条路被封锁起来了。

一个幸存下来的肥胖的红头发男人在报废的车旁边气急败坏地摆手跺脚，上下左右地看。他发现了我们的藏身之所，便怒吼着冲过来，用一把手枪往上射了我们好几下。

“您现在马上滚，不然我就开枪了。”古斯塔夫朝下面喊道。那男人瞄准他又射了一枪。接着我们朝他开了火，只用了两枪。

又有两辆车被我们摆平了。这之后这条路就安静下来，空旷起来。这条路危险的消息看来已经传播开来了。我们有了时间欣赏美景。在湖的另一边，在山谷里有座小城市，那儿正升起一股烟来。我们很快就看到屋顶一个接一个起了火。还听到有人射击。朵拉抽泣起来，我抚摸着她泪湿了的脸。

“我们所有人都得死吗？”她问。没有人回答。就在这时，下面有一人步行过来，看着路上横陈的破烂汽车，围着它们嗅来嗅去，弯腰钻进其中一辆车里，搜出了一把彩色阳伞，一个女式皮包，一个葡萄酒瓶，安详自在地坐到墙头，喝着瓶中的酒，吃着从皮包里取出来的用锡纸包着的食物，把酒喝光了便满意地继续往前走，太阳伞夹在胳膊底下。他和平安然地走掉了。我对古斯塔夫说：“你会对这个家伙开枪，在他脑袋上打个洞吗？上帝知道，我是做不到的。”

“也没人要你做啊。”我朋友嘟哝了一句。但是他满心里都是不快。我们刚一看到一个行事还这么恬静、和平、天真的人，一个还在无邪状态下生活的人，我们自己整个值得称赞的必要行动便顿时显出了愚蠢和可恶。呸，见鬼，所有这些血！我们感到羞愧。但是在战争中，就连将领们有时也会有这样的感觉。

“我们别在这儿待下去了。”朵拉抱怨说，“让我们下去吧，我们肯定能在车里找到点吃的。你们难道不饿吗，你们这些布尔什维克？”

在下面那座起了火的小城里，钟声响起，急切而畏怯。我们开始往下爬。当我帮朵拉跨过护栏时，我吻了她的膝盖。她响亮地大笑起来。但是这时栏杆往后一垮，我们俩都坠入了虚空中……

我又回到了圆形走廊里，狩猎冒险的刺激还没退却。而四下里那所有数不尽的小门上，标牌文字都在引诱我：

木塔波[1]

变形为任意一种动物或植物

《爱经》[2]

学习印度欢爱技巧

---

1. 木塔波，阿拉伯咒语，出自德意志浪漫派小说家豪夫的一则童话《仙鹤国王》，念起这个咒语就可以变成任意一种动物并懂得这种动物的语言。
2. 《爱经》，印度的一本关于性爱的经典著作。

初学者课程：四十二种不同的做爱技法

充满享乐的自杀!
让你笑破肚皮

您想遁入灵境?
东方智慧

哦，但愿我有上千条舌头!
只为男士提供

西方的衰落
票价打折。始终未被超越

艺术精髓
用音乐将时间转变为空间

欢笑之泪
幽默小室

隐士游戏
等值替代一切社交

这标牌文字的序列无穷无尽。其中一个写着：

建立人格指南

保证成功

我觉得这是值得关注的，便走进了门中。

接纳我的是一个灯光昏暗的静谧房间，房内按照东方的样式摆设，没有椅子，一个男人坐在地上，他面前似乎是一个大棋盘。第一眼看上去，我仿佛看到他是我的朋友帕布罗。至少这男人穿了件和他相似的彩色绸衣，有着一模一样的闪亮的深色眼睛。

“您是帕布罗？”我问道。

“我谁都不是。”他友好地解释说，“我们这儿的人都没有名字。我们这儿的人都不是个人。我是一名棋手。您想学习建立人格的课程吗？”

“是的，请指教。”

“那您最好能让我使用您的二十来个分身。”

“我的分身……？”

“就是您看到您的所谓个性分裂成的那些分身。没有分身我就没法下棋。”

他把一面镜子举到我眼前，我在镜中又看到我统一的个人碎成了许多个自我，它们的数量看似还在增长。但是这些分身现在非常小，就像可以用手捏住的棋子那般大小。棋手安静而沉稳地用手指一抓，取出了其中二十来个，把它们放在地上的棋盘一侧。他语调单一地对他们说话，就像是一个把宣读过多次的演讲稿或者教科书又重复一遍的男人：

“认为一个人是一个连续的统一体，这个导致不幸的错误看法是你们都知道了的。你们也知道，人是由一大批灵魂、许许多多个自我组成的。人表面上的统一体若是分裂成了这许多化身，就会被看作发了疯。科学为此发明了一个名字叫精神分裂。科学这么做有正确之处，因为多样性如果少了统领，没有某种秩序和聚积，就没法控制了。科学的错误之处则在于，它相信，对这许多自我分支来说，只可能有一次性的、约束性的、贯穿一生的那种秩序。

“科学的这个谬误带来了一些令人不舒服的后果，它的价值仅仅在于，受雇于国家的教师和教育者看到他们的工作得到了简化，省去了思考和实验的力气。由于这个谬误，许多人被看作‘正常’的，是在社会中有极高价值的，而他们已经疯到无可救药了。反过来，一些人被看作疯人，他们却是天才。所以我们就用我们称作建立艺术的概念来弥补科学这种有缺陷的灵魂理论。我们要让那些经历了自我分解破碎的人看到，他随时都可以将那些碎片重新放到任意一个秩序中，他能够以此来达到生活游戏的无穷变换。就像文学家从寥寥可数的几个人物角色打造出一部喜剧，我们从我们分解了的自我这些化身中建立常新的群体，上演新的游戏和紧张局面，打造永远新的境况。您看！”

他用安静机智的手指捏起了我的化身，所有那些老年人、青年、孩子、女人，所有或欢快或悲伤，或强壮或柔和，或灵敏或迟钝的人形，飞速地将它们在棋盘上摆成了一个棋局，它们在这棋局中很快就建立起了群体、家庭，开始了游戏和争斗，发展出了友谊和敌对关系，构成了一个微型世界。在我陶醉的双眼前，他让这生气勃勃且井井有条的小世界自行运转了一会儿，让那小人儿游戏和争斗，结盟和厮杀，彼此追求，结婚，繁衍后代。这还真是一部角色繁多、热闹动荡、激动人心的戏剧。

然后他就带着更为欢快的表情在棋盘上空拂扫，轻轻把所有小人儿都掀翻，拢成一堆，像一个精挑细选的艺术家那样一边深思一边用同一些人形打造出一个全新的游戏，排出了完全不一样的组合、关联和交错关系。第二个游戏和第一个是相似的：将它建立起来的还是同一个世界、同一些材质，但基调却已改变，速度换成另一种，主题得到另样的强调，场景做了另外的设置。

这聪明的建造者就用个个都是我自己的人形组成了另一场游戏，一切从远处看都是相似的，可以认出一切都隶属同一世界，谨守同一来源，但每一场戏都是全新的。

“这是生活的艺术。”他以教导的口吻说道，“您自己将来也可以随意地继续建造、催动、交缠和丰富您的生活这场游戏，这都掌握在您的手上。就像更高意义上的疯狂是所有智慧的开端，精神分裂是所有艺术、所有幻想的开端。甚至连学者对此也有了一知半解，比如在《王子的神奇号角》[1]那本迷人的书里就能读到，一位学者辛苦又勤奋的工作因为得到一群发了疯、被关在疯人院里的艺术家的天才相助，而变得高贵了。——给，把您的小人儿带好，这游戏会常常给您带来乐趣的。今天那壮大到无法忍受、肆意破坏您的游戏的泼磐子[2]，明天就会在您手下变成毫无威胁的次要角色。那在一段时间里处处倒霉，被恶星笼罩的可怜又可亲的小人儿，您在下一场游戏中可以让她成为公主。我祝您玩得愉快，我的先生。”

我心怀感激地对着这位颇有才华的棋手深深鞠了一躬，将小人儿塞入了自己的口袋，从那扇小窄门里退了出来。

其实我原本想立即坐到走廊的地板上，把这小人化身的游戏好好玩上几个小时，甚或永远玩下去。但是我刚回到明亮的圆形剧院走道里，一股新的力量强于我的潮流就裹挟着我离开了。一张海报在我眼前耀眼地亮着：

1.《王子的神奇号角》，影射德国浪漫派作家布伦塔诺和阿尔尼姆编写的民间童话故事集《男童的神奇号角》。

2. 泼磐子，东部中古德语，指惊吓人的鬼怪，也可指吓唬鸟儿的稻草人。

这一段标牌文字让我心中一时百味杂陈。我过去生活中所有的恼怒和胁迫，从那离弃了的现实涌来，让我的心痛苦地扭结成一团。我用颤抖的手打开了门，走入了一个年度集市的小店中。在店里我看到一排铁栏竖立起来，隔开了我和简陋的戏台。在戏台上我却看到一个驯兽师，那是位有点市场叫卖者模样、装腔作势的先生。尽管他长着大髭须，有着肌肉丰满的膀子，穿了卖俏的马戏团服装，但却和我自己有着某种诡谲又相当可恶的相似。这个强壮的男人——这是多么悲惨的一幕！——用绳子牵着一头高大、美丽却消瘦得可怕、眼神如奴隶般满是惊恐的狼，就像牵着一条狗。看这粗暴的驯兽师用这高贵却如此可悲地顺从的猛兽做出一系列花样和惊人场景，既恶心又刺激，让人觉得可憎却又暗中充满喜好。

不过，那男人，我那该死的走了样儿的孪生兄弟把他这头狼驯服得挺出色。狼关注地听从每一个命令，对每一声呼叫和甩鞭声都像狗儿一样做出回应，它下跪，装死，扮直立小人儿，它乖乖用嘴灵巧地叼住一条长面包、一颗鸡蛋、一块肉、一个小篮子。是啊，它必须在驯兽师扔下鞭子时为他拾起鞭子，衔在嘴里，一边还摇着尾巴，一副让人难以忍受的阿谀样子。在这头狼前面放上了一只兔子，然后是一只白色绵羊。它虽然露出了牙齿，带着颤动的欲望滴下了唾液，但绝没有动任何一只动物，而只是响应着命令，优雅地一纵身，从这两只蹲在地上发抖的小动物身上跳过。啊，它在兔子和绵羊中间躺下，用前爪抱住它们，和它们组成了一个感人的家庭。为此，它从人的手上咬食了一块巧克力。目睹这头狼在否认自己的天性上达到了怎样一个神奇的程度，这真是一种折磨。我这时头发都已竖立起来了。

到了演出的第二部分，不论是受刺激的观众，还是狼自己，都为这番折磨得到了补偿。因为在这精彩的驯服节目展开之后，在驯兽师胜利实现了绵羊加狼的组合并带着甜蜜的微笑鞠躬致意完之后，角色更换了。与哈里相似的驯兽师突然深深弓着背，将自己的皮鞭递到了狼的脚前，开始和之前这头野兽一样颤抖、蜷缩，看上去备受折磨。而狼则大笑着舔了舔嘴唇。挣扎和造作都从它身上脱落了，它目光炯炯，它的整个身躯收紧了，盛放出重新获得的野性。

这时狼发号起指令来，而那人必须听从。人听命地跪了下来，扮演狼，把舌头垂挂出来，用镶补过的牙齿将衣服从身上撕咬下来。他遵照驯人师的指令，一会儿双腿站立，一会儿四肢着地，扮直立小人儿，装死，让狼骑在自己身上，为它叼来鞭子。他像狗一样，极有天分又极富幻想地实践着种种卑贱和变态之举。一个美貌的女孩儿走到舞台上，靠近这被驯服的人，摸摸他的下颌，将自己的脸颊在他的脸上磨蹭，但是他还是四肢着地，还是只牲畜。他摇了摇头，开始向这美人儿露出牙齿，最后变得如此具有威胁性，如此像狼，让那女孩儿落荒而逃。巧克力也拿到了他面前，他轻蔑地嗅了嗅便推到了一边。最后白色绵羊和体态臃肿的兔子又上了台，这善于学习的人使出了浑身解数来扮演狼，要演出它的欲望来。他用手指和牙齿抓起嚎叫的两只小动物，从它们身上咬下一片片毛和肉，龇牙咧嘴地嚼着它们的生肉，忘我地吮饮着它们温热的鲜血，一双眼睛享受地闭着。

我吓坏了，夺门而逃。这魔法剧院我算看清了，这不是纯洁的极乐园，所有的地狱都藏在它漂亮的外表下。噢，上帝，这儿难道就没有救赎了吗？

我怯生生地跑来跑去，嘴里感到了血的味道和巧克力的味道，这一个与另一个是同样的丑陋。我满心渴望能挣脱这抑郁的波涛，热切地在我自身中求取稍微可以忍受、较为友好的画面。“哦，朋友，别痴心妄想了！”我心中有声音在唱。我惊恐地回忆起那张骇人的前线照片，那是在战争期间偶尔能亲眼看到的景象。我回忆起那纵横交错的尸体堆，尸体的面容由于戴了防毒面具而变成了偷笑的魔鬼怪相。当我作为一个与人为善的反战者，为这些画所震惊时，我那时是多么愚蠢和天真！今天我知道了，没有驯兽师，没有臣子，没有将领，没有精神错乱者能在他们脑中酝酿出另一些思想和图像，就仿佛它们与驻留在我自己内心中的那些不是同样的骇人，同样的疯狂邪恶，同样的粗鄙愚蠢。

我大口呼着气，想起了我在这之前，在刚进剧院时，看到那俊美的青年骤然跟从的文字：

所有女孩都是你的

在我看来，总体而言，再没什么比这更值得追求的了。能再次挣脱那该死的狼世界，这让我欣喜。我带着这喜悦走了进去。

让我诧异的是——它是如此奇幻，同时又如此亲切至深，我不由得战栗起来——我少年时代的香气在这里拂面而来，那是我还是男童和青年时的气氛，我心中又涌动起了当年的热血。我刚刚所做的、所想的，我刚才的存在都落在了我身后，我又变年轻了。就在一个小时前，就在片刻之前，我还自认为很清楚什么是爱，什么是欲望，什么是渴求，可那都是一个年老男子的爱和渴求。现在我又恢复了年少，我心中感觉到的是那炽烈飞舞的火焰，那猛力牵拽的渴求，三月煦风般流动的激情，它们是年轻的、簇新的、真切的。哦，那遗忘了的火焰是如此猎猎重燃，昔日音调是如此膨胀而于沉暗中鸣响，血液中是如此雀跃奔放，灵魂中是如此高歌长啸！我是个男孩，十五或十六岁，我的脑中盛满拉丁语、希腊语和诗人的美丽词句，我的思想中全是进取和雄心，我的幻想都是艺术家的梦。但在我内心里，比这一切烈火燃烧跃动得远为深刻、强烈而可怕的，是爱之火，是性的饥渴，是对合欢之乐的销魂预感。

我站在我家乡小城上方的一座石丘上，空气中嗅得到和煦的风和第一丛紫罗兰的香。流过小城的河水波光闪闪，还有我父亲住宅的窗户也闪着光。这一切看起来、听起来、嗅起来都是那么令人陶然的丰实、新鲜，为创造而醉。一切都闪耀得如此色彩深邃，在春风里拂动得如此超俗和美，就像在我初入少年时，在最饱满最具诗意的时刻里看到的世界一样。我站在山丘上，风从我的长发间吹过。我迷失于梦幻中的爱欲，不知用哪只手从刚刚染绿的树丛里揪下了一株刚舒展过半的小叶芽，将它举到眼前，嗅了嗅它（只这气味便已让当时的一切炽烈地重返我心中），然后又游戏般用还从没有吻过一个女孩子的嘴唇含住这绿色的小东西，开始咬嚼它。伴着这青涩又带着芳香的苦味儿，我恍然明白了，我在经历着什么。一切又重新来过了。我经历的是我孩提时代最后一段时光中的一个时刻，是初春的一个星期日午后，那一天我在独自散步时遇到了罗莎·克莱斯勒，非常羞涩地和她打了招呼，非常沉醉地爱上了她。

那时，我迎面看见了这独自一人，恍恍惚惚走上山来，还没看到我的美丽女孩，满心都是胆怯的期待。我看到她的头发扎成粗粗的辫子，但在脸颊两侧还留了几绺在外，随风嬉戏飘飞。我在我的生命中第一次看到这女孩儿有多么美，风在她柔顺头发中的嬉戏是多么美而梦幻，罩住她年轻身躯的薄蓝裙子垂下来的样子多么美而撩人。一如我就着这嚼碎了的叶芽涩而香的味道，浸透在了那个春天所有惶然又甜美的欲乐和恐惧中，我在看到这女孩时，心中也涨满了极为致命的爱之预感，对女人的预感、震撼魂魄的预感，感知到了森然的可能与承诺、无名的欢愉、想象不出的困惑、恐惧与苦恼，以及最真挚的解脱和最深刻的罪责。

噢，这春日的苦涩滋味在我的舌尖上是如此灼热！噢，这游戏着的风是如此穿流过她红脸颊两侧松散的头发！然后，她走近了我，抬眼之际认出了我，脸微微红了片刻，扭头看向一侧。这时我问候了她，同时摘下了坚信礼帽。而罗莎很快回过神来，微笑着，摆出点儿淑女模样，昂起头回应了我的问候，然后缓缓地，坚定而优容地继续往前走，她四周环绕了上千份爱的希冀、请求和崇敬，那都是我目送她时赋予她的。

当年便是如此，那是三十五年前的一个星期日。而在这一刻，一切往昔都回来了：小丘和城镇，三月的风和叶芽的味道，罗莎和她棕色的头发，蓬勃的渴求和甜美却让人窒息的恐惧。一切都和当时一样，我觉得我在一生中再没有像我当年爱罗莎那样爱过。但是这一次我有了机会，可以用不同于上次的方式来迎接她。我看到她认出我时脸红了，看到她费力掩饰这脸红，便立刻知道她也喜欢我，这次偶遇对她的意味正和对我的一样。我没有把帽子摘下来，再庄重地手提帽子站着，一直等到她走过。我这一次尽管也害怕，也忧虑，却做了我的热血叫我做的事儿，我叫唤道：“罗莎！感谢上帝，你来了，你这美丽又美丽的女孩。我是多么喜爱你！”这也许不是在这一刻可说出口的最机灵的话，只是这时不需要灵巧，这话已经足够了。罗莎没有摆出淑女的模样，没有继续往前走。罗莎停下了脚步，看着我，脸比刚才更红了。她说：“你好，哈里。你真的喜欢我吗？”说这话时，她有活力的脸上那双棕色眼睛熠熠生辉，我感到：我往日的整个生命和所有恋爱，从我那个星期日让罗莎从身边走过的一刻开始，都是假的、混杂的，充满了愚蠢的不幸。现在这错误被纠正了，一切都不一样了，一切都在变好。

我们把手伸给彼此，我们手拉着手，慢慢往前走，感到说不出的幸福，又非常尴尬，不知道说些什么，做些什么。由于这尴尬，我们越走越快，小跑了起来，直跑到呼吸不过来，不得不停下，但没有松开我们的手。我们两人还在童年阶段，不太知道怎么对待对方，我们在那个星期日甚至没有完成初吻，但我们都无比幸福。我们站着，喘着气。我们在草地上坐下，我抚摸她的手，她则羞答答地用另一只手拂过我的头发，然后我们又站起身来，试着测量一下我们谁更高。其实我比她高一指的长度，但是我不承认，而是肯定地说我们完全是一样高的，亲爱的上帝注定了我们为彼此而生，我们以后将结为夫妻。这时罗莎说，她嗅到了紫罗兰的香味，我们便跪在短短的春草中搜寻，找到了几株茎干挺短的紫罗兰，每一株都送给了对方。

当天气转冷，日光西斜，落到礁石间，罗莎说，她得回家了。这时我们俩都变得格外悲伤，因为我不可以陪她回家，但是我们有了一个共享的秘密，这是我们所拥有的最美妙的东西。我留在了山上石间，嗅着罗莎送的紫罗兰，在一处悬崖边上躺下，脸朝下方。我俯视着小城，守候着，直到她甜美娇小的身影在下方低处出现，走过水井，越过桥。现在我知道她进了她父亲的房子，在那里她会穿过一个个房间。我在这上面离她很远，但从我到她之间延伸着一条纽带，奔流着一条河，浮动着一个秘密。

我们又见面了，在这里那里，在礁石上，在花园栅栏边，如此过了整整一个春季。在丁香初放时，我们给了对方怯生生的初吻。我们两个孩子能给彼此的不多，我们的吻还不灼热，不盈实。她耳畔松散的发丝我只敢轻轻抚摸，但是我们拥有一切我们在爱与欢乐中力所能及之事。每次羞涩的触碰，每句不成熟的情话，每回怀着忧虑的相互等候都让我们学会了一种新的幸福，我们在爱之梯上逐级攀登。

我便这么从罗莎和紫罗兰花儿开始又过了一次我的整个情爱生活，受着福星守护。罗莎消失之后，伊尔穆嘉德出场。日光渐炽而群星渐醉，但不论罗莎还是伊尔穆嘉德都没有成为我的归宿，我必须一级一级台阶地往上走，经历许多事，学会许多事，注定也会失去伊尔穆嘉德，也会失去安娜。每一个我在年少时爱过的女孩儿，我又爱了一次。但她们中每一个，我都能为之灌注爱，都能赠予她些什么，都能从她那儿得到馈赠。我曾经只在幻想中见识过的希望、梦想和诸多可能现在都成了真，都得以体验。哦，你们所有这些美丽的花儿，伊达和罗勒，你们所有这些我爱过一个夏季、一个月，或一天之久的女孩儿！

我明白了，我现在正是我先前见到的那位积极奔往爱之门的俊美而热情的小青年。我现在正将这一部分的我，我本质与生命中不过十分之一甚而千分之一的那一小块充分体验并让其生长，不受自我中任何其他化身拖累，不受思想者的干扰，不受荒原狼的折磨，不受诗人、幻想者和道德主义者的贬损。不，现在我不是别的，就只是恋爱者，我呼吸着的幸福和苦难无非都是爱的幸福和苦难。伊尔穆嘉德已经教会了我跳舞，伊达教会了我亲吻。那最美的人儿艾玛则第一个让我在秋夜里飒飒飘拂的榆树叶下亲吻了她棕色的胸，递予我欢乐的酒杯让我畅饮。

我在帕布罗的小剧院里经历了许多，而其中的千分之一都没法用语言说尽。所有我爱过的女孩儿都重归于我，每个人都给了我只有她才能给的，我给了每个人只有她才能取走的。我得以品尝许多爱、许多幸福、许多欲乐，也有许多迷惑和苦痛。我一生中所有错失了的爱都在这一个梦幻时刻，如施了魔法般在我的花园里盛开，那贞洁的温柔花朵，那炫目的烈焰花朵，那暗中迅速枯萎的花朵，跃动的情欲，深挚的迷梦，灼人的忧伤，惶恐的死亡，亮丽的新生。

我找到了在急流中匆匆获取的女人，也找到了另一些让我亟亟追求良久却乐在其中的女人。我人生中每一个朦胧的信号又重新浮现，与此同时，哪怕只有一分钟之久，性的声音呼唤着我，女人的一瞥点燃我的情欲，女孩儿乍现的雪白肌肤引诱我。一切错过的得以重拾。每一位女子都成了我的，以她们各自的方式献出自己。在亚麻色头发下有双奇特的深棕色眼睛的女人，我曾经在一趟快速列车的走廊窗前在她身旁站立过一刻钟，后来她多次出现在我梦中。——她不曾说过一句话，却教会了我前所未知的惊人而致命的情爱技艺。马赛港口的那位皮肤光滑、静默无语而微笑如玻璃透明的中国女子，有着平滑的深黑色头发和蒙眬的眼睛。她也知道闻所未闻之事。每一个都有她的秘密，都有着她那一国度的香气，都以她的方式亲吻、欢笑，都显出她特有的羞耻心、她特有的不知耻。她们来了又去。急流挟她们来到我身边，将我推到她们跟前，又拽我离开她们，这是在性爱之流中如孩子般戏耍的漂游，满是刺激，满是危险，满是惊奇。

我感到吃惊：我的人生、我看似那么贫瘠无爱的荒原狼生活有着如此丰富的恋爱、邂逅与引诱。我几乎错过了、逃离了所有这些，踉踉跄跄跨过了它们，迅速地忘记了它们。

但是在这里它们都得到了保存，毫无空隙，成百上千。现在我看到了它们，投身于它们，向它们敞开胸怀，沉入它们粉红微茫的地下世界。帕布罗曾经引诱我的也重现了，还有其他我之前遇到过却不能理解的三人、四人共乐的美妙游戏。它们微笑着将我纳入那轮舞之中。发生了许多事，玩过了许多游戏，言之不尽。

从这引诱、堕落、窒息的不尽急流中，我又浮到了水面之上，安然，静默，满载了知识，有了深的体验，成熟到足以配上赫尔敏。我那千姿百态的神话中最后一个人物，在无穷序列里出现的最后一个名字便是赫尔敏。我同时也恢复了意识，结束了情爱童话，因为我不想在这里、这魔镜的昏蒙中与她相遇，不仅仅我棋盘上那一个棋子化身，整个哈里都属于她。哦，我只愿重新改过我的化身棋局，好让一切都与她相连并由此走向圆满。

急流将我推上了岸，我又站在了剧院默然无声的包厢走廊里。现在做什么？我在我的口袋里抓取小人儿，但是这一个冲动也还是消散了。我周围又是永无止境的门、标牌文字和魔镜的世界。我意志松散地读下一个标牌，读得浑身战栗。上面写的是：

如何以爱杀人

我脑中骤然亮起一幅记忆画面，亮了一秒钟的时间：赫尔敏坐在一家餐馆的桌前，突然不再喝酒吃饭，陷入了深渊般的对话中，眼神里是可怕的严肃。她对我说，她让我爱上她，只是为了死在我手上。一股恐惧和黑暗的沉沉波澜席卷了我的心，一时间一切又都在我眼前，我一时间又在内心深处体会到了苦难和命运。我绝望地将手伸进我口袋里，想拿出那些化身，启动一点点魔法，重新设置我棋局的秩序。那里找不着任何化身小人了。我从口袋里掏出的不是化身而是一把刀。我吓得要死，沿着走廊跑起来，跑过那些门，忽然就站到了那面巨大的镜子前，往里看去。镜子里站着和我一般高的一头庞大而美丽的狼。它静静伫立，不安的眼里羞怯地闪着亮光。它如火焰跳动般朝我眨了眨眼，笑了笑，上下颌便分开了片刻，看得到红色的舌。

帕布罗在哪儿？赫尔敏在哪儿？对人格建造闲扯了不少漂亮话的那个聪明家伙在哪儿？

我又一次往镜子里看。我疯掉了。没有狼站在高玻璃后面，嘴里舌头打着转了。镜子里站着的是我，是哈里，面容黯淡，被所有游戏遗弃，因所有恶心而倦乏，苍白得可怕，但终归是个人，是某个可以与之谈话的人。

“哈里，”我说，“你在那儿做什么？”

“没做什么。”镜中人说，“我只是在等。我等着死亡。”

“那死亡在哪儿呢？”我问。

"它来了。"另一人说。我听到剧院里空荡荡的房间传来了音乐声，是一种美丽又可怕的音乐，是《唐璜》[1]里伴着石头客人上场时的音乐。冰冷的声响在幽灵般的房子中间悚然回荡，它来自彼岸世界，来自不朽者。

"莫扎特！"我这么一想，便将我内心生活里最钟爱、最崇高的图像呼唤了出来。

这时，在我身后响起了一阵笑声，明亮又冰冷的笑声，诞生于人类不曾听闻过的彼岸世界，那受过苦难者和诸神之幽默的世界。我转过身来，受着这笑声的冰冻和赐福。此时莫扎特走了过来，他大笑着走过我身边，悠闲地朝一扇包厢小门走去，把门打开，走了进去。我急忙跟着他，我年轻时代的神，我一生钟情和敬佩的目标。音乐还在响。莫扎特站在包厢护栏前，剧院里什么都看不到，无边无界的空间里满是幽暗。

"您瞧，"莫扎特说，"不用萨克斯管也行。虽然我肯定不想和那绝妙的乐器走得太近。"

"我们在哪儿？"我问。

"我们在唐璜的最后一场，列普雷罗[2]已经跪在地上了。

1.《唐璜》，莫扎特写于1787年的一部二幕歌剧，被人称为毫无瑕疵的完美之作，取材于欧洲四处留情的花花公子唐璜的故事。石头人上场是其中一个重要情节，出现在第二幕最后一场。

2. 列普雷罗，唐璜的仆人。在最后一场中出门遇见了石头人，吓得跪倒在地。

一个出色的场景，音乐也能听一听，还不赖。虽然这音乐自己有非常人性的东西，但还是能从中感受到彼岸世界，那欢笑，不是吗？”

“这是人们写过的最后一段堪称伟大的音乐了。”我像个中学教师那般郑重地说，“当然，后面还有舒伯特，还有胡戈·沃尔夫[1]，那位可怜的了不起的肖邦，我也不可以忘记。您皱起了眉头，大师——哦，是啊，还有贝多芬，他也很棒。但是这一切，不论有多美，都是碎片，都是在消解自身。自《唐璜》之后就再没有人作出过这么浑然一体的完美作品了。”

“您别这么费劲了”，莫扎特笑着说，语调里有可怕的嘲讽，“您自己大概也是音乐家？好吧，我早放弃了这一行，退休了。只是为了找找乐子，我才偶尔来看看这行当的状况。”

他举起手来，像是在指挥，一轮月亮或者另一苍白的星球在不知何处升起，我越过护栏，看那无可量度的空间深处，那里云雾弥漫，隐约显出山峦和海滩，在我们脚下延展开一片沙漠般的平原，辽阔无边。在平原上我们看到一位仪容庄重、留有长胡须的老先生，他一脸愁苦的表情，带领着由好几万身着黑衣的男人组成的一列壮观的队伍。这景象看上去沉郁而无希望。莫扎特说：

1. 胡戈·沃尔夫（1860—1903），奥地利著名作曲家，晚期浪漫主义代表。

“您瞧，这是勃拉姆斯[1]。他追求着解救，但是还要些时间才能达到。”

我得知，这上千个黑色的人都是乐手，演奏了乐谱上由神判作多余的声调和音符。

“配乐做得太累赘了，浪费了太多素材。”莫扎特点着头说。

我们很快又看到一列同样壮观的队伍，领头的是理查德·瓦格纳。我们感到这沉重的上千人由他拖动迁移。我们看到他也是一身疲惫，以忍耐者的步伐往前挪动。

“在我的青年时代，”我悲伤地评论说，“这两个音乐家被看作是两极，再想不出比他们更大的反差了。”

莫扎特大笑。

“是的。向来如此。隔远了一些看，这样的反差总会变得彼此相似。另外，臃肿的配乐既不是瓦格纳也不是勃拉姆斯个人的差错，那是他们时代的一个谬误。”

“怎么会？为了这个谬误，他们就必须受如此重的惩罚？”我控诉地叫唤起来。

“理所当然。这正是惩罚机制之道。当他们赎尽他们时代的罪责时，才看得到，他们是不是还有个人的债务要偿，值

1. 勃拉姆斯（1833—1897），德国作曲家和指挥，十九世纪下半叶最重要的音乐家之一，被视为贝多芬的继承人。

不值得再来一次清算。”

“可这完全不是他们两人的错。”

“当然不是。亚当食了禁果，也不是他们的错，而他们还是得为此赎罪。”

“但是这多可怕。”

“当然了，生活总是可怕的。我们没有做错什么，却还是负有责任。人一旦出生，便有了罪责在身。如果您不知道这一点的话，那您上过的宗教课一定有点问题。”

我陷入了痛苦。我看到了自己，一个疲乏不堪的朝拜者，在彼方的沙漠中踽踽前行，背负着我写过的许多可有可无的书，所有那些论文，所有那些文艺副刊，跟随我的队伍的是制作这些书刊的排字工人，是不得不囫囵吞下这一切的读者。我的上帝！除此之外还有亚当和禁果，那所有的原罪。这一切罪都要去赎，是无穷无尽的地狱之火。在这之后才会出现这个问题：在这一切背后是否还有些许个性、些许永恒之物在，或者我这所有作为及其后果不过是沧海之上空虚的飞沫，不过是世事之流中毫无意义的游戏！

莫扎特看到我拉长了的脸便纵声大笑起来。他直笑得在空中翻了个筋斗，用双腿敲出了声响。他一边又对我喊道：“嘿，我的小伙儿，你自己的舌头会咬你，肺会掐痛你吗？你在想你的读者，那些大嘴吃货，那可怜的酒桶饭袋，想你那些排字儿的，那些走邪门儿的，那些可恶的煽风儿的，那些耍刀儿的？真好笑，你这小龙妖，真让人笑到哇哇叫，让人快要受不了，让人裤裆里忍不住尿。哦，你心儿真虔诚，你油墨黑一身，你愁苦压灵魂，我要为你捐蜡烛一根，只是开个玩笑缓个神。打打响指咂咂嘴，闹闹排场搞搞鬼，摇摇尾巴追，不把心思费。上帝有令，魔鬼执行，把你带走，好好揍一揍，让你写书，让你赚钱，哪样不都是个偷！”

这番话对我来说冲击太强了，怒火让我没有时间再滞留于哀伤。我一把抓住了莫扎特的辫子。他飞了起来，辫子变得越来越长，就像是彗星之尾，我挂在它的末端，在整个世界中旋转起来。见鬼，这世界里真冷！不朽者能受得住稀薄到可怕的冰寒空气。而这冰冷的空气让人心满意足，我在失去知觉前那短短一瞬中感受到了这一点。一种如钢一般光亮又如冰一般冷的苦涩快意浸透了我，这是一种想如莫扎特那般明朗、狂野而脱俗地欢笑的欲望。但是这时，呼吸和意识都戛然而止。

我一脑子茫然，浑身散了架一般地醒来，走廊里的白色灯光映照在了光洁的地面。我不在不朽者身边，我还没有抵达那里。我还是身处这一边，面对谜团、痛苦、荒原狼和折磨人的错综牵连。这不是个好地方，得不到聊可承受的停留。必须对此做个了结了。

在巨大的墙前镜中，哈里与我相对而立。他看上去状态不佳。他这副模样，和拜访过教授又在黑鹰酒吧跳了舞的那一夜相比差不了多少。但那已经是许久之前的事儿了，已过去多年，或者多个世纪。哈里变老了。他学会了跳舞，去过了魔法剧院，听过了莫扎特的笑声，他不再害怕跳舞，女人和剃刀了。即便如他这般才华平平，可在奔跑了几百年后，他也变成熟了。我久久地看着镜中的哈里：我还算相当熟悉他，他还是有一丁点儿像十五岁的哈里，在三月的一个星期日，在山石之间遇见罗莎，在她面前脱帽致敬的那个哈里。可自那之后，他已经老了几百岁，做过音乐，弄过哲学，尝够了两者的滋味，在“钢盔”酒吧喝过阿尔萨斯酒，和老实的学者就奎师那神争辩过，爱过艾丽卡和玛丽亚，做过赫尔敏的男友，射击过汽车，和皮肤光滑的中国女子睡过，见过了歌德和莫扎特，在他始终深陷其中的时间和表象现实之网上拉开过不同的破洞。他纵然弄丢了他那些漂亮的棋子化身，可他口袋里却有了一把很不赖的刀。前进，老哈里，又老又累的伙计！

真见鬼了，这生活竟有如此的苦味！我朝镜中的哈里吐唾液，我用脚踢踏，把他踩成碎片。我缓缓地走在响着回音的走道上，我仔细察看承诺过那么多美好事物的小门，它们却无一还挂着那些标牌。我缓缓走过了魔法剧院的所有一百扇小门。我今天难道不是刚参加过一个化装舞会吗？自那以后已经过了上百年。很快就再不会有年岁之分了。还有点事儿得做。赫尔敏还在等我。那将是一场特殊的婚礼。随着一股沉暗的浪潮，我向那个方向游去。我受着沉郁的牵引，是奴隶，是荒原狼。呸，见鬼！

我在最后一扇门前停住了。那暗流引我至此。哦，罗莎！哦，遥远的青春！哦，歌德和莫扎特！

我拉开了门。我在门后所看到的，是简单又美丽的一幅画。在地毯上，我发现两个裸体的人卧着，是美丽的赫尔敏和美丽的帕布罗，他们肩并肩，睡得正沉，在情爱欢戏中已耗尽了体力。那游戏看似让人永不知足却又很快使人品尝至饱。美丽又美丽的人呵，精致的形象，曼妙的身体。在赫尔敏左边乳下是一颗新鲜的圆斑，颜色暗沉，是帕布罗那闪亮的美丽牙齿留下的爱之痕。从圆斑所在之处，我插入了我的刀，让刀锋整个没入其中。血在赫尔敏白色的柔嫩皮肤上四处流溢。这血我本会一一吻去，如果当时是另一番事态，有另一番变故。现在我不会那么做了。我只是注视那血流出，注视她睁开了一小会眼睛，满含着痛苦，深深地诧异。“她为什么诧异？”我想。然后我想到，我得为她合上眼睛。但是她的眼已经自己合上了。此事已成。她只是稍稍将身子转到一侧，我看到从腋下至胸前有一个细致而柔和的影子游走，它想让我记起什么。忘记了！然后她便静卧无声了。

我看了她许久。最终我像是苏醒般浑身一颤，想要离去了。这时我看到帕布罗的身子在动，看到他睁开了眼，舒展手脚，看到他俯在那美丽的死者身上，微笑了。这家伙永不会严肃起来，我想，一切都只会引出他的微笑。帕布罗慎重地揭起地毯一角，将赫尔敏盖至胸部，这样伤口就看不到了。随后他悄无声息地离开了包厢。他去哪里？所有人都离我而去了？我留在原地，独自伴着这我爱过、嫉妒过、遮盖住了一半的死人。她苍白的额上垂下男孩般的鬈发，嘴唇在全白的脸上鲜红地亮着，微微张开。她的皮肤散发温柔的香味，让精致小巧的耳朵半闪着微光。

现在她的愿望实现了。在她完全属于我之前，我杀死了我的恋人。我做了无可设想之事，现在则跪在地上，双目瞪视，不知道这一行为意味着什么，甚而不知道它是好是坏，是对是错。那聪明的棋手，抑或帕布罗对此会说什么？我什么都不知道，我没法思考。逐渐失去生机的脸上那描画过的嘴越来越红。我的整个人生也是如此，我那一点点幸福与爱就如这僵了的嘴一般：一点鲜红，画在一张死尸的脸上。

从死了的脸上，从死了的白色双肩上，从死了的白色手臂上，悄然而迟缓地散发出一种怵然，一种冬季特有的萧索与孤独，一种慢之又慢地滋长着的寒意。我的双手和嘴唇在这寒冷中开始变僵硬。我熄灭了太阳吗？我杀死了一切生命的心吗？是世界空间的死亡之寒闯了进来吗？

我颤抖着凝视已化作石块的额头、僵了的鬈发、耳郭那苍白冰凉的微光。从它们向外涌出的寒气是致死的，却又是美的：它锵锵作响，它摇曳曼妙，它是音乐！

我不是在久远的年代也曾感受过一次这样幸福的战栗吗？我不是曾经听到过这种音乐吗？是了，是在莫扎特，那位不朽者那儿。

我脑中冒出了我早些时候不知在哪儿找到过的诗句：

而我们则已找到自身，
在以太星光环绕的冰极，
不识昼夜，更无论时与分，
非男亦非女，不是少年也不会老去……
冷然不变是我们的永恒之在，
冷然是我们的永恒笑声，如星朗朗……

这时，包厢门打开了。走进来的那位，我第二眼才辨认出是莫扎特。他没有了辫子，不再穿及膝短裤和搭扣鞋，衣着挺时新。他紧挨着我坐下，我差一点要碰碰他，让他别那么做，免得受到从赫尔敏胸口流到地上的血的沾污。他坐下来，聚精会神地摆弄一些四下里放着的小器械和工具。他将这看得很重要，在物件上各处推一推，拧一拧。我惊羡地看着他灵巧快捷的手指，我曾经那么乐意看到它们演奏钢琴。我满怀心思地注视着他，或者其实不是在思考什么，而是沉入了梦幻，看着他那美丽聪明的双手而不禁忘我，因他近在咫尺这感觉而温暖又稍有怯惧。他在那儿到底在做什么，他拧来拧去捣鼓着什么，我一点儿都没留心。

而他在这儿组装起来，想好好儿用的是一台收音机。现在他调响了喇叭，有声音说道："慕尼黑，现在广播亨德尔的《F 大调大协奏曲》。"

果然，这魔鬼般的漏斗状铁片让我感到了难以言明的惊讶和震骇，它吐出了支气管黏液和嚼碎了的橡胶的混合物，而留声机拥有者和收听广播节目者则异口同声地称其为音乐。在这浑浊的吐痰声和刮擦声背后，就像在厚厚一层污物下可看出一幅动人的古画那样，还真可辨认出那神一般奇妙的音乐的结构：帝王气质的构造，冷然开阔的呼吸，饱满宽厚的弦乐之声。

"我的上帝！"我惊恐地叫唤道，"您在做什么，莫扎特？您对自己和我做出这些丑恶的事儿，可是认真的？您让这可恶的机器朝我们进攻，显示我们时代的胜利，我们时代在毁灭艺术的战争中最后一个制胜法宝？非得这样不可吗，莫扎特？"

噢，这令人不寒而栗的男人在那儿笑成了什么样，笑得多么冰冷而聪慧，无声却又以此摧毁了一切！他怀着热切的兴致注视我的痛苦，旋转着该死的旋钮，挪动着那铁漏斗。他大笑着继续让那变了形、丢了魂、中了毒的音乐渗入这空间中，他大笑着回答我：

“请别这么矫情，邻居先生！另外，您注意到了这儿的渐慢段了吗？一次突发奇想，嗯？好了，您这不耐烦的人，现在先仔细听这一段渐慢间奏包含的思绪——您听到男低音了吗？他们的步伐就像诸神一样——让老亨德尔这一灵感渗入您不安静的心，让它安静下来！您再听，您这小矮个，不要妄发情感，不要嘲讽，穿过这个可笑的机器确实愚蠢到让人绝望的面纱，去瞭望这神一般的音乐的遥远形态！您留神听，这中间能学到点东西。您注意，这疯狂的发声管看似在做这世界上最愚蠢、最无用也最被禁止的事儿，将不知在哪儿演奏的音乐毫无选择地、愚蠢又粗糙地、还可悲地加以扭曲地扔到了一个陌生的与它不相称的空间里——可它不能摧毁这音乐的原始精魂，反而只是由这音乐证实了它自己无所适从的技术和毫无灵气的躁动！您好好儿听，小矮个，您正需要它！好了，竖起耳朵！

“行，现在您不光是在听被收音机强暴了的亨德尔，他即使在这最可憎的现身形式中也还是如神一般。您听到和看到的，最尊贵的先生，同时也是一切生命的杰出比喻。当您聆听收音机时，您也看到和听到了理念和显像、永恒和时间、神性和人性之间的原始战斗。这收音机，我亲爱的朋友，将这世界上最美好的音乐毫无选择地抛到了最不可能的空间里，在市民的沙龙和阁楼里，在聒噪、咽食、打哈欠、睡觉的听众中间，让它响个十分钟，这也就剥夺了、败坏了、刮伤弄黏了音乐的感性之美，但却不能完全扼杀它的精神——而生活，所谓的现实也正是这样把世界的美好图像游戏四下乱扔，让一场关于中型工业企业掩饰收支状况的技巧的报告接在亨德尔之后，让魔术般神奇的乐队演奏变成了一团令人倒胃口的声音糨糊，把报告中的技术、它的躁动、它的杂多急需和虚荣四处塞入理念和现实，乐队和倾听之耳中间。

“整个生活都是如此，我的小伙伴，我们必须任其如此。如果我们不是驴子，我们就对之报以大笑。您这样的人完全不该对收音机或者生活大加批判。您还不如先学会聆听！学学认真对待值得认真对待之事，对其他的一笑了之！还是说您自己让那些事儿变得更好、更高贵、更聪明、更有品位了？哦，不，哈里先生，您没有。您让您的生活变成了一个可恶的疾病史，让您的才华变成了不幸。而且，就我看到的，您对这里一位这么漂亮动人的年轻女孩儿不知道做些什么好，只会一把刀捅进她的身子里，把她毁掉了！您觉得这对吗？”

“对不对？哦，不！”我绝望地叫道，“我的上帝，一切都错成这样，一切都这么愚蠢糟糕透顶！我是个畜生，莫扎特，是个又笨又坏的畜生，患了病，腐坏了，这您说得万分在理——可是说到这女孩：是她自己想要这样，我只是满足了她自己的愿望。”

莫扎特不出声地笑了，却做了件大好事儿，把收音机关上了。

我刚刚还那么忠诚地相信我这番辩护，不经意间却又感到这辩护实在愚笨。当时，在赫尔敏——我突然记起——谈到时间和永恒时，我便立刻想将她的思想看作我自己思想的投影。但是让我杀死自己这个想法是赫尔敏最独有的念头和愿望，丝毫没有受我的影响，这一点我却自然而然地接受了。但是我当时为什么不光是接受和相信了这么可怕而殊异的想法，而且还事先猜到了它？也许是因为，它仍然是我自己的想法？为什么我偏偏要在看到她裸身躺在另一人怀中的那一刻杀死了她？莫扎特全然洞明又满怀讽意地发出无声的笑。

"哈里，"他说，"您是只逗人乐的鸟儿。难道这位美丽的女孩儿希望做的没有别的，就是这捅去的一刀？您糊弄另一个人去吧！嘿，至少您老老实实地捅下去了。这可怜的孩子乖乖儿地死掉了。也许是时候让您清楚您对这位女士肋下插刀的后果了。还是说，您想逃避这个后果？"

"不！"我喊道，"您难道根本没听明白吗？我逃避后果？我所追求的不是别的，就是赎罪、赎罪、赎罪，把头搁在斧子下，听任自己受惩罚，遭毁灭。"

莫扎特看着我，眼神中是让人难以忍受的嘲讽。

"您还是这么矫情！但是您会学到幽默的，哈里。幽默总是绞刑架式幽默，有必要的话，您正要在绞刑架下学会它。您准备好了吗？是吗？好，那您就去检察官那儿，将法律人员那整套毫无幽默的机制走一遭，直到完成清晨时分在监狱里的冰冷斩首。您真的准备好了吗？”

我面前突然闪现出一块标牌：

处决哈里

我点头表示同意。带有铁栏窗的四面墙围出了一个光秃秃的院子，一台架设得挺利索的断头台，十来个身披长袍和礼服的先生。我站在最中间，在灰茫的晨风中瑟瑟发抖。一颗心因为凄惨的畏惧而缩作一团，但又从容并自愿赴死。一听到命令我便走上前。再听到命令我跪了下来。检察官脱下了自己的帽子，清了清嗓子，所有其他先生也都清了清嗓子。他将一页煞有其事的纸展开来，举到自己面前，诵读道：

“我的先生们。在你们面前站着的是哈里·哈勒，受到肆意滥用我们魔法剧院的指控并被确认有罪。哈勒不仅混淆了我们美丽的图像陈列厅和所谓现实，用一把镜子照出的刀杀死了一个镜子照出的女孩，从而侮辱了艺术；他还显示了要以毫无幽默感的方式将我们的剧院用作自杀机械的意图。我们据此判哈勒永生之刑，并禁止他在十二个小时的时间内进入我们剧院。被告也不可免除一次性被嘲笑的惩罚。我的先生们，请你们发声：一——二——三！”

在数到三时，所有在场的人用无可挑剔的投入姿态发出了一阵笑声，高度合一的合唱式笑声，对人类来说难以承受的可怕的彼岸笑声。

当我重新醒来，莫扎特像之前那样坐在我身旁，拍着我的肩膀说："您听到对您的判决了。您将来必须习惯它，继续聆听生活的收音机音乐。对您会有好处的。您的天分之弱超出平常，亲爱的笨伙计，但是您还是会渐渐明白，要求您做的是什么。您要学会笑，这是要求之一。您要领会生活的幽默，这个生活的绞刑架幽默。您当然对世间一切都做好了准备，但偏偏不愿做要求您做的！您愿意捅杀女孩子，您愿意受庄重的处决，您肯定也愿意受一百年之久的禁欲和鞭笞，不是吗？"

"噢，是的，衷心愿意。"我在困境中呼喊道。

"当然了！每一个愚蠢而毫无幽默感的活动都可以让您上阵，您这慷慨的先生，您愿意做一切矫情又无趣的事儿！好了，我可不会让自己屈就。我不会为了您这浪漫的赎罪赏您一分钱。您想被处决，您想让人砍掉您的头，您这愣头小子！为了这笨拙的理想，您还得再干十次谋杀。您想死，您这懦夫，但是不想活。见鬼，但您正该活！您要得到最重的惩罚，才算合适。"

"哦，那是什么样的一种惩罚？"

"比如说，我们可以让那女孩儿复活，让您与她结为夫妻。"

"不，我没准备好那么做。那会是一个不幸。"

"就好像您造成的不幸还不够多似的！但是矫情和谋杀

现在该结束了。您总该理智起来！您应该活下去，您应该学会笑。您应该学会听生活那该死的收音机音乐，应该尊重那音乐背后的精神，应该学会嘲笑那音乐里的杂乱破烂。行了，多的就不要求您做了。”

透过咬紧的牙关，我轻声问道：“如果我拒绝呢？如果我认为您，莫扎特先生没有权利指使荒原狼，干涉他的命运呢？”

“那样的话，”莫扎特镇定平和地说，“我就建议你，再抽一支我这上好的香烟。”他说这话时，已经从背心口袋里变出了一支香烟，要递给我。他突然不再是莫扎特，而是用一双有异国风情的深色眼睛现出温暖的眼神。这是我的朋友帕布罗，他和教我用化身小人下棋的那个男人就像是孪生子一样。

“帕布罗！”我身子一振，叫了起来，“帕布罗，我们在哪儿？”

帕布罗给了我香烟，点上了火。

“我们，”他微笑着说，“正在我的魔法剧院里。如果你想学探戈或者变成将军，或者和亚历山大大帝谈话，那么这一切都近在你手边。但是我得说，哈里，你让我有点儿失望。你整个忘了你自己，你打破了我这小剧院里的幽默，做了件可鄙的事儿。你用刀子刺杀，用现实的污点弄脏了我们这漂亮的图像世界。这你做得可不地道。希望你在看到赫尔敏和我躺在那儿的时候，至少是出于嫉妒才做的傻事。可惜你还不懂怎么把玩这角色。——我原以为，你会把这游戏玩得更好。现在，还有机会改正。”

他拿起了在他手指中迅速缩小为棋子小人儿的赫尔敏，将她插入背心口袋里，那是他之前掏烟出来的地方。

这甜而刺激的烟有怡人的香气，我觉得自己被掏空了，准备睡上整整一年。

哦，我明白了一切，理解了帕布罗，懂得了莫扎特。我在身后不知何处听到了莫扎特可怕的笑声。我知道我口袋中有用于生活游戏的足足十万个棋子，我于震动中感受到了意义，一心只想再玩一次这游戏，再品尝一次它对人的磨难，再为它的无意义而战栗，再次——也许还将多次——穿行我内心的整个地狱。

有朝一日，我会将这宛如棋局的游戏玩得更好。有朝一日，我将学会笑。帕布罗在等我。莫扎特在等我。

赫尔曼·黑塞年表

1877 年　诞生

7 月 2 日，黑塞出身于德国南部符腾堡卡尔夫市的一个新教家庭，外祖父和父母都曾在印度传教。

关于卡尔夫市的记忆是日后黑塞艺术创作的重要源泉，黑塞将卡尔夫称作自己“永恒的母亲”，美丽的故乡也让黑塞一生都钟情于自然景色与田园风光。

1881—1886 年　4—9 岁

因父亲工作调动，迁居瑞士巴塞尔市。

巴塞尔的自然与城市风光以及博物馆，都给黑塞留下了十分美好的印象。成年后，黑塞多次撰写文章和小说怀念在此度过的童年时光。

黑塞肖像画 1905

Ernst Würtenberger 绘制

1886—1890 年　9—13 岁

随家人迁回卡尔夫市，就读于卡尔夫市拉丁学校。生性敏感、喜爱幻想的黑塞难以适应学校里压制个性的教育方式。

黑塞的画作

1890—1891 年　13—14 岁

在格平根上拉丁学校，黑塞描述学校有“一种令人窒息的感化院气氛”。他也不喜欢工业城市格平根，认为自己在这里“犹如俘虏”。

德国卡尔夫市　黑塞的故乡，“永恒的母亲”

1891—1892 年　14—15 岁

在斯图加特遵从父命通过了神学院的选拔考试，并且获得奖学金，进入专门培养神学家的毛尔布隆修道院新教学校。

在修道院，黑塞收获了许多友谊与快乐，但是他的愿望及个性遭到教师的无情压制，仅仅生活了七个月就逃了出来。他被家人送到位于巴登博尔的疗养院，在疗养院企图用左轮手枪自杀，没有成功。

1892—1895 年　15—18 岁

进入坎施塔特文科中学学习，在寄宿的小阁楼中经常读书到深夜，却不爱做正规的课堂作业，后中断学业。

在书店当过学徒工，在钟表工厂当过机械学徒，都未能持久。

1895—1899 年　18—22 岁

在图宾根的赫肯豪尔书店当学徒工与助手。黑塞很喜欢这座古老的城市，对工作和人生也变得更加认真。虽然工作繁忙，他还是利用业余时间大量阅读全世界的文学作品，顽强地钻研艺术史、语言和哲学。他称这段时间是“玫瑰色的日子”。

黑塞的画作

1899 年　22 岁

自费出版第一部诗集《浪漫之歌》，两年时间仅售出 54 册；出版第一部散文体作品集《午夜后一小时》，仅售出 53 册。

75 岁时，他在给友人的信中评价《午夜后一小时》说，他在这本书中展示了内心世界，但是内容过于注重个人感受，因此无人理解。

《午夜后一小时》
1899 年首版封面

1899—1903 年　22—26 岁

在巴塞尔的莱希书店当助手。由于父母的关系，黑塞出入巴塞尔的上流社会社交圈，和历史学家及艺术家们往来密切，接受历史及艺术教育。

在艺术家社交圈中，他结识了未来的妻子玛丽娅·贝诺利，一位颇有才华的演奏家。玛丽娅比黑塞年长九岁，但是二人相处得非常合拍。

1901 年　24 岁

第一次赴意大利旅行，追寻喜爱的历史学家雅各布·布克哈德的足迹，访问了米兰、佛罗伦萨、威尼斯等十多处地方，在城市里漫步闲逛，参观文艺复兴时期的建筑物和艺术作品。

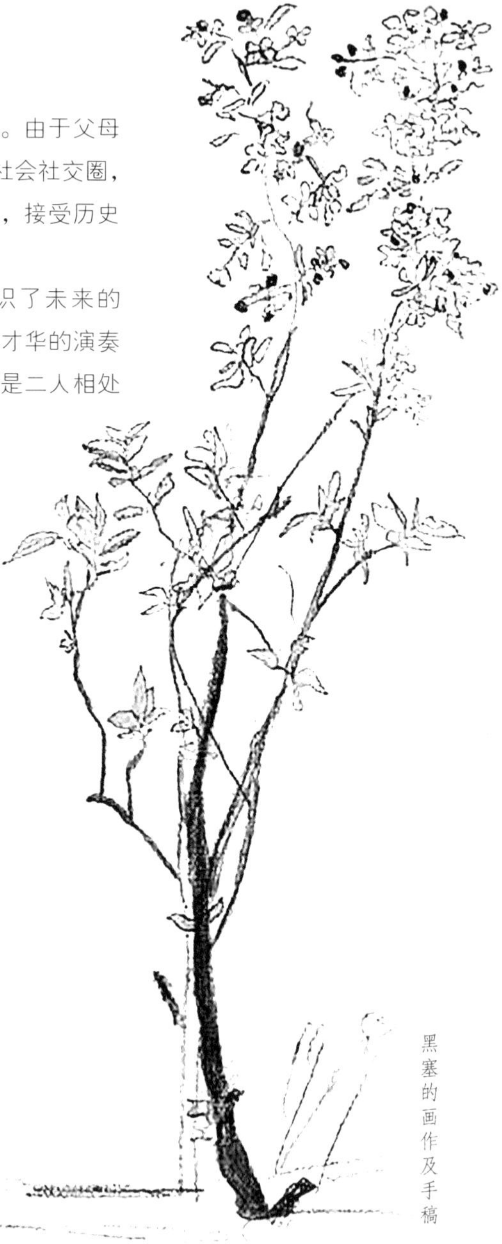

黑塞的画作及手稿

1904年　27岁

小说《彼得·卡门青》出版，同年便加印五次，黑塞一举成名，并且获得小说带来的巨大经济收益。成为自由作家，为多家杂志撰稿。

8月与玛丽娅·贝诺利结婚，定居在博登湖畔的盖恩霍芬村。

《彼得·卡门青》
1904年首版封面

1906年　29岁

小说《在轮下》出版，书中反传统反权威的观念遭到大量抨击，却让该书更加出名。

来到真理山疗养院。由于成名的困扰以及家庭的责任，向往流浪生活的黑塞背负巨大的压力，处于与自己斗争的精神分裂状态。

《在轮下》
1906年首版封面

黑塞的画作

1910年　33岁

小说《盖特露德》出版。

1911年　34岁

与画家朋友汉斯·施图岑艾格尔一起赴南亚旅行，先后到达斯里兰卡、马来西亚、新加坡和苏门答腊。

这次旅行给黑塞留下深刻印象的不是印度人而是中国人，成为他“由印度转向中国”的转折点。

1912年　35岁

因黑塞的夫人玛丽娅思念家乡，移居瑞士伯尔尼东部的一个小村庄，房屋外面有果园、树林和山丘。

黑塞经常去伯尔尼参加音乐会和展览等各种活动，时隔多年，他终于回归城市生活。

1913年　36岁

《印度游记》出版。

1914年　37岁

小说《罗斯哈尔德》出版。

第一次世界大战爆发，黑塞自愿报名参战，但体检不合格，后分配到“德国战俘图书中心”，为战俘挑选阅读书籍。之后逐渐开始反对战争，11月在《新苏黎世报》上发表文章呼吁德国文人警惕民族狂热情绪，引发多家媒体对他的猛烈攻击。

罗曼·罗兰读了黑塞的反战文章后，因为认同他的想法，开始与他通信。两位身处战争对立国的文豪后来成为终生好友。

《罗斯哈尔德》
1914年首版封面

1916年　39岁

父亲去世，妻子患精神分裂症，自己精神崩溃。第一次接受荣格的同事郎克医生的心理治疗。

痊愈后，黑塞深入钻研弗洛伊德和荣格的学说，与郎克医生成为终生好友，在他的鼓励下，写下了许多有影响力的童话故事。

《德米安》1919 年首版封面

1919 年　42 岁

与妻子分居，移居瑞士提契诺州，最终定居在山村蒙塔诺拉。

因为言论触怒柏林政府，被勒令停止发表作品。黑塞开始以笔名埃米尔·辛克莱发表文章，以及于战争时期写就的小说《德米安》。该书两年内再版十六次，读者们争相探问作者的身份。

《克林索尔的最后一个夏天》
1920 年首版封面

1920 年　43 岁

短篇小说集《克林索尔的最后一个夏天》出版。

1922 年　45 岁

《悉达多》
1922 年首版封面

小说《悉达多》出版。该书第一部分在 1920 年即完成，之后黑塞再度深入研究印度和中国思想，花费近三年才完成第二部分。该书出版之初并没有很受欢迎，但是后来逐渐引起世界范围内的轰动。

1923年　46岁

与玛丽娅·贝诺利离婚。多年的家庭生活给黑塞带来深远的痛苦，他对玛丽娅也早已不复爱慕。

获得瑞士国籍，同时放弃德国国籍。

黑塞的画作

1924年　47岁

1月与歌唱家露特·温格尔结婚，步入第二段婚姻。

黑塞比妻子露特年长二十多岁，起初他对“充满神秘感，美丽又自由”的露特满怀激情与爱慕，但是很快，年龄的差距以及阶级、生活与思考方式的不同让两人的关系开始破裂。

1927年　50岁

《纽伦堡游记》和小说《荒原狼》出版。

妻子露特以黑塞“精神不正常”为由与其离婚。在此之前，黑塞情感上的痛苦使他度过了一段艰难又放荡的时期，经常饮酒，参加舞会，勉强让生活继续。这段经历促成了《荒原狼》的诞生。

友人胡果·巴尔出版了黑塞的传记，庆祝他的50岁生日。

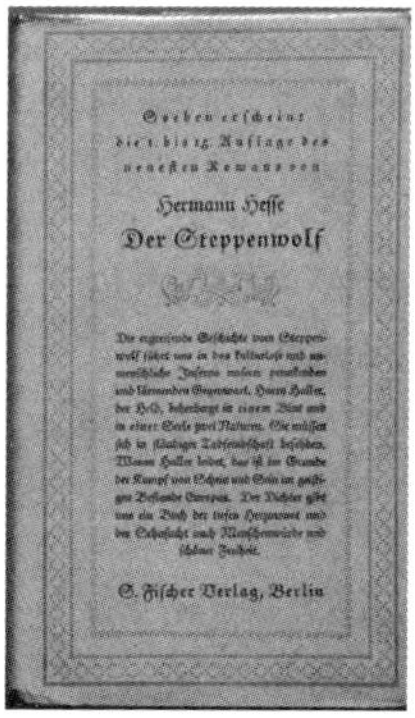

《荒原狼》
1927年首版封面

1930年　53岁

小说《纳尔齐斯和歌尔德蒙》出版。

1931年　54岁

11月，与艺术史家尼侬·多尔宾结婚。尼侬和黑塞是多年的好友，也是他一直以来创作上的支持者。婚后，尼侬依旧给予他生活与精神上极大的支持，伴他终老。

1932年　55岁

小说《东方朝圣之旅》出版。

1936年　59岁

黑塞的书在纳粹德国被列为“不受欢迎”之列，作品不得再版。此状况一直持续到第二次世界大战结束。

紧张的政治局势、文章引起的口水战以及生活上的入不敷出，都让黑塞倍感疲惫，他将1935年至1936年称为自己人生中最困难的时期。

1939年　62岁

9月第二次世界大战爆发。

《玻璃球游戏》
1943年首版封面

1943年　66岁

小说《玻璃球游戏》在瑞士出版。该书从开始写作到出版，间隔了十几年，原因之一是这期间黑塞一直在帮助战时的移民。

1945年　68岁

9月，第二次世界大战结束。黑塞得知后，通过广播向瑞士听众传达这一消息，并且念了一首作于当年的诗，《遇见和平，借芭乐电台庆祝停战》。诗的最后两句为："要去希望！期待！爱！世界再一次属于你们。"

1946年　69岁

黑塞的作品在德国可以重新出版。黑塞获法兰克福市的歌德奖，获诺贝尔文学奖，他的作品及人道主义精神受到表彰。

黑塞的诺贝尔奖获奖证书
第一页

1953年　76岁

苏尔坎普出版社为庆祝黑塞的75岁生日出版了六卷本《黑塞文集》。

1955年　78岁

获德国图书和平奖。

黑塞晚年很少离开蒙塔诺拉，极力避免社交，但是前来拜访的仰慕者络绎不绝。

1962年　85岁

8月9日，在蒙塔诺拉于睡梦中去世。

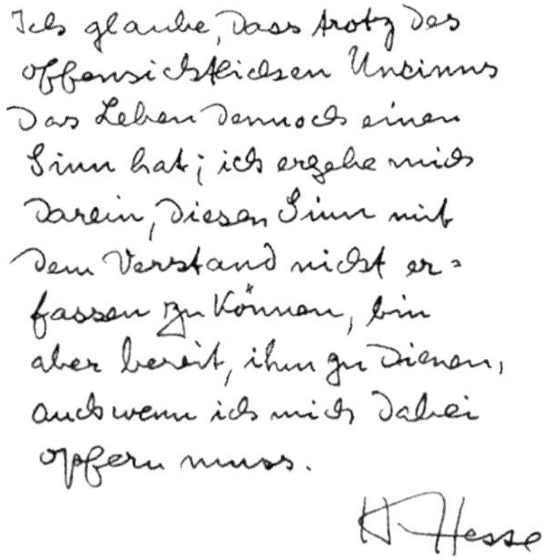

Ich glaube, dass trotz des offensichtlichen Unsinns das Leben dennoch einen Sinn hat; ich ergebe mich darein, diesen Sinn mit dem Verstand nicht erfassen zu können, bin aber bereit, ihm zu dienen, auch wenn ich mich dabei opfern muss.

H. Hesse

黑塞赠予德国图书和平奖秘书的一首诗

译后记

荒原狼，永远在人心深处嚎叫

今天的读者也许很难想象，1877年出生于德国小城卡尔夫，并且于1946年获得诺贝尔文学奖的文学家和诗人赫尔曼·黑塞，曾经是美国二十世纪六七十年代嬉皮士运动的一个重要精神偶像。这位以漂泊、孤独、感伤、自省、退隐为其人生轨迹与文学特征的作家，在大西洋彼岸却被人与激情澎湃、狂放嚎叫，用性解放、迷幻药和摇滚乐冲决着世俗权威堡垒的反文化运动潮流联系在了一起。诗人、乐手以致众多处于叛逆期的青年都为黑塞着迷，都效仿黑塞及其笔下人物去流浪，去寻找西方之外的精神乐土。“整个六十年代的人都背起了背包，几乎所有的嬉皮士都读黑塞！”[1]

---

1. 转引自：夏光武．“黑塞热”在美国［J］. 外国文学评论，2005（3）：88–89.

在这股崇拜黑塞的热潮中，最受人瞩目的便是小说《荒原狼》。黑色幽默作家库尔特·冯内古特就曾评论道，这是“对美国年轻人来说最重要的一本黑塞的书”[1]。音乐人约翰·凯在1967年就将自己的重金属硬摇滚乐队命名为“荒原狼”。“荒原狼”也频频出现在这一时期许多歌的歌名或歌词中。当然，在这一类美国亚文化中被热捧的荒原狼，多少带有一定的跨文化误读，包含了美国读者内心渴求的理想形象的投射。但不容否认的是，小说《荒原狼》的确以其非凡的魅力激起了这种误读和投射，黑塞缔造的人内心深处的“荒原狼”形象也的确代表了一种桀骜不驯、睥睨流俗、追求真我的反抗姿态，尤其能吸引青春荷尔蒙爆发、反叛精神膨胀的一代美国年轻人。

然而，具有讽刺意味的是，《荒原狼》其实恰恰是黑塞与自己的青春及青春主题暂作告别的一部转型之作。

“人狼共存”的精神危机

黑塞在二十世纪初以一部讲述乡村少年追求诗人梦想的成长小说《彼得·卡门青》一鸣惊人，走上文坛。两年后他又写出了以自己在毛尔布隆修道院学校的生活为原型的《在

---

1. 转引自：夏光武．“黑塞热”在美国［J］. 外国文学评论，2005（3）：89.

轮下》。他写于“一战”末期，以埃米尔·辛克莱为笔名发表于“一战”后的《德米安》同样记述了一个少年的成长心路，一度被误认为是一位年轻作家的自传。隐居于瑞士小镇蒙塔诺拉——直至去世为止，他在此度过了四十三年的人生——之后，他又发表了所谓的“印度小说”《悉达多》，描写了婆罗门贵族少年悉达多问道修行的成长经历。青春的迷惘，自我的探寻，成长的领悟，是这一系列作品的共同点，也折射出黑塞前四十年人生里走过的漫漫求索路。然而到了1925年，在他的五十岁生日逐渐逼近之际，他暂时放下了青春、学校和少年的流浪——在《荒原狼》之后，他还将以《纳尔齐斯与歌尔德蒙》和《玻璃球游戏》回归青春成长主题，并再度以校园为主要的叙事空间——而将创作重点移至自己正身处的“中年危机”，以前所未见的大胆想象与形式游戏构造出了这部现代感十足的奇特小说《荒原狼》。

1927年6月，小说正好赶在他五十岁生日之前出版。和他之前小说中的众多年轻主人公一样，《荒原狼》的主人公，年近五十的哈里·哈勒也是黑塞的一个文学化身（黑塞的姓名与哈勒的姓名首字母都是两个H），只不过这一次他代言的是一个面临着衰老、病痛、孤独、抑郁与精神危机的黑塞。刚刚经历过两次失败的婚姻，在“一战”期间和之后因为其和平主义思想和对民族主义的反感而多次遭到误解甚至笔伐，偏居一隅却又无法逃离现实社会——在这种境遇中的黑塞在自己身上发现了一种双重性：他渴望爱情而又无法忍受婚姻；追求独处却又受寂寞之苦；作为艺术家置身于市民生活之外，但又对所谓平庸的生活怀有莫名的乡愁；他有着对纯粹、高贵的精神生活的执着追求，却要面对一个以伪善来掩盖空虚的物质享乐时代。

更重要的是，这种内在的矛盾让他看到所谓的自我，并不完整、统一、单纯，并没有真正可以依赖的单一主体意志，人无时不要面对欲望与规范的冲突、崇高与低俗的妥协。于是作为作家的黑塞发明出了荒原狼这一形象，用人性与狼性的共存来表现盘踞在他自己心中的两股冲动：屈从或反叛一个庸俗的时代，顺应或挑衅一套虚伪的道德观，追随或揭露一种自欺欺人的伪文化。

然而，这不仅仅是黑塞自身作为敏感的艺术家、诗人和文学家在这个时代漩涡里的个人体验。黑塞自己明言，要借《荒原狼》写出“时代灵魂的病症”[1]，或者如小说中所说，“哈勒就属于那陷入两个时代夹缝之中，从一切保障与无辜中跌落出来的人。他们的命运即是将人类生活中一切可疑者强化为个人的痛苦和地狱，并一一经受之”。这里这个时代的夹缝，指向的是笼罩着“西方没落”的阴影的二十世纪上半叶

1. 转引自：Heimo Schwilk. *Hermann Hesse. Das Leben des Glasperlenspielers* [M]. München：Piper，2012：294.

的欧洲。虽然第一次世界大战的烽火硝烟已经远去，但技术高度发达的现代文明的野蛮实质已经暴露无遗。启蒙时代的进步幻梦，美学时代（在德国便是以歌德、席勒和浪漫派为标志的十八、十九世纪之交）的人文理想，革命年代改天换地的高昂激情，都被丑陋、残酷、惨烈的战争现实击得粉碎。

在当时那些心怀旧梦的文人眼中，前代英雄、伟人与天才艺术家留下的是无法填补的精神空白，而庸俗、健忘、麻痹自我的大众社会及其文化却已经甚嚣尘上、遮天蔽日。歌德沦为市民生活的门面装点，莫扎特式的天才渺无可闻。要与之对抗的话，哈勒们却发现自己的内心世界早已千疮百孔。自我的破碎、人格的分裂、主体的虚幻，是尼采与弗洛伊德早就对现代人做出过的诊断。在内心深处，真正能听到的，也就是以反抗姿态出现的荒原狼愤懑而无奈的嚎叫了。

迷离梦幻的涅槃之旅

然而，这本书又不真正是“仅为疯人”所作的绝望之书和幻灭之书。相反，它用刻意为之的新幻梦来预言一种新人性、一种新文化的诞生。与之相应，小说本身也以其叙事结构和超现实写法展示了一种新文学的诞生。正如与黑塞同时代的德国杰出小说家、1929年诺贝尔文学奖获得者托马斯·曼所说：

“这一点还有必要说吗？就实验的大胆而言，《荒原狼》这部小说毫不逊色于《尤利西斯》与《伪币制造者》。”[1]与乔伊斯在《尤利西斯》中采用的意识流和纪德在《伪币制造者》里采用的元小说叙事相似，《荒原狼》也同样打破了传统的单线小说写法，以多重的视角实现了复调式写作，又以魔幻的设置展示了异化变形的心理图景，迷离诡谲而意蕴无尽。

在结构上，黑塞为小说设计了三重文本层次，首先是虚构的出版者前言，以哈勒的房东侄子的外部视角勾勒出了“荒原狼”的另类形象，借此刻画出他与市民生活之间若即若离的矛盾关系，实际也反照出市民社会对这一类人的不解与孤立，也点明了后文中要出现的受难主题。如此一种先抑后扬的侧面写法，或许可以类比于《红楼梦》中嘲讽贾宝玉的西江月词：“行为偏僻性乖张，那管世人诽谤！”随后出现的正文以“哈里·哈勒的笔记”为题，从第一人称视角写出了哈勒在近五十岁时的一段离奇经历。而在这正文中又插入了另一个亚文本，也即《论荒原狼》的小册子，以学术研究的口吻，剖析了所谓荒原狼和自杀人群的人格分裂特征，揭示了其内心世界及发展的可能。黑塞最初就让出版社以真正的夹页形式将这一份小册子放置在文内，达到一种文本拼贴的效果。出版者前言和小册子实际上都是文本设置的有

---

1. 转引自：Volker Michels (Hg.). *Materialien zu Hermann Hesses 'Der Steppenwolf'* [M]. Frankfurt : Suhrkamp, 1972 : 260.

机部分，都参与了对荒原狼形象的多角度建构，又在一定程度上保证了叙事者与叙事对象之间、读者与书中角色之间的间离，让小说文本显出了多面棱镜的映射效果。

讲述故事的正文部分则大致可以分为三个阶段：发现荒原狼，接受荒原狼，与荒原狼共舞而超越荒原狼。其中一个关键人物则是有雌雄同体气质的神秘女子赫尔敏，她这个名字对应着男性化的赫尔曼（黑塞的名字）。她仿佛兼顾了但丁笔下带他游历地狱的维吉尔与贝雅特丽齐，既是哈勒的引导者，也是哈勒的爱慕者。她将哈勒这头荒原狼从自怨自艾的痛苦中解救出来，带他跳舞，送他情人玛丽亚好让他享受情爱，实际上是让他重新接受了作为荒原狼的自己在世界中生存的可能性。最后她又领他走入了化装舞会和魔法剧院。化装舞会的历史原型或许是黑塞自己于1926年2月在苏黎世的博登湖畔酒店里经历过的一次化装舞会。而魔法剧院则完全是作家虚构出的一个奇幻世界，可以解作哈勒与赫尔敏及帕布罗在吸了致幻药品之后见到的幻象。但即使如此，这幻象也映现着他的内心真实。在这里，黑塞借用了他接触过的心理分析学派的梦境异化说，让离奇、夸张、变形、极端化的图像成为深藏心底的欲望与恐惧的镜像。荒原狼的狼性在这里显形，可以将人践踏、征服。荒原狼哈勒对女孩的渴求，对技术文明压迫人的恐惧，既惧怕又期盼杀人与被杀的神秘冲动都一一呈现。爱欲与死亡之间的纠缠，作为黑塞写作的恒久主题，再一次被赋予了惊悚而奇丽的文学形态。

然而，将荒原狼的狼性释放出来，还不是黑塞这部小说要抵达的叙事终点（这也是嬉皮士运动和反文化斗士对《荒原狼》的最大曲解）。让荒原狼能拥抱它所憎恨的现实，能以笑的姿态来超越现实的庸常而瞭望见到超越时空局限的不朽者，才是魔法剧院里棋子游戏的要旨所在。在经历了炼狱之后，平凡才会升华，昔日的灵光才会以新的形式重降人间。或许这也就是为什么黑塞要让莫扎特这一有神圣光辉的音乐奇才在哈勒面前组装一度让荒原狼深恶痛绝的收音机，又让莫扎特显出了爵士乐演奏者帕布罗的面貌。当旧有文化衰落之际，迷恋与挽留都会错失文化涅槃再生的契机。正因为此，荒原狼才有必要一次又一次地重新审视自我，重新体验撕裂与生长，爱欲、死亡与重生，重新穿越虚无而去寻求人生的意义。正如哈勒在小说结尾处的感悟："我知道我口袋中有用于生活游戏的足足十万个棋子，我于震动中感受到了意义，直想再玩一次这游戏，再品尝一次它对人的磨难，再为它的无意义而战栗，再次——也许还将多次——穿行我内心的整个地狱。"

永恒嚎叫的荒野之狼

在《荒原狼》面世之初，德国作家与文学评论家库尔特·品图斯有过如此评价：“这部小说记录了旧人，旧时代的消亡……黑塞孤身一人，怀着敌意与苛刻，对抗着我们这个时代，然而他不是满怀仇恨地控诉，而是作为被撕裂的另类在受苦，听任自己本质的碎片在这时代喧嚣的波涛中飞舞。这是本真正有德意志品质的书，宏大而深邃，揭示了灵魂而刚正坚定。”[1]

可荒原狼的灵魂又何止属于德国。但凡不愿被时代洪流所吞噬、对不朽者的灵光怀着憧憬、对自我的分裂有着清醒体悟的人，谁不会听到内心深处荒原狼的嚎叫？或许，像美国二十世纪六七十年代那样以荒原狼为标志的燃烧青春激情的岁月已经远去，但歌德、莫扎特与黑塞、哈勒、荒原狼还在更远更远的地平线上等着所有为追求真我而勇于反叛的人。

唯愿荒原狼永远在人心中嚎叫！

李双志

2022年8月

---

1. 转引自：Heimo Schwilk. *Hermann Hesse. Das Leben des Glasperlenspielers* [M]. München：Piper，2012：307.

译者｜李双志

1982 年生，复旦大学德语系教授，知名译者。

31 岁获德国柏林自由大学文学博士，34 岁在德国哥廷根大学完成博士后研究项目。现从事现当代德语文学与美学思想研究、教学。

著有《弗洛伊德的躺椅与尼采的天空：德奥世纪末的美学景观》《流离失所者的美学抗争：赫塔·米勒研究》及德语专著一部。

代表性译作《悉达多》《荒原狼》，译笔深邃动人，传神还原黑塞作品的语言特色，入选“作家榜经典名著”，持续畅销广受读者好评。

主要作品

个人专著

2019 年 《流离失所者的美学抗争：赫塔·米勒研究》
2021 年 《弗洛伊德的躺椅与尼采的天空：德奥世纪末的美学景观》

理论（译作）

2005 年 《德国汉学：历史、发展、人物与视角》(合译)
2008 年 《中国文学史　第四卷》(合译)
2010 年 《现代诗歌的结构》
2011 年 《浪漫派的将来之神——新神话学讲稿》
2012 年 《文学的绝对：德国浪漫派文学理论》(合译)
2013 年 《德意志悲苦剧的起源》
2019 年 《实体之夜：弗里德里希·基特勒论文选辑》

诗文与小说（译作）

2010 年 《托着摩卡咖啡杯的苍白男人》
2018 年 《风景中的少年》
2020 年 《比利时的哀愁》
2022 年 《悉达多》(作家榜经典名著)
2024 年 《荒原狼》(作家榜经典名著)

策　划 | 作家榜
出　品 |

出 品 人 | 吴怀尧
总 编 辑 | 周公度
产品经理 | 赵行健　王　乐
封面设计 | 李梦琳
版式设计 | 杨净净
封面插图 | [俄] Marie Muravski
内文插图 | [西] Pau Gasol Valls
产品监制 | 陈　俊
特约印制 | 朱　毓

图书在版编目（CIP）数据

荒原狼 / (德) 赫尔曼 · 黑塞著 ; 李双志译 . -- 北京 : 中信出版社 , 2024.2
（作家榜经典名著）
ISBN 978-7-5217-4846-8

Ⅰ . ①荒… Ⅱ . ①赫… ②李… Ⅲ . ①长篇小说－德国－现代 Ⅳ . ① I516.45

中国版本图书馆 CIP 数据核字 (2022) 第 191608 号

荒原狼
著者： ［德］赫尔曼 · 黑塞
译者： 李双志
出版发行：中信出版集团股份有限公司
（北京市朝阳区东三环北路 27 号嘉铭中心　邮编　100020）
承印者： 北京盛通印刷股份有限公司

开本：889mm×1194mm 1/32　　印张：10
字数：183 千字　　插页：8
版次：2024 年 2 月第 1 版　　印次：2024 年 2 月第 1 次印刷
书号：ISBN 978-7-5217-4846-8
定价：49.80 元

服务热线：400–600–8099
投稿邮箱：author@citicpub.com